第
Koi

第《だい》八《はち》王《おう》子《じ》と約《やく》束《そく》の恋《こい》

朝《あさ》霞《か》月《つき》子《こ》

ILLUSTRATION：壱《いち》也《や》

第八王子と約束の恋

LYNX ROMANCE

CONTENTS

第八王子と約束の恋

エフセリアの首都イーセリアに初雪が降った冬の日、第八王子フランセスカは初めての失恋を経験した。齢《よわい》十四、市井《しせい》の子供であれば酸いも甘いも既に経験を済ませ、いっぱしの顔つきをするようになるのがこのくらいの年齢ではあるのだが、王族が成人と見なされる十五歳までは城から出さない教育方針により、王子はあまりにも純粋だった。

「……マアトン……」

グスリグスリと泣きながら口から出る名は、先ほど自分を振ったばかりの護衛騎士の名だ。いや、振ったというには少々語弊があるかもしれない。なぜならば、実際には告白をする前に騎士マアトンの熱愛を知ってしまったからだ。

両親に叱られた時、爺《じい》やに小言を言われて落ち込んだ時、兄弟たちと喧嘩《けんか》した時、狭い場所を探してはそこに潜り込んでいる王子を探し出しては慰めてくれた優しい年上の男。


「でも……もういない……」

また涙が溢《あふ》れ出し、王子は立てた膝に顔を押し付けるようにして嗚咽《おえつ》を漏らした。

頭の中には先刻見たばかりの光景がまだしっかりと焼き付いている。瞼《まぶた》を閉じれば消えてなくなると思ったのに、逆にはっきりと見えてしまうのが憎らしく、さらにぎゅっと目を閉じた。

自分がいるのが城下の路地裏の、知らない店の裏口に通じる石段で、冷え込んで冷たくなった石の上に座っている体にはハラハラと雪が落ちては溶けて水滴を作っているのだが、そんなことも気にならないほど頭は沸騰し、心の中はまるで兄弟喧嘩の後の部屋のように感情が散らかっている状態だ。どこから手をつけてよいのかさえわからない。持て余すこの感情を抑え込むには王子は経験がなさ過ぎた。

女性を抱き上げ、くるくると嬉《うれ》しそうに回っていた騎士マアトン。何度も王子を抱き上げてくれたその腕に抱かれる女性を羨ましいと思った。それは、自分が夢見ていた将来そのものだったから。

だが、現実に騎士が抱き締めているのは女性で、フランは声を掛けることも出来ずにただ見ているしかなかった。

大好きな騎士の誕生日。兄姉とも相談して決めた贈り物を手に、非番だった騎士の家まで黙って押しかけたのは王子の勝手だ。驚かせようと考えていたため、当然騎士には自分の予定は知らせていない。作法の勉強を二倍するからと頼み込んでもぎ取った今日の外出だった。他の騎士もついて来ていたのだが、小鹿のように逃げ出した小柄な王子の足は簡単に彼らを撒《ま》いてしまった。

これが見も知らぬ女であれば、名を尋ね、どういう関係かを聞いたかもしれない。

だが、不幸なことに騎士に抱き上げられ幸せそうに頬を染めていた女を王子は知っていた。兄王子に連れられて外出した先で知ったパン屋の看板娘。その時に食べたパンがあまりにも美味《おい》しかったため、城下に降りることが出来ない自分の代わりによく騎士が買って来てくれるようになったのは、半年以上前のこと。

気立てがよく、騎士から聞いたのか王子好みのパンを「特別に」と言って焼いて渡してくれた優しい人。顔を見たのはほんの三回ほどだが、いつも暖かい笑顔で甘いパンの香りに包まれていた。

その彼女と騎士が恋仲になると考えもしなかった世間知らずの自分が馬鹿なだけなのだと理解は出来る。だが、感情とはそう簡単に割り切れるものではない。

「ずっと僕の側《そば》にいてくれる？」

拙いながらも精一杯の気持ちを込めて尋ねた王子に、騎士は、

「一生お側におります」

と答えてくれた。

それで浮かれていた自分の間抜けさが憎らしく、悲しい。

主《あるじ》と従者。王子と護衛。二人の間には情や信頼関係や主従関係はあっても、恋愛的な感情では結ばれていなかった。騎士と女性の口づけが王子の目の前

に現実として突きつけられて、初めてわかったのだ。騎士にとって自分は本当の一番ではなかったのだな、と。

王子は別に鈍いわけではない。だから自分が姿を現すことで幸せそうな二人の邪魔をすることは出来なかった。

ただ見たくなかった。もうそれだけで現実から逃げた。護衛騎士たちのことはすっかり頭の中から抜け去っていて、ひたすら走った。

そして今、狭い裏道でぐずぐずと泣いているのである。

そんな王子だったが、少し前から自分以外の誰かがすぐ近くにいることに気づいていた。しかし自分の悲しみに浸るのでいっぱいいっぱいで、少し落ち着いた今になってようやく、その誰かの存在を意識の中に置くことが出来たと言える。

城に戻った折りに「危機感が無さ過ぎる！」と爺やにこっぴどく叱られることになるのだが、この時は泣き疲れて頭がぼうっとしていたこともあり、王子ではなくフランセスカ——フランという十四歳の少年として顔を合わせることになる。

ちらりと伏せた顔のまま横目で見ると、分厚い毛織の外套《がいとう》があった。袖の先から見えているのは毛糸の手袋で指先はもこもこしている。フランがしている革の手袋より防寒性は劣るのだろうが、明るい色の糸で編まれた模様がとても暖かそうだと思った。手袋をしていてもわかる。隣に座っているのは子供だ。自分も子供じゃないかと言ってはいけない。十四歳のフランよりも明らかに小さな子供なのだ。

「……」

「……」

顔の向きが少し変わったことに気づいたのか、隣に座っていた子がフランと同じ格好をした。膝の上に乗る顔の向きだけが逆で、ちょうど向かい合う形になる。

丸い頬は寒さのせいか林檎《りんご》のように赤く、手袋と同じ色の帽子の端から覗《のぞ》く髪の毛は柔らかそうな薄茶色だ。そして心配そうにフランを見つめるのは赤銅色の瞳。寒さのせいか少しカサカサになった赤い唇は何か言いたげに半開きで、可愛《かわい》い白い歯が見える。

膝の上で横を向いた顔で見つめ合う二人。いつの間にかフランの涙は止まっていた。

どうやら何度も声を掛けてくれていたようだが、自分の悲しみに浸っていたフランはまったく気づくことがなく、その間、おろおろしつつも側に居続けたらしい。

「……慰めようとする気はないわけ？」

嗚咽混じりに八つ当たり気味に言われ、目を真っ赤にしたフランの涙を拭くものをと少年が差し出したのは、ハンカチではなく自分が被《かぶ》っていた帽子だった。

それを押し付けられたフランが呆気《あっけ》に取られて少年の顔を見つめると、赤かった頬をますます赤くして、俯《うつむ》きながら自分の外套の裾をくしゃくしゃと引っ張る。どうやらハンカチなど拭うためのものは持ち合わせていないらしい。

申し訳ないと垂れた目と眉で伝えている様子は、また少しフランの心を温かくする。帽子の下には前髪と同じ柔らかそうな薄茶の髪で、表情と毛並みが姉が飼っている大型の犬を思い起こさせた。

帽子を押し付けたはよいものの、一向にフランが拭おうとしないので少年がますます困り顔になり、徐々に視線が下に下がり始めた。その様子がますます叱られている時の犬に似ていて、

（二人……ベスとこの子を並べたら親子に見えるかも）

などとどちらにとっても失礼なことを考えながら、いつの間にかフランは小さく笑みを浮かべていた。

笑いつつも帽子で涙を拭う。柔らかな手触りと、ずっと被っていたがゆえの温もりと、少年の一生懸命さについ笑いが零《こぼ》れてしまうフラン。

「ごめんね。それからありがとう」

八つ当たりしたことを謝ると、俯いていた顔が上がり、目を瞠《みは》った後に照れてまた俯く少年。

そんな少年にフランは話し掛けた。

「ずっといてくれたの？　寒くなかった？」

ううんと首を振った少年は自分の外套の裾をぺらりと捲《まく》った。毛織の外套の裏地はびっしりと毛で埋められ、指で触れるとそれだけで温かさが伝わってくるようだった。少年がまるまると太って見えたのは、この防寒具のせいでもあったようだ。

「さっきはごめんなさい。八つ当たりみたいなことしちゃった」

「や……やっつ？　当たり？」

きょとんと首を傾《かし》げた少年が初めて発した声は、子供らしい高さでとても可愛らしく聞こえた。少年には悪いが、妹と同じように聞こえたのは、見るからに幼い容姿をしていたからだ。

（七歳か六歳くらいかな。ちっちゃくて可愛い）

兄弟姉妹合わせて十一人いるフランだが、下には妹一人だけ。小さな男の子を見る機会もなく、こんなにも可愛い生き物だっただろうかと感嘆する。最近、姉の真似《まね》をして生意気になって来た妹を知っているだけに、心の底からそう思った。

ぴったりとくっつくようにして座っている少年とフランは温もりを共有するかのように、主にフランが質問する形でぽつぽつと会話を交わした。

顔を赤くした少年は、自分が父親について初めてエフセリア国の王都に来たこと、父親が商売の話をしている間、退屈だったので断って外に出て歩いていたところ、泣いているフランを見つけたのだということをたどたどしく説明した。

「へえ、そうだったんだね。お父様は近くにいるの？」

「おみせ……きらきらできれいなかざりがいっぱいあるおみせです」

「きらきら？」

「ほうせき？　石？」

「それは宝飾店だと思うよ」

それならばこの子供の父親は石を卸しに来た商人か、石に細工をする職人なのだろう。

「家は遠くなの？」

「すごくとおいところです。だからちょっときつかったです」

はにかみながら少年は石段に足を投げ出してぶらぶらと動かした。

着ている外套は手製だがしっかりとした細かい縫い取りで、少年がとても大事にされているのがわかる。ちらりと見た靴に草臥《くたび》れた様子はないので、徒歩でやって来たというわけではなさそうだ。それでも、この年齢の子供が馬や馬車にずっと乗っているのは大変だったはずだ。

最初は遠慮していた少年だが、フランの問いに答えるうちに口調も少し滑らかになる。丁寧な言葉遣いなのは、商人の子として他人と接する機会が多い境遇だからだろうとフランは思った。知り合いの貴族の少年が親の真似をして、いっぱしの貴族のように高圧的に振る舞うのを城内で見かけたことがあり、それと比べれば少年の方が礼儀正しいと感心する。

「お父様と二人だけで来たの？」

首が横に振られる。父親の部下数名も一緒に長旅をして来たらしい。

「剣を使うのがすごくじょうずで、すごくつよいんです」

その中の一人が少年曰《いわ》く「すごく強くて頼もしい」人で、キラキラと瞳を輝かせながら少年は続ける。

「ぼくも剣をならってつよくなるんです。でも」

瞳はすぐにシュンと伏せられた。

「小さいからもっと大きくならなきゃだめだって……」

とても残念そうな声に思わずフランは吹き出した。少年の手はとても小さく、剣を持つにはまだまだ大きさが足りない。十四歳のフランでも、剣を持つには不十分だと言われていたのだ。

（マアトン……）

何度も稽古をつけて欲しいと強請《ねだ》ったフランに告げた騎士の台詞を思い出す。

「フランセスカ様は剣を持つ必要はありません。フランセスカ様の剣は私です。私をお使いください」

そんなことを言われて、胸が高鳴らないわけがない。

（でも……）

　自分だけの騎士はもういない。騎士としての忠誠は疑っていないが、自分一人「だけ」の騎士ではなくなってしまった。

　どんよりとした気分が再び浮上し、それと同時に少年との会話で高揚していた心が沈む。

　目線を落としたフランの様子に少年は心配そうに眉を寄せた。まだ小さな子供だが、感情の揺れには敏感なようだ。

「……ん、ごめんなさい。ちょっと思い出したから」

　涙がじわりと滲《にじ》み、帽子で拭う。

「どこかいたい？　けが？　それともびょうきですか？」

　真剣に問う少年に、フランは眉を下げた。

「痛いのは胸かな。それからたぶん病気じゃないない……ううん、やっぱり病気なのかなあ」

　兄たちが「恋の病」と話しているのを聞いたことがある。好きな人が出来たら罹《かか》るらしい。そう考えれば、フランの胸の痛みも「恋の病」という歴《れっき》とした病気には違いない。

「おくすりは？　おくすりはもっていますか？　どこにありますか？」

　慌てる子供に苦笑で返す。

「お薬はないみたい。ええと、違った。時間がお薬だって。じっとしてたらそのうち治るらしいから、大丈夫」

　たぶん——と口の中で付け加えたが、長年の恋が破れてしまってどれくらいで立ち直れるのかわからない。

（お兄様は新しい恋が特効薬だって仰《おっしゃ》ってたけど、すぐには無理だよねえ）

　見た目は極上の王子なのに失恋ばかりしている兄の経験は役に立ちそうにない。

　まだ心配そうな少年の頭に手を伸ばしてしまったのは、やはり姉の犬に見えたからかもしれない。初対面の人間に触れられるのは嫌がるかと思ったが、乗せられた手の重さにハッとした後は何度も見ているはにかみを見せる。薄茶髪は細く、想像した通りの柔らかさだった。

「——大きくなって強くなって剣を持てるようになったら何をするの？　冒険者？　それとも騎士や兵隊さん？」

「ぼくはぼうけんしゃになりたいです。どうくつの中や森の中を歩くのもすきだし」

でも、と少年は口を尖《とが》らせる。

「みんなが反対するからぼうけんしゃはあきらめました。時々はぼうけんしゃみたいにたんけんしたいけど……」

「なるほど。まあそれは仕方がないかもしれないね。冒険者の人はとっても大きくて強い獣と戦わなきゃいけなくて、傷だらけになるもの」

「だからぼくは父上や母上をまもろうとおもいます。そのためならよろこんで教えようって言ってくれました」

「お父様やお母様のこと、好き？」

「はいっ」

少年は笑顔で大きく頷《うなず》いた。

「もしも弟か妹が生まれたら、その赤ちゃんもまもります」

「強いお兄様がいてくれたら安心するよ、きっと」

微笑《ほほえ》んだフランだが、その微笑はぎこちないものだった。どうしても、護《まも》るという言葉と騎士マアトンが直結してしまう。忘れるにもついさっきの出来事なので、少年との会話で完全に紛らわせてしまえるものでもない。

「——僕にも護ってくれるって言ってくれた人がいたよ。すごく強くて、素敵な人だったよ」

「兄上ですか？」

「ううん。お兄様たちは剣はお上手だけど、僕と同じで護られる人だから。護衛の人はね、本当にとっても素敵だったんだ。優しくて気が利いて、いっぱい甘やかしてくれたよ」

時々は叱られたりもしたが、どちらかというと爺やが叱る担当で甘やかし担当が騎士だったと思う。

「——でも、もういなくなっちゃった」

「……もしかして」

「あ！　違うから！　死んじゃったとかじゃなくて、僕じゃない人を一番に護ることになったんだ」

「？」

　複雑な人間関係は小さな子供にはまだわかりにくいのか、それとも内容を吟味しようとしているのか、少年は眉間に皺《しわ》を寄せた。

「でもおそばにいるのでしょう？　それとももとおくに行ってしまうんですか？」

　それはおそらくない。フランが顔も見たくないと遠ざけない限りは、第八王子付き護衛の座を降りることはないだろう。騎士はフランの気持ちを知らず、そしてフランの方は失恋を理由に別の騎士を護衛にしてくれるよう父親に頼むのは小さな矜持《きょうじ》が許さなかった。それを上回る羞恥心があるのも否めないが。

「――いつか、僕だけの騎士に会えるかなあ」

　フランは再び膝の上に顔を乗せ、誰に聞かせるわけでもなく呟《つぶや》いた。少年の耳には入っているだろうが、今はこの行きずりの少年だけがフランにとって気持ちを話せる――端的にはぶちまけることが出来る相手だ。小さくて何もわからないのを利用していることに罪悪感はあるが、意外と少年が真剣で親身になってくれるのが心地よかったせいかもしれない。

「自分だけのきし？」

「うん。僕のことだけを一番に考えて、何よりも僕を優先してくれて、それから――」

　僕だけを好きでいてくれる人。

　エフセリア国だけでなく、極《ごく》一部の国を除いては同性婚も一般的だ。王族として務めのある上から三番目までの兄たちは基本的に女性が妃《きさき》として認められるが、王太子以外は同性との結婚も許されている。兄たちの中にも男の恋人が普通にいるので、フランも自然に騎士マアトンこそが自分の運命の相手だと思っていたのだが、騎士にとってはそうではなかった。

「いつか僕もお嫁に行くか、婿入りするかだけど、その時は僕のことを一生懸命好きになってくれる人がいいなあ」

　八番目の王子なので嫁ぎ先も婿入り先も自由だ。

何番目であろうとも強制的に嫁がされる王家もあることを思えば、エフセリア王家は本当におおらかだと思う。

「けっこんするんですか？」

「いつかね」

言うと少年は、手袋をはめてまるまるとした指を折りながら何かを数えている。

「何してるの？」

「数えてます」

「何を？」

「ぼくが大きくなってつよくなるまでどれくらいかなって」

「数えてどうするの？」

少年の頬がぽっと赤く染まる。

「あの、ぼくがまもります。いちばん好きで、いちばんだいじにして、いちばん好きで」

「好き二回言った」

「あ」

慌てて手で口を隠すが遅い。その手をフランは軽く握った。

「ありがとう。もしもその時までに僕が結婚してなかったらお願いするね」

「はい！　ぼくがまもってさしあげます！　よやくです！」

「よやく……確かにそうかも。でもちゃんとお父様やお母様、それからもしかしたらその時に生まれているかもしれない妹か弟にもちゃんといいよって言って貰《もら》ってね」

「はい！」

嬉しいなと声が聞こえて来そうなほど満面の笑みで少年が笑う。

それから二人は石段に座ったままお喋《しゃべ》りを続けた。途中で、少年が持っていた石を指で弾いて遊ぶことを思いつき、ポケットに入れていた袋からたくさんの小石を出し、冷たい石畳の上で遊んだ。フランはしたことがなかったが、ただ指で弾いて当てるだけなので、気楽で簡単ではあった。山羊《やぎ》革の薄い手袋をしたフランの方に分があったのは言うまでもない。

そしてフランは手袋を外して弾く気はさらさらない。勝負とは非情なものなのだ。

にこにこと嬉しそうな少年の頭をさらにぐりぐりと撫《な》でていると、少年の目がフランの頭に向けられているのに気づいた。

「あの」

「なあに？」

「ぼくも……髪の毛、さわってもいいですか？」

「僕の？」

「はい」

「いいけど」

フランが少し頭を傾けると少年の手が伸びて来て頭に触れるのを感じた。毎日侍女たちに丁寧に磨き上げられている肌同様、髪の手入れも煩《うるさ》いほどされているので手触りが悪いということはない。

「おもしろい？」

「はい。こんな色の髪の毛、はじめてみました。ふわふわのおかしみたいな色です」

「お菓子！　そしてふわふわ！」

それは一体どんな菓子なのだろうと興味が湧く。確かにフランの薄紅淡色《パールピンク》の髪は王族の中でも目立つ色だとは言われる。兄弟姉妹の中にはもっと薄い色や薄紫や黒などの色もあり、エフセリア王族や上位貴族ではそれが当たり前だが、一般国民はそこまで色とりどりというわけでもなく、間近で目にする機会は多くはないだろう。フランの髪色は薄い金髪の父親と紅色の髪の母親から譲り受けたもので、実姉はもっと濃い紅色をしている。

（かなり田舎の方から出て来たのかな？　お城の近くに住んでる人なら誰でも知ってるけど知らないみたいだし）

馬車で遠くから来たと言っていたから辺境の方に住んでいるのだろう。

しばらくお互いに髪の触り合いをしていたが、少年が何かに気づいたように小さく「あ」と声を出した。そのまま、先ほど石を取り出した袋を地面の上で逆さまにして振る。ジャラジャラと石が跳ねる音がして、見る間に足元に小石の山が出来てしまった。

「どうしたの？」

「にてるのがあるから、あげます」

「似てるのって僕に？」

頷きながら少年は真剣に石を選《よ》り分けだした。自分に似ているというのは、何をもって似ているというのだろうかと疑問に思いながら眺めていると、ようやく選別が終わったのか少年は歪《いびつ》な形をした石を一つ手のひらに乗せていた。

「これ」

「ああ、確かに似ているかも。目でしょ？」

「髪の毛の色にもにています」

少し淡い紅色をしたそれは、石弾きをしていた石よりも二回りほど大きい。指で弾くことが出来ないため、袋の中からは出していなかったのだろう。色合いは綺麗《きれい》だとは思うが、石は石である。

「これ、貰っていいの？　お父様に叱られない？」

石を扱っている職人にしろ商人にしろ、売り物ではないのだろうかと心配に思ったフランだが、

「……きれいでつるつるでぴかぴかじゃないと売れないねって父上がくれたんです」

「……」

確かにちょっとくすんだ感じがして形もでこぼこしていれば、見栄えはあまりよくないかもしれない。選び抜かれた石だけを交渉の席に出すとすれば、見た目でとても損をしている石だと思う。

「でも、この形、ちょっと鳥に似ていない？」

「とり？」

「そう、ほら、ここのところが鳥が飛ぶときに羽を広げたみたいに見えるでしょう？」

見やすいように角度を変えて少年の前に出すと、しきりに眉を寄せて考えている様子。

「……とりに見えません」

「ええ!?　見えるでしょう？　ほら、ここが羽で、ここがくちばし」

少年は何度も石とフランの顔を見直し、言った。

「……わかりました。これはとりです。とりでいいです」

「くっ……なんだろう、この屈辱っ」

煩い大人をいなすがごとく、小さな子供に譲歩されたようで悔しさがふつふつと湧いて来る。

「あ、でも。本当にいいの？　貰っても」

「はい。ぜひもらってください。ぼくよりもおにいさ……」

「お兄さんです」

「あ、はい。おにいさんが気にいったならだけど」

フランはにこりと笑みを浮かべた。

「大丈夫、安心して。とっても気に入ったから」

顔の横に石を持って来て笑い掛ければ、少年はほっとしたように笑顔になった。よく考えずとも、これは少年が遊び用に持っている石で何ら価値があるものではない。だが、大事に持っていた石をくれるという気持ちが嬉しい。

再び少年の頭を撫でながら、フランは思い出していた。

「あのね、これは貰うけど売れないだけで元は売り物の石でしょう？　だったら僕が貰う代わりに交換するのはどうかと思うんだけど。どう？」

「こうかん？」

「はい。実は僕はここにこういうものを持っています」

ポケットから取り出したのは小さな小箱。可愛らしく包装され、黄色の紐《ひも》で飾られたそれをフランは丁寧に開封した。手元を見つめる少年の視線には気づいているが、あえて言葉にせずにそのままにしておく。

蓋を開くと中には柔らかな紺色の天鵞絨《ビロード》の敷物の上に小さな鳥の形をした金の飾りが収められていた。

「とり？」

「そう、鳥だよ。さっき貰った石に似てるでしょう？」

「きれい」

「でしょう？」

もしも大好きな騎士という存在がいなくても、自分で身につけていたくなるくらいに控え目で可愛らしい形をしている。

「これを君にあげるよ」

「……いいの？」

言葉遣いが子供相応のものになり、丸い目が見つめて来るのにフランは鷹揚《おうよう》に頷いた。

「いいの。僕が持っているのはちょっとね……」

パン屋の娘と抱き合う姿を見てしまえば、騎士マアトンへ渡すことは出来なかった。与えれば喜んで受け取るとは思うのだが、これを選んだ時の気持ちのまま渡すことを躊躇《ためら》ってしまう自分がいる。見ていればきっと騎士への気持ちを思い返し、辛くなることもあるだろう。

これが初恋のフランには、割り切ることは出来なかった。そのうち思い出に変わるかもしれないが、おそらくまだ時間がかかる。仮に……仮に騎士が娘と結婚するとしても、祝いの品の代わりには出来っこない。祝うなら祝う気持ちを込めた品を選びたい。この飾りに込められた想いをそのまま渡すことは出来ない。

「あのね、これ、本当はあげたい人がいたんだけど、もうその人に渡すことが出来なくなっちゃったんだ。だから、君にあげる。それともいや？」

誰かのためのものを貰うのはやはり子供でも嫌なものなのだろうかと不安になり、首を傾げる。

「幸せを運んでくれる鳥なの」

翼を広げて飛んでいる燕《つばめ》に似ているこの鳥はリイロデエルという鳥で、エフセリア国では幸せを運んでくるといわれている。王室の紋章にも使用され、国民も幅広く意匠として取り入れている鳥だ。

「おにいさんがもってた方がよくないですか？　さっきない……」

泣いてと言おうとしていた口をにっこり笑顔と手で塞ぐ。

「いいの！　僕はいいの」

泣いていた原因に渡そうとしていたからしばらく見たくないなど、子供に出来る話ではないし、自尊心の問題だ。何より、それなりの名工に頼んで作らせた簡素だが精巧で高価な品だったが、今は見ているだけでも辛い思い出の象徴だ。

「ほんとうにいいんですか？　こんなにきれいなの

に」

「うん。気に入った？」

「はい。とりもかわいいし、きれいだし」

「よかった」

じっと飾りを見つめる少年の瞳が真実嬉しそうなのを見て、フランはほっとした。まだ見ていたそうな少年に断って蓋をし、手の中にしっかりと握らせる。

「君に幸せが訪れますように」

握られたフランの手を見下ろす少年の耳は真っ赤だ。照れているのだろう。

「……ぼく……」

「ん？」

「ぼく……いま、とってもしあわせです。ありがとう」

見上げる少年の純粋な瞳と好意は、真っすぐにフランの胸に届けられた。

「なんだか、嬉しいな」

こんなに直接的な気持ちを貰ったのは久しぶりで、それが心地よい。

「ねえ、もしも――」

「フランセスカ様！」

もしもまだ王都にいるのなら、また会えるだろうかと言おうとしたフランの言葉は大通りから掛けられた声で遮られてしまう。びくっと首を竦《すく》めて横を向けば、見覚えのある護衛があたふたと駆け寄って来るのが見えた。

「……お迎えが来ちゃった」

仕方がないとフランは立ち上がった。そして、一緒になって立ち上がった少年の頭を撫でて、腰を屈《かが》めて微笑んだ。

「会えてよかった」

城に帰って騎士の顔を見ればまた悲しくなるかもしれないが、一番落ち込んで混乱していた時に、何も知らない少年との邂逅《かいこう》はフランの心を存分に癒し、落ち着かせてくれた。

「君も、お父様のところにお帰り」

少年の背を押した時、反対側の通りから駆けて来る男の姿が見える。

「父上」

「ほら」

さっと背を押したフランを見てハッとした後、父親は我が子とフランを交互に見て、深く頭を下げた。王族だというのがわかったのだろう。ここで正体を告げる気はないフランは、内緒と唇を動かしながら人差し指を口に当てた。

そして少年に微笑み、言う。

「さあ、行っておいで。それからよい旅を」

父親の元へ駆けて行きながら少年は何度も後ろを振り返った。転びそうになるのでハラハラした父親が慌てて駆け寄り、抱き寄せる。

それを見届けて、フランは手を振り、護衛を促して背を向けた。

現実逃避はもうおしまい。これから城に戻って、爺やの小言を受けた後、失恋という現実に向かい合わなくてはいけない。

フラン十四歳の冬である。

ぼくがまもってさしあげます——。

少年の可愛らしい声が頭の中に響き、窓に寄り掛かってうたた寝をしていたフランはふっと目を開け、呟いた。

「あの頃は僕も初々しかった……」

城へ向かう豪勢な馬車の中、遠い昔のことを思い出し、大きくため息をつく。

外を流れる景色は既にエフセリア国首都イーセリアへ近づいていることを示すようにポツポツと農家や民家の屋根が見え始め、街道を行き交う人や馬車の数も増えて来た。

「でも、この景色も見慣れちゃったな」

王都が近くなったので侍女は荷物整理のために別の馬車に移動し、中にいるのが自分一人になったのをよいことにそう声に出し、また憂鬱そうに嘆息する。

エフセリア王家の紋章入りの馬車、それに八番目の王子を示す旗が屋根の上に立っているため、誰が乗っているかを知るのは容易い。だが、仮に第八王子の旗が立っていなくても、荷馬車を含めて十台近くになる大行列を見れば、

「ああ、またお戻りになられたのか」

と、国民は訳知り顔で納得し、

「お優しくてよい王子様なのに、どうしてあの方は縁遠いんだろうねえ」

などと、同情的な目で行列を見つめるのだ。

そう、「またお戻りに」というのがフランの歎息の大きな原因でもあった。

現在二十四歳のフランは最初の失恋の後、十八歳の時に初めて嫁いで以来、名指しで請われて多くの国や名家に嫁いで来たが、これまで八回破談や離縁を経験し、九回目の結婚話も破談に終わって、実家である王都イーセリアの城へ戻るところであった。

自分とどうしても結婚したいという四つほど大きな川を越えたところにある某国王子の熱意に絆《ほだ》され、馬車で行列を作って嫁入りしたのは僅《わず》かひと月前。

慰謝料として持たせられた大量の荷物があるせいで、嫁入り時よりも台数の多い馬車が国民にどんな目で見られているのかと思うと、ため息が出ても仕方がないとフランは思う。

フランは「出戻り王子」と自分が国民に呼ばれていることは知っている。それと同時に「幸福の王子」と呼ばれていることも知っているが、前者は認めるとしても後者に関しては複雑な心境……はっきり言えば気に入らない。

離縁されてばかりなのに、なぜ「幸福なのか」と言えば、フランと結婚する男たちは皆、直後に最愛の相手を見つけ、愛を育むことに成功しているからだ。政略的な結婚ではなく、真に愛する者との結婚は、当然誰からも喜ばれ、祝福され、国に明るい話題と活気をもたらす。その陰で、ひっそりと嫁入り先から出て行くフランのことを、悲しみ憐れんでくれる人は、九回の離縁を経てさえ片手で足りるほどしかいなかった。

自分たちが縁組を望んだのに、受け入れる夫側の

変心による離縁。フランとの離婚に際し、慰謝料が莫大《ばくだい》になるのはそれが理由でもある。

最近ではエフセリア王家に持ち込まれる縁談も、離縁後を見越した打算的なものが多くなり、七度目の離縁が確定した後でフランは、十度目の縁談が破談か離縁に終われば一生を独身で過ごすと宣言している。だが、その宣言にも関わらず、今回で九回目の離縁。

もはや動じないだけの耐性を身につけているフランは、某国の家臣一同に平身低頭で謝罪され、

「わかりました」

無表情にそう告げ、即座に退去するため侍女に指示を出し始めた。

だが、そんなフランの素っ気ない態度に慌てたのは家臣たちである。後は式を挙げ署名するだけになっていた大国の王族との婚姻を破棄し、自国の貴族の少年を選んだという理由が理由なのだ。激高されることを覚悟の上での申し出に対するあまりの潔さに、逆に引き留めに走られ、五日ほどして出国した。

その国でよかったことと言えば、出された菓子がとても美味《うま》く、作り方を入手出来たことだけだろう。

荷馬車に山と積まれた詫《わ》びの品——衣類や調度品や飾りは心動かされるものではない。なぜならば、同じようなものが城に帰れば大量に保管されているからだ。目新しいものは何一つとしてなかった。

本当は慣れてしまってはいけないのだろうし、もっと悲壮な表情をした方がいいのかもしれないが、フランにはそんなことをする気はない。勿論《もちろん》、最初の離縁の時には傷ついたが、また次の縁談では今度こそと意気込みもした。自分を求めてくれる人がいれば、頑張《がんば》って妃《きさき》たるよう努めようと健気《けなげ》に振る舞っていたのだ。

（でもそれがいけなかったんだろうね……）

現実はフランの思うようには進まなかった。

これまでの破談は初回を除けば確かに相手が他に好きな人を見つけたというものが多いが、政略結婚とはいえ、フランにも愛されたいという夢があるのだ。そのために、事前に相手の好みなどを調べ、そ

れに添うような態度を取っていたのに、それらが悉《ことごと》く裏目に出ての離縁では、さすがに腹も立つ。

大人しい人が好みと言われれば、淑《しと》やかさを常に意識し、行動的な人が好きならば明るく活発に振る舞い、苦手な料理や刺繍《ししゅう》も上手になり、楽器の演奏も今ではお手のものだ。さすがに剣技など武術に関しては護身程度しか出来ないが、乗馬は得意で、聖歌隊で喉も鍛えた。本当に枚挙にいとまがないほど尽くして来た。

その結果、実は正反対の人を愛するようになるのなら笑うしかないではないか。いや、悲しんだり怒ったりする気持ちは疾《と》うに過ぎ去り、呆《あき》れを通り越して、今では「またか」としか思わない。

そう、帰国するフランを眺める国民たちが思うのと同じようにフラン自身も思っているのだ。

今では離縁されたことよりも、戻る時の同情に満ちた視線の方がきつく感じられる。

「父様は何にも言わないけど、呆れられたりしたら嫌だなあ。兄様たちはたぶんまたかって感じだろうし、姉様が慰めてくれるはずはないし」

母を同じにする姉は既に宰相の息子と結婚し、王家からは離れているが、宰相一家が元々城内に屋敷を構えているため、何かにつけて顔を合わせるので嫁に行ったという感覚はあまりない。

聞こえて来るざわめきも大きくなり、間もなく王都に入るための門が見えて来るはずだ。出来るなら人目を引く馬車から降りて、自分一人だけで城へ戻りたいところだが、目立つ淡紅色の髪色がそれを許してくれない。第八王子の目印としてはこれ以上ないもので、それならまだ馬車の中に座って、窓を閉めて城門を潜《くぐ》る方がましというものだ。民の声まで遮ることは出来ないだろうが、九回目ともなれば何とか耐えることも出来るようになった。

「いざとなれば耳に栓でもすればいいか」

布を捩《ね》じって突っ込んでおけば、多少は声も聞こえなくなるだろう。

「フランセスカ様」

外から騎士が城門ですと声を掛け、フランはため息をついた。

「いつものようによろしくお願いします」

「畏《かしこ》まりました」

今日の到着は昨日のうちに伝令で知らせているため、すぐに王都へ入ることが出来るだろう。

入ってすぐに「悲しみに打ちひしがれる王子様」の顔を見せればいい。それだけで後は今回の悲恋について民たちが好きに論《と》じてくれるはずだ。

ゆっくりと馬車が停まり、フランはゆっくりと窓から顔を覗かせた。


「……まあ、縁がなかったということだ。よかったではないか、婚儀を挙げる前にわかって。なあに、またよい縁がある。気を落とすんじゃないぞ、フランセスカ」

帰国の挨拶に父国王の元を訪れたフランは、白いものが混じる眉を下げてやるせなさそうな表情を浮かべた国王から労《いたわ》りの声を掛けられ、涙が出そうになるのを懸命に堪《こら》え、

「不出来な息子で申し訳ありません」

と声に出すので精一杯だった。自分が悪いとは思っていない。だが、出戻りは出戻りなのだ。

兄王太子の「またか」という目には「またですみません」と同じく視線で返事をし、困った表情を浮かべる実母には心の中で「僕のせいじゃないです」とだけ訴えさせて貰ったが、伝わっているかは不明だ。

長旅で疲れただろうと、家族の団欒《だんらん》は翌日以降に持ち越され、足早に城内の奥まったところにある自室へ歩いている途中では、すれ違う人々の視線を意図的に見ないようにした。だが、それでも声は嫌でも耳に入って来る。

「第八王子様は嫁に行ったはずじゃ？」

「しっ！　また戻されたんだよ」

「今度で七回目か？」

「お前が城勤務になる前に二回……その、な？」

どこもかしこも自分の噂《うわさ》ばかりで、本気でフラン

はうんざりしていた。

こうして恒例行事のようになってしまったのは四回目辺りからだろうか。初回と二回目の時には、心の底から慰めてくれる声の方が多かったが、三回目くらいから「あれ？」に変わり、四回目からは「もしかして？」になり、五回目以降は「ああ、またか」となる。

城に戻った時からずっとフランの側にいる騎士たちは、そんな周囲からフランの姿を隠そうとしてくれる。その中にはかつてフランが初めて恋をした騎士マアトンの姿はない。フランの最初の結婚の時に第八王子から王太子付きの護衛に異動させたマアトンは、順調に出世を重ね、現在では近衛《このえ》騎士として部隊を預かるまでになっている。たまに城内ですれ違うことはあるが、会釈する程度で話をすることはない。そして、フランが彼の姿を見て胸を痛めることもなくなった――。

自室の前まで送ってくれた騎士たちに、

「ここでいいよ。ありがとう。お前たちも疲れたでしょう？　今日と明日からの三日間は休暇にしたから家に帰ってゆっくりお休み」

微笑みながら声を掛ける。本来なら、フランを嫁ぎ先へ送り届けた後で帰国する予定だった騎士たちは、某国の城内の様子から嫌な――馴染《なじ》みとでもいえばよいのか――予感を感じていたのか、そのまま留まっていた。結果的に、共にエフセリア国に戻ることになったことをフランは感謝をしているが、同時に予定を変えてしまって申し訳ないとも思っている。

深く頭を下げる騎士たちにもう一度労いの声を掛けたフランは、自室の扉を開け、そして背後でパタンと閉まる音がした途端、表情を歪《ゆが》め、奥の寝室に向かって駆け出した。

「フランセスカ様？」

先に部屋に戻って片付けやお茶の支度をしていた侍女が控えの間から声を掛けるが、返事をすることなく、フランは寝台へ飛び込んだ。ボスッという音がして、正面からうつ伏せに飛び込んだ掛け布団は、日の光をたっぷり浴びた匂いがして、とても柔らかだった。

「……ううっ……っ」

その柔らかさがまた心に沁《し》みる。

本当に家族や城の者たちは出戻ってばかりのフランに優しくしてくれる。昔読んだ物語などでは、出戻った娘に辛く当たる家族や村の人の話が書かれていることが多いが、エフセリア王家ではそんなことはない。出戻ったことを呆れられたり揶揄《からか》われたりはしても、邪魔だと追い出すようなことを言う人は一人だっていないのだ。口の悪い兄たちでさえ「出て行け」とは言わない。

コトリと音がして、ベッド脇の小テーブルの上に何かが乗せられたのがわかった。

「……フランセスカ様、お飲み物はこちらに用意させていただきました。私は帰国したことを家族に知らせて参ります。夕方には戻ると思いますが、お一人で大丈夫ですか？」

「……だいじょぶ」

「はい。ではまた夕食の支度が出来た頃に伺います」

「うん。――ポリー、ありがとう」

おそらくだが、侍女は微笑んだのだろう。それから静かに部屋を出て行く音がした。

騎士マアトンはフランの側からいなくなってしまったが、この侍女はずっと一緒にいてくれる、ある意味乳母のようなものでもあり、姉のような存在でもあった。九回の結婚にもずっとついて来てくれた。

（ありがとうポリー）

一人きりにならないようにいつも気を配ってくれた。そんな彼女の存在があったから、知らない国へも嫁いで行けると思っていたのかもしれない。

静かになった室内で、フランは起き上がった。履いたままだった靴を脱ぎ捨て、ポイポイとベッドの下に放り投げる。いや、部屋の壁に向かって投げつけた。

「なんで僕じゃ駄目だったの⁉　どうしていつもいつも僕以外の人を好きになるの⁉」

泣きたい気持ちは大きい。だが泣くよりも、怒りの方が勝っていた。

愛する人と結ばれる。それは大いに結構だ。真実の愛に目覚めたり、身分差を乗り越えて結ばれる運命の相手、それは大いに喜ばしい。

だが、誰の相手もフランではない。エフセリア国第八王子フランセスカが選ばれることは、九回の結婚の間で一回もなかったことが何よりも大きく圧《の》し掛かって来る。

「あなたの明るさは私を照らしてくれた。だが、私が求めていたのは優しく包み込むような慎ましい愛なのだ」

そんなことを真顔で語られ、怒りたくならない方がおかしい。おかしいのだ！　と憤慨やまないフランは、次から次へと過去の結婚と破局の理由を思い出し、

「ううー……」

唸《うな》りながら羽根布団を何度も膝の上や、ベッドに叩《たた》きつけた。

「どうして……どうしてみんな僕と反対の人を好きになるの……？　好きになって貰えるように一生懸命努力したのに、どうしてわかってくれないの……？」

悔しくって涙が出る。

嫁ぐ相手に添うように、愛して貰えるようにとフランが頑張ったことはすべて空回りに終わってしまっている。

「父様も父様だ。抗議すればいいのに……。エフセリア国の面子《メンツ》を潰されたって怒ればいいのにっ……！」

ボスボスと羽根枕がベッドの柱に当たる。

ベッドの上に胡坐《あぐら》をかき、羽根布団を振り回す。

公務として城下の保護施設などを訪れる機会も多いため、「優しく淑やかな第八王子フランセスカ様」という姿しか知らない国民が見れば、絶叫を上げそうな光景である。実際には、フランは優しく思い遣《や》りがある。だが、負の感情も積み重なれば十分に起爆剤になる。

それが今のフランの状態だ。そこには優しく微笑む第八王子の姿はない。長い淡紅色の髪は乱れ、羽根布団をくしゃくしゃにし、バタバタと足を動かし

たせいで敷布も同様の有様だ。

花瓶や絵を投げつけないだけ、まだ自制が働いているといえよう。


枕にこれまで自分が嫁いだ夫たちの顔を思い浮かべ、その場では出来なかった拳を叩きつけることを繰り返し、帰国する時からずっと我慢して来た感情を吐き出したフランは、ふぅと小さく息をついて呼吸を整えると、

「よしっ」

と気合を入れてベッドの上に立ち上がった。

「こういう時は憂さ晴らしに行かなきゃね！」

ぴょんとベッドから裸足で飛び降りたフランは、上等な王族用の衣装から簡素なズボンと上着に着替えた。城内を歩いていてもみすぼらしくない程度の普段着は、下働きの者たちが着ている服よりは見栄えもよく、廊下を歩いていて咎《とが》められたことはない。

そのまま露台《バルコニー》に出たフランは庭師がいるであろう中庭に向けて駆け出した。


ブチッブチッと音がするたび、しゃがんだ足の横に引き抜いた雑草の山が増えていく。

城内でも手前の方にある中庭の隅で、フランは雑草を取りながらその都度、自分以外を選んだ元夫たちへの不満を口にしていた。

例えば、

「マルクスのお気に入りの金髪がもじゃもじゃになればいいのに」とか「ベルモンテ侯爵なんかお菓子の食べ過ぎで太っちゃえ」「フレーメン王子のへそくりが見つかって叱られますように」だとか、傍《はた》から聞けば可愛らしい悪口である。

実母から、

「よそ様の悪口など言う口はそのうち魔女に縫われてしまいますよ」

と諫《いさ》められたりもするのだが、周囲には事情を知る庭師の他にはたまに飛んでくる鳥や虫、それに草花たちしか聞いているものがいないと開き直り、六回目の離縁の後からはここで過ごすのが常となって

いた。

　エフセリア国に咲く季節の花々を愛《め》でることが出来るこの区画は、少し先にある貴賓室や客間から眺めれば、それはもう見事なものだ。今はちょうど春から夏に掛けての時期なので、淡く優しい感じの花々が咲いている。フランが今しているのは、見頃の終わった春の花を少しずつ間引いて行くのと、夏の観賞花周辺の雑草を抜くことである。

　働かざる者食うべからず。財力のあるエフセリア国だが、王族にも例外なくこの言葉が適用されるため、末の妹姫を含む全員が国政に携わる以外に城内で何らかの仕事をしている。庶務として書類を運んだり、食糧庫の管理をしたり、貴賓室清掃の監督、修繕などその内容は多岐にわたる。フランのように国外へ嫁入り婿入りした者は除外されるが、出戻りにも容赦ないのがエフセリア王家だ。

　もしもサボろうものなら、経理を担当している第四王子に「ただ飯食らいは不要だ」と城の外に放り出されてしまうだろう。あの兄は本当にやる。口にしたことは必ずやる。傷心の弟を気遣うことよりも、食い扶持《ぶち》が増えたことで生じる無駄を省くことの方が大事なのだ。他の兄たちは、

「あれはあれでお前のことを気遣っているんだよ」

「ほら、忙しくしていれば気も紛れるし」

と、第四王子を擁護するが目が泳いでいたので真偽のほどは定かではない。

　そんな経緯もあり、フランが好んでしている城内仕事はこの雑草処理と水撒きを中心にした園芸だった。最初は屈みっぱなしで膝が痛くなったりもしたが、慣れてくれれば開放的な屋外での仕事は気分転換にはもってこいだった。こんなことを言えば、職に誇りを持っている庭師たちから反感を買いそうなものだが、彼らもフランの気性をよく知っている。

「ああ、フランセスカ様なら歓迎ですよ。細かいところまでしっかり抜いてくださいます」

　几帳面《きちょうめん》というほどの性格はしていないが、考え事をしている最中にはかなり熱心に仕事をしているようで、その点が高く評価されている。王子が働いて

いる姿は城内では見慣れたものなので、庭師たちにもあまり抵抗はない。さすがに危ない仕事はさせられないが、雑草取りならそこまで気を遣う必要はない。勿論、庭師たちと同じように厚い手袋をして、日焼け避けの帽子とベールは欠かせないが。作業用のチュニックのような頭から被る白い作業着を着て、頭には麦藁帽子《むぎわら》。手袋を持ってしゃがんでいる青年が王子だと初見でわかる者はまず皆無の格好だ。

今も目立つ淡紅色の髪の毛は帽子の中に纏《まと》めて収められている。数本後れ毛が背中を流れているのは愛嬌だ。自分で帽子を被るとどうしても少し髪が残ってしまうが、侍女がいないのだから仕方がない。その辺は王子様気質でもある。

「今度で九回目……次で約束の十回目。もしまた破談になったら……どうしよう」

もう二十四歳。男として考えると気にすることはないが、嫁入りするなら婚期は大きく過ぎていると考えるべきだ。そもそも、この年齢になった男を嫁に迎えたいという酔狂な者が多いことの方が驚きなくらいなのだ。

破談破局と、離縁を繰り返して来たフランだが、不思議なことに縁談が途切れたことはない。結婚は一人としか出来ないため、その時に申し出のあった中から父母や兄、それに大臣たちで相談し候補を絞ってフランに提示するのが常というのだから、申し込みの数そのものはもっと多いのではないかと思われる。

九回の離縁の内訳は、国外が六、国内が三だ。国外のうち王族が四で、その国の貴族が二。兄姉に言わせればどの相手も「優良物件」だった。自分の兄王子たちを見てもわかることだが、おそらく男のフランよりも有力な候補者が国内外にも多かったのではないかと思う。

「それなのにどうして僕を選んだのかなあ」

大国エフセリアからの庇護《ひご》や繋《つな》がりが欲しいと思ったのか、腑《ふ》に落ちないことは多い。ただ、どの相手も人格品格には問題がないとされたのと、フラン自身が拒否しなかったため行われて来た。勿論、それなりに交流を経ての決定だ。婚姻を申し込まれる前に顔を合わせており、それなりに為人《ひととなり》を知っていたのも大きい。

「主体性がないのかなあ……」

雑草がまたぶちりと抜かれる。

「でも結婚したいって言われて嬉しいのは確かだし」

それがいけないのだと王太子以外の兄たちは言う。それもこれも初恋の失恋を引き摺《ず》っているからなのはわかっているのだが、やはり求められたいと望むもの。

「お前は自分を安売りし過ぎだ。売るならもっと高く売れ」

四番目の兄と顔を合わせれば、何度となく繰り返された同じ台詞。確かにそれは思う。

「でも、僕の売るものは自分だけしかないもの……」

兄たちのように何かに才覚を持っているわけではない。護身術を多少使えるくらいで、武力面ではまったく役立たずだ。賢さは極々普通なので、王都の学院出身の役人たちには太刀打ち出来ない。よくて出来るのは書類運びや書類整理くらいで、それ以外に取柄と言えば母親似の顔と髪の毛くらいだろうか。この髪も五番目の夫が好きでよく触っていた。他の夫の例に漏れず、金髪の美しい従者の少年と恋に落ち、伯爵家の跡取りだった彼は初夜の晩に駆け落ちした。どうしてもと言われて手引きをしたのは他でもないフランで、その時には侍女に呆れられたものだ。

「夫を取らないでくださいという正当な権利をお持ちなのですよ、フランセスカ様は。そもそも王子の夫を奪おうとすることが変です。もっと怒ってください」

だが互いに想い合っている二人を見てしまえば、そんな強気なことも言えない。それが言えるようなら、それ以前に四回も離縁していないのだから。

はぁとまたため息が零れる。

「フランセスカ様、休憩はいかがですか？　ずっとしゃがみっぱなしではお膝を痛めてしまいますよ」

葉についた害虫を駆除していた庭師に声を掛けら

れたフランは、そんなに長いこと雑草を抜いていたのかと気づき、よいしょっと声を掛けて立ち上がった。

「くっ……ひ、膝が……真っすぐに伸びない……」

あまりにも長く同じ姿勢で、しかもほとんど場所を動くことなくじっとしていたため、関節が固まってしまい、すぐに立ち上がることが困難になっていた。

「大丈夫ですか？」

駆け寄って手助けしようとする庭師を片手を挙げて制する。

「大丈夫。ちょっと……ほんのちょっと痛かっただけだから、うん、もうよさそう」

ぎしぎしと音を立てそうな足と腰を何とか伸ばしたフランは、膝に手を当てて深呼吸をした。考えてみれば、ずっと馬車の中では座りっぱなしで腰にはかなり負担が来ていたはずだ。それで庭作業なのだから、いつもよりも膝や腰に来るわけである。

立ち上がったフランは、爺やがよくするように腰に手を当て、大きく後ろに反らした。大きくというのはあくまでもフランの主観であって、あまり反れてはいないのだが、ぎしぎしだった腰がすっと伸びる感触が気持ちよく、フランはそのまま空を見上げた。

真っ青な空が見える。昼を過ぎたくらいなので、十分に明るく暖かい日差しが顔中に降り注ぎ、気持ちよさにしばらくそうしていた。上を見た時に帽子は地面に落ちてしまったが、そんなことは気にしない。長い間顔を晒《さら》していると後から侍女に叱られそうだが、今の気持ちよさと引き換えにするなら日焼けも悪くないと思ってしまう。

（帰って来たんだね、またイーセリアに）

フランが帰って来るのを前提にしている自室は、出て行く時のまま残されている。衣装や気に入った小道具などは一緒に持ち運ぶが、それ以外はいつもすべてエフセリア国に残して行く。それは一種のフランの覚悟でもあったのだと知る者はほぼいないだろう。相手の望む伴侶となるよう、相手の国に身一つで嫁ぎ、その国に染まる覚悟として。

残されている部屋はフランの心が自由になれる唯一の場所だ。そこが城にそのまま残されているのは嬉しい。

「フランセスカ様」

「はあい、今行きます」

お茶の支度が出来たと庭師と従者が呼ぶ声に、フランは落ちていた帽子を拾うため身を屈め、そしてふと視線を感じて顔を上げれば、貴賓室に続く回廊を数人が歩いているのが見えた。先頭を歩いているのは侍従と騎士で、その後ろにいる五人は異国の服を纏っていた。

（どちらの国の方なんだろう？）

少し浅黒い肌と茶系統の髪は、華やかな髪色が多いエフセリア城内では非常に目立つ。と言っても、これまでも他国の使者や賓客と対面したことのあるフランには、特に珍しいと思えるものではない。ただ、彼らの目が自分に注がれているのだけはしっかりと感じていた。

（この髪の毛の色、珍しいものね）

事前にエフセリア王家の情報を得ていれば第八王子のことも知っているかもしれない。とすれば、凝視される理由もわかる。

ただ、正式に紹介されていない立場ではフランが会ってよい相手かどうかもわからない。そのため、フランは気づかなかったことにして帽子を深く被り直すと、喉を潤す爽やかなお茶が用意された東屋《あずまや》の方へ駆け出した。

褪《あ》せた麦色の帽子から零れた淡紅色の長い髪が、フランの背中を追うように揺れて流れていた。

夕餉《ゆうげ》の前に帰って来た侍女が少し気落ちした表情だったのが気になったが、帰国と破談の報告をするための王族の晩餐には出席しなければならない。

庭作業で汚れていたフランは、打って変わって張り切り出した侍女の手で浴室に放り込まれ、髪を結ったり、衣装を合わせたりとバタバタすることになった。

その後の父国王と正妃三人と十一人の兄弟姉妹揃《そろ》っての食事は大層美味しかった。料理人も心得たもので、第八王子の帰国を知り、傷心の王子のためにと好物ばかりを集めて腕を揮《ふる》ったらしい。

「それで？　今度の破談の理由はなんなの？」

率直に切り出すのはいつも実姉だ。結婚して多少は大人しくなるかと思いきや、そんなことはなく、今夜の晩餐も夫を屋敷に置いての出席だ。いつものことなので給仕も心得て最初から席を用意している。

「……好きな人がいたんだって」

今更なのでフランも素直に言葉にする。その辺の事情は、嫁ぎ先から出立する前にフランと相手国の双方からの書面により父親へ報告されているため、誤魔化すことは不可能だ。

対する兄弟たちの反応は、

「いつもと同じだな」

「当て馬とも言うな」

と遠慮なく辛口だ。これもまた真実なので否定出来ない。

「しかし、お前は本当に運がないな。結婚運というよりも、縁遠いという言葉がぴったりだ」

第五王子の言葉を聞いた実母である第三妃がおっとりと首を傾げる。

「本当に……。祝福はたくさんいただいているのにどうしてなのかしら」

「そうだな。フランセスカが生まれた部屋の窓にはリイロデエルが幾つも巣を作り、三十羽もの雛《ひな》が孵《かえ》って賑《にぎ》やかだった。お前のために遣わされたのだと感謝したものだ」

リイロデエル。幸せを連れて来るというエフセリアの鳥。同じような伝聞のある動物は世界中の至るところにおり、それに漏れず、鳥がもたらす幸せにあやかりたいと願う人は多い。たくさんの卵を産み、雛が多く孵るのも幸せと豊かさの象徴で、出産の際の持ち物にも意匠として描かれることが多い。

その関係で、フランには多くの贈り物が与えられていると小さな頃から言われて来た。透き通るような美しい淡紅色の髪、整った容貌、きめ細やかな肌など、羨ましがられる要素は多い。だが、知力体力共に平均かそれより少し下のフランは、どうせなら役に立つ贈り物がよかったと大きくなるにつれて思うようになっていた。

顔が可愛ければ甘やかしてくれるのは子供時代までで。大人になれば実力勝負だ。王族に生まれて何不自由なく暮らすことが出来るのも幸せの贈り物なのだとしたら、それは十分過ぎるほどの恩恵なのだが……。三十羽の雛と親たちが授けてくれた幸の中に、どうやら「結婚運」というものだけが零れ落ちてしまっていたらしい。よくよく考えれば、それ以外はたくさんの幸を貰っているのだから、普通なら自力で摑《つか》みとれるものなので、ますます皆が首を傾げるのである。

家族の愛情にも恵まれ、福祉政策の一端に関わることで国民からも慕われている第八王子が、なぜ破談と離縁を繰り返すことになるのか。

全員が安易にフランを嫁がせているわけではない。今度こそ戻って来るんじゃないと思いながら、話を進める。その途中で不審や不義、愛情不足を感じればすぐさま破談にする覚悟でいるのだ。そこまで用意をして順調に進めておきながら、最後の最後で破談になる。

「父上、フランの縁遠さを嘆いたところですぐに改善されるようなものではありませんよ」

「確かになあ。誠実な人柄の相手を選んでも無理となると……」

「それなら今度は性格の少し歪《ゆが》んだ男を選べばいいんじゃないか？」

ああだこうだと話をする兄弟たちだが、母たちの中からですら「嫁を貰う」という声が上がらないのはフランには少々不満ではあるが、実際に自分でも夫になる自分が想像できないので、その不満を口にする気はない。

自分を話題に盛り上がる家族を見て食事をしながらフランは、

（まだしばらくはこのままでいいかも）

と思うのだった。

——そんなフランの思惑など知らぬようにまた縁談の話が持ち込まれたのは、翌々日のことだった。


「結婚の申し込み……？」

　父親に呼び出されて国王の執務室に行けば、困り顔の父親と兄王太子、宰相がいた。

「そうだ。お前に縁談の申し込みだ」

「……僕は出戻ったばかりですが？」

　まだ戻って三日目。さすがに早過ぎる話だと眉を寄せるフランだが、国王は「実はな」と説明する。

「両国ともお前がエフセリアに戻って来ると知って、急遽《きゅうきょ》使者を立て既に城に滞在中だ」

「両国……？　つまり二つの国からのお話なのですか？」

「ああ、二国だ」

「……どちらもお断りしてください。戻って来たばかりですぐにそんな話を持ち込まれても……」

　もうしばらくは城でのんびり過ごす気でいたフランは嫌そうに眉を寄せた。

「父様が一言、断ると言えば引き下がるはずです」

「それなんだがな……。先方はどちらもお前からの直接の返事を望んでいる」

「直接？」

　確かにその方がはっきりとはするだろうが、国の面子などを考えれば、使者を通して書面で断るか、こちらから使者を立てて断るかするのが一番角が立たない方法だ。たとえ同じ城内にいようとも、それは慣例でもあった。

　しかし、そんなフランへ兄王太子がニヤリとしか表現出来ない表情を浮かべ、手元の書面に目を落としながら口にしたのは、

「お前への結婚の申し込みをして来たのはマルセル国王、それからカルツェ国王だ」

　というもので、聞いた瞬間フランの眉が吊《つ》り上が

った。

「マルセル国王？」

その名は懐かしくもあり、屈辱を思い出させるには十分なもの。

マルセル国、それはフランが二番目に嫁いだ国だ。相手は当時の王太子で、王妃として迎えられる予定だった。だが、嫁入り支度まで整えて出向く途中で「出戻り王子」は格に合わないという祖父の一存で一方的に破談になり、呆然《ほうぜん》としながら途中で引き返した経緯を持つ因縁の国だ。

「国王は代替わりして、お前の夫になるはずだった王太子が現在の国王だ。そして反対していた先々代は既に墓の下」

「それは知っています。でも、確か妃がいたはず」

「そうだ。だがお前を正妃に据えると言っている」

フランはますます眉間に皺を寄せた。そこまでフランを求めるだけの熱情を持っていたのなら、先々代の言うがままになるのではなく、その時にこそ行動で示して欲しかった。

「……今更ですね」

受ける理由がない。どれだけ面の皮を厚くしてエフセリア国に来たというのだろうか。

「お断りします」

「それをお前の口からはっきり言え。マルセル国王はお前が結婚に同意するまで帰る気がないようだ」

そんなことを言われても困るのだが。

「私としてもお前を貶《おとし》めた国に嫁がせる気はない。だからこそだ。どちらも断るにしても、使者に向かって直接お前が言え。特にマルセル国王は自分に都合がいいように解釈する傾向がある。婉曲《えんきょく》表現は一切不要だ。もっともわかりやすい言葉で言っていい」

兄の言葉にフランは目を丸くした。申し込まれているエフセリア国側の方が優位に立つと言っても、国王を相手にした縁談にあまりにもはっきりした拒絶は国交に差し障りがあるのではと考えたのだ。

「いいのですか？」

「構わない。お前が拒絶するまでもなく我々も何度も書面で断って来たんだ。それなのに城に押しかけられたこちらの方がたまらん。賓客だから追い返すわけにも行かないだろう？　直接お前の口から返事を聞きたいというのがマルセル国王の要望だ」

　そこで兄は嫌そうに……家族の前でしか見せない顰《しか》め面をした。

「マルセル国王はお前に断られるとは微塵《みじん》も思っていない」

「は？」

「爺様に引き裂かれた恋人を迎えに来たのだと息巻いていた。あれは自分に酔ってるな」

「……僕が自分で言わなきゃ駄目？」

「あれは俺たちが言っても聞きやしないぞ？」

　何とも面倒な男である。結婚が決まった時には優しくてよい人という印象が強かったが、これは結婚せずによかったと思うべきだろうか。フランとの縁談が破棄された後、親族から妃を娶《めと》ったという話だったが、その妃がどういう扱いなのかも気になる。三人もの妃を持つ父親や自分の母親たちには悪いが、複数の妃のうちの一人として嫁ぐ気はない。あくまでもフランが欲しているのは、自分一人だけを愛し慈しんでくれる伴侶の存在なのだ。

「わかりました。自分の口で伝えます」

「それがいい」

　そこでしばらく黙って兄弟のやり取りを聞いていた国王が口を挟む。

「フランセスカ、二つの国の使者の方と会い、お前自身の目で確かめ、答えを出しなさい。両方を断るのか、片方に嫁ぐのか、私はお前に任せる」

「……はい。父様」

　これが十度目の縁談だ。慎重に決めなくてはいけない。纏まった後に破談や離縁になれば、もうフランは誰とも結婚しないと決めている。誰もいない辺境にでも領地を貰い、そこで暮らす覚悟は出来ている。

「マルセル、カルツェ両国の使者と会うのは明日の昼。いいな」

「はい」

翌日、気合の入った侍女に飾り付けられ、フランはマルセル、カルツェ両国の使者と会うために謁見の間に赴いた。フランセスカ第八王子に再び縁談が舞い込んだという話で城内が持ち切りだったのにはうんざりしたが、微笑を絶やすことなく場に向かったのは、自身を褒めてもいいと思っている。

国王や宰相たちはまだ本決まりではないからと黙っていたのだが、フランが絶対に自分の国に来ると豪語するマルセル国側の態度により広まってしまったというわけだ。

（どこからその自信が来るのか本当に不思議）

断られた時には、それこそ大恥をかくだろうに。それがあるから他の国でもよほど大きな婚姻でない限り、内密に進めるのが普通だ。確かに、エフセリアには劣るがマルセルはそこそこの国力のある国だ。大きな縁談と言えばそうなのだが。一度横やりが入って破談になった話なので、外聞的にはよくないと思うフランとは反対に、恋愛劇を好む者たちの間では、好意的に受け取られているらしい。その結果、既に結婚の約束を交わし合った仲だという話が蔓延《まんえん》してしまったのには、閉口するしかない。

さすがに第八王子付きの侍女や護衛たちは、そんな噂に振り回されることはなかったが、知人や同僚たちから進み具合はどうなっているのか探りを入れられることも多かったようだ。

それでどうなったかと言えば、

（絶対に断ってやる！）

フランの中では何よりも固くその意思が固まってしまったのは、マルセル国側としては悲劇だっただろう。

話を聞いた当日は顔を合わせるのも憂鬱だったが、今は足取りも確かだ。長い淡紅色の髪を靡《なび》かせて――侍女が見栄えよく結ってくれた――勇ましい足取りで背筋をぴんと伸ばし颯爽《さっそう》と歩くフランの姿は、すれ違う者たちの目を引いた。都合よく初夏を思わせる風が吹くものだから、透き通った輝きを持つ髪が余計に目立ったのかもしれない。まるで糸で絡めとられたかのように、皆の視線はフランの背中に釘《くぎ》付《づ》けだ。

侍女が着せてくれたのは、家族の中でも好評な白い衣装だ。袖も裾も長い。体のほとんどを隠しているにも関わらず、妙な色気があると言わしめるものだ。これに、お気に入りの紅水晶の耳飾りをつけ、膝をつくマルセル、カルツェ両国の使者の前に立った。

玉座には国王が座り、左右には王太子と宰相、それに近衛騎士たちが並んでいる。その中に騎士マアトンの姿もあるが、フランの心が動かされることはもうない。

心配そうな視線にはあえて気づかなかったことにする。

「陛下、フランセスカ、参りました」

父国王の前で軽く膝を折って挨拶をする。普段は仲のよい家族だが、公の場では家臣としての礼を取ることは必須だった。たとえ八番目の王子といえども国王がいる前で相応《ふさわ》しくない態度を取れば、揚げ足を取ろうとする者は少なからず存在するのだ。

「ああ、来たか」

父親に椅子を勧められ、兄の隣に腰を下ろしたフランは、そこで初めて自分へ結婚を申し込んだ二つの国の使者と対面することになった。と言っても、片方のマルセル国には一度嫁ぎかけた身。彼らの豪奢な金色の髪も、同じように華やかな衣装も覚えている。その使者の中に元結婚相手の顔を見つけ、フランの眉間に小さく皺が寄ったのは、真横にいた兄しか気づいていなかっただろう。

「フランセスカ、お前に結婚を申し込んだ方々だ。向かって右側がマルセル国、左側がカルツェ国。本来なら、どちらも吟味した上で返事をするところだが、今回はマルセル国王のたっての願いでこの場を設けることになった」

それにマルセル国王は小さく頷き、右側に顔を向け小さく笑った。どこか見下したような蔑《さげす》みを含んだその意味は、カルツェ国の使者たちの華やかさとは無縁の質素な衣装にあることは明白だ。眩《まぶ》しいばかりに輝くマルセル国使者に比べれば、確かに茶や黒、紺色を基調にし、飾りもほとんどつけていないカルツェ国の衣装を纏った彼らは地味に見える。

加えて、彼らが各々持参した贈り物が室内に置かれているのだが、その量たるや差は歴然だ。宝石をちりばめた大きな箱の中に上等の絹や宝飾品が収められたマルセル国。カルツェ国は民芸品として敷物や壁掛けを持参していたが、決して煌《きら》びやかではない。

本来の国力がそのまま表現されているようなものだった。実はフランもカルツェ国は名前と場所を知っているくらいで、どういう国なのかよくわかっていない。近習《きんじゅう》の中にも詳しいものがおらず、ただ毛織物が有名だという話を聞いたくらいだ。

「フランセスカ王子」

マルセル国王が白い歯を見せてフランに向けて微笑みを投げ掛ける。相変わらずの色男ぶりである。

その色男は、膝をついたままフランに向けて両腕を差し出した。

「貴方と引き裂かれた日から想わぬ日はなかった。今、こうして再び貴方を腕に抱くことが出来て、私の心は喜びに打ち震えている。あの日、非情の手によって摘み取られてしまった愛を再び貴方と育てたい。フランセスカ、どうか私の妻になると言ってくれ。既に我が国には貴方専用の宮殿を作らせているところだ。金銀財宝だけでなく国内の粋を集めた立派なものだぞ。そこで私の妻となり、共に暮らそうではないか」

本人は真面目なのかもしれないが、まるで歌劇のようなマルセル国王の言葉はフランの耳を軽く撫でただけで素通りし、心にまで落ちることはない。

「マルセル王」

「他人行儀なことを言わないでくれ、フランセスカ。昔のようにレオナルドと呼んでくれ」

「――いえ、今の私と陛下は他人です。馴れ馴れしくすることは出来ません」

「だがすぐに他人ではなくなるだろう？　カルツェ国の方々には悪いが、フランセスカは私の妻となると決められている。エフセリア陛下もお人が悪いですな。わざわざカルツェ国の使者の前ではっきりさせるとは」

　フランが横を見ると兄が首を振っている。

（本当だ。兄様が言っていたように、最初から僕が選ぶことをまるで疑っていない）

　その自信は一体どこから来るのかと思ったが、

（……ううん、思えば最初からこういう人だったかも）

　よく言えば自信家。悪く言えば他人の言葉に耳を貸さない。逞《たくま》しくて、少し強引なところが頼もしく優しくて素敵な男に恋をしていたと思っていたことが、今となっては恥ずかしい。

「さあ、フランセスカ早く。私のこの手に貴方の美しい手を乗せておくれ」

　すっと差し出された手。

　それを見つめたフランは椅子から立ち上がり、一歩を踏み出した。

「おい」

　隣から兄が慌てた声を出し腰を浮かしかけたのがわかったが、フランは僅かな距離を歩き、マルセル国王の前に立った。膝をつき手を差し伸ばす美男王と美しい王子。

　横を見れば、唇を結んでいるカルツェ国の使者たちの顔が見える。彼らはこの場で一言も発していない。小国だからという遠慮なのか、それとも美辞麗句で飾り立てるマルセル王に呑《の》まれてしまったのか。

（でも）

　それでも彼らは顔を俯かせることをせず、真っすぐに上げている。自分たちの横顔に視線が注がれるのも気づいている。

（庭で僕がぼやいていたのを聞いていた人たちだよね）

　農作業用の服を着て、雑草取りをしていたフランを彼らは見ている。そんなフランでも、そしてマルセル国が優位だという話を聞いてなお、情け容赦ないともいえる二国同時に本人から返事をするという場にも出て来た。

「マルセル王」

「どうぞレオナルドと、フランセスカ」

「いえ。あなたと私は他人です。そして今後もずっと他人のまま。私がこの手を取ることは一生ない」

そう言うとフランは伸ばされた手を取ったまま、下へ下ろさせた。

エフセリア国にとっては当然のフランの拒絶は、マルセル王にとっては考えられない言葉だったのだろう、そのままの姿勢で固まった。慌てている側近たちが、

「フランセスカ様！　どうかお考え直しを！　我が王の元へ来てください」

などと叫んでいるがそれらも完全無視したフランは、そのままカルツェ国の使者の前に立ち、膝をつく彼らを見下ろした。

「私はお淑やかでも飛びぬけて賢くもない。それはあなた方も承知のことだと思います。それに何度も出戻っている男です。それでも欲しいですか？　私を嫁にしたいですか？　カルツェ国は私に何を与えてくれる？　宝石？　城？　動物や飾り？」

使者たちは困惑したように顔を見合わせた後、

「豪華な料理は無理ですが、綺麗な甘い水を毎日飲むことが出来ます」

「絵画以上に美しい景色はきっと王子の心を和ませ、安らかにしてくれるかと思います」

「国民たちはフランセスカ王子がカルツェ国王の妃になることを心から喜んでくれるでしょう」

そう口々に述べた。どれも形になるものではないが、カルツェ国を好きだから出て来る言葉だ。そして、一人の使者がフランの足元で頭を下げ、言った。

「カルツェ国王はあなた一人を心から愛し、慈しみましょう」

フランの顔に微笑が浮かぶ。

「父上、兄上。決めました。私は——僕はカルツェ国王の元へ嫁ぎます」

おおっという声は国王と王太子のもので、肝心のカルツェ国の使者たちの顔には驚愕《きょうがく》が張り付いている。だが、すぐにそれも剝がれ落ち、歓喜の顔に変

わるや否や、全員が頭《こうべ》を垂れて深く感謝の意を示した。

「フ、フランセスカ！　なぜだ!?　なぜ私を選ばない!?」

マルセル国王が詰め寄ろうとするが、近衛騎士が間に入ることで遮られる。

「マルセル王、僕が欲しいのは飾りや城じゃない。僕を大事にしてくれるという確約」

「私も大事にする！」

「うん。それはよくわかる。きっとあなたは僕を愛してくれると思う。だけどね、レオナルド」

フランはにっこりと微笑み、騎士の間から手招きしたマルセル王の耳に囁《ささや》いた。

「僕は他に妃のいる人のところに嫁ぐ気はこれっぽっちもないんだよ。あなたには二人の妃と六人の愛《あい》妾《しょう》がいるね？　彼女たちと縁を切れる？　切れないでしょう？」

「それは……王としての務めが……」

「わかってる。だからこれは僕の我儘《わがまま》」


がっくりと項垂《うなだ》れたマルセル王を側近が抱え込むようにして囲む。もしもこの報復でカルツェ国に何かを仕掛けようとするのなら、エフセリア国を敵に回すことになる。

フランはもう一度、カルツェ国一行へ顔を向けた。涙を浮かべている者もいる。エフセリア国王の前だから自重しているが、貴賓室に帰り彼らだけになった時にはさらに喜びを大きく表すのだろう。

フランの視線に気づいた一人がはっと顔を向け、小さく会釈する。最後に足元に額をつけた男だ。

そしてフランの顔を見つめ、小さく口元に微笑を浮かべた。

フランセスカ第八王子とカルツェ国王との縁談成立の報は、城内王都だけでなくすぐにエフセリア国中を回ることになる。


しかし、めでたい話がある一方で、悲しい出来事もあった。

「……申し訳ありません、フランセスカ様」

次の嫁ぎ先が決まったよと、縁談が持ち上がるたびに先方まで一緒について来た侍女ポリーに告げたフランに返ってきたのは、

「ご一緒することが出来なくなりました。私、城仕えを辞去することになりました」

というまさかの発言だった。

理由はまさに結婚のためというものだった。

それなりの良家出身である侍女の家では、王子の九回目の出戻りを知り急遽娘の縁談を進めていた。相手は侍女の幼馴染で人柄は誠実、フランとしても祝福すべきところなのだが、侍女の親戚が口にしたという、

「出戻り王子の元にいれば嫁《い》き遅れてしまう！　早く所帯を持たせなければ！」

という危機感溢れる言葉には、悲しいやら腹立たしいやらで思わず涙ぐんでしまった。

「ポリー……」

「ほんっとうに申し訳ありません！」

深く腰を曲げ頭を下げる侍女の姿に、フランは何も言うことが出来なかった。

確かに親戚の言い分には一理ある。これまでずっと他国にまで同行して親身になってくれた侍女は、本当に気立てがよいのだ。普通なら主の嫁ぎ先でよい相手を見つけ、そこから所帯を持つ場合が多いのだが、出戻りを繰り返すフランが婚家に滞在する日数は多くはなく、出会いなどほぼない中で、相思相愛の相手を見つけることなど出来るはずがない。多少気が強いところはあるが、破談した時にも離縁を申し渡された時にも、彼女がいるから耐えられたというのはある。

「ポリーはいくつになったんだっけ？」

「……女性に年齢を訊《き》きますか？　一応、二十六です」

沈黙が二人の間に流れた後、フランは思い切り潔く頭を下げて謝罪した。

「ごめんなさい！　僕に付き合ったために婚期が遅れて！　そうだよね、本当なら今頃は子供の三人や

五人はいてもおかしくない歳《とし》だよね。僕より二つも年上なんだから、先にポリーの相手を探さなきゃいけなかったんだ」

「……フランセスカ様、それ以上言わないでくださいまし。なんだか、改めて年齢のことを言われると胸を焼け串で突かれているような痛みが……」

「……うん、僕も同じ痛みが今走ったよ……」

　適齢期を過ぎた者同士、二人して胸を押さえ、しばし沈黙する。男のフランでさえ、二十四という年齢に危機感を覚えているのだから、侍女はなおさらだろう。城で働く侍女や侍従の中には独身者が多かったため、つい当たり前のように受け入れていたが、二十六歳の侍女は世間的には婚期を逃した女と呼ばれる部類に入ってしまうのだ。そのまま独身を貫く意志があるならあれこれ言うことではないが、フランが嫁ぐたびに、

「嫁ぎ先によい方がいたらぜひ場を設定してくださいませ」

　と笑いながら言うくらいだから、誰か好いた相手を見つけ結婚する気はあるのだろう。

「本当にごめんね、ポリー。僕が不甲斐《ふがい》ないばかりに迷惑掛けてしまって……主失格だ」

「いいんです。私が好きでお世話をしていただけです」

「それでも。僕の方から気遣うべきだった」

　もう一度頭を下げて謝罪したフランは今後のことを尋ねた。

「結婚はいつ？」

「両親はすぐにでもと言うのですけど……」

　先にフランの縁談が纏まってしまったのが侍女には予想外だったという。このまま城にいるのなら、代わりの侍女を鍛え上げて形になってから辞職しようと考えていたらしいのだが、カルツェ国への出立が早まればそれもままならない。さらに、カルツェ国との事情もある。一度使者たちは数名を残して国へ戻り、フランを迎え入れる準備を整えた上で迎えの馬車を寄越すことになっていたのだが、一部を先に国へ帰らせ、フランは使者たちが国へ戻る時に同

行することになったのだ。これは、マルセル国の存在が大きい。はっきりと断られたことを未だに信じられないマルセル国王に、茶番や口実ではなく、真実嫁入りするのだと知らしめる意味もあった。

付け加えるなら、マルセル国一行の動向には鋭く目を光らせている。エフセリア国としては早々に国に帰っていただきたいのだが、まかり間違っても相手は国王で今後も外交などで関係を持たなくてはいけない。フランたちがカルツェ国に無事に入国したのを確認しての帰国となるようあの手この手を使って調整しているらしい。

父や兄が取ったこれらの対応にはフランは本当に感謝している。移動途中に襲撃されたり、略奪されたりは普通にあり得そうだから怖いのだ。マルセル国からカルツェ国へ宣戦布告でもされようものなら、最悪などという言葉では済まされない。それに、ただでさえ「出戻り王子」という名が定着しているのだ。「傾国の王子」などと呼ばれるのは遠慮したい。

何にしても、今まではエフセリア国から自分の馬車に乗って赴くばかりだったので、この対応は新鮮だ。

「乗り心地はどうなのでしょう。フランセスカ様は固いのはお好きではないでしょう？」

「うん。でも途中に休憩も入るだろうし、宿に泊まることになるから大丈夫だと思う」

ただ、そこに慣れた侍女を連れて行けないことが残念だ。

「では、フランセスカ様がカルツェ国の馬車に乗るその日までお世話させていただきます。そこはどんなに家族が文句を言おうと変わりません。幼馴染は私のフランセスカ様に懸ける熱情をよく知っていますから、彼の家の方も何とかしてくれるでしょうし」

「ありがとうポリー。とても信頼できる人なんだね」

「ええ。何と言っても幼馴染ですし。まさか結婚相手になるとは思いもしませんでした」

てきぱきと部屋の用事をしながら語る侍女だが、その頬が緩んでいるのを見ると満更ではないのがわかる。

「今までありがとう、ポリー。どうか幸せな結婚をしてね」

「フランセスカ様、まだ嫁入りまでは間がありますよ」

「それなんだけど、僕がまだエフセリアにいる間に結婚するんじゃ駄目？　ずっと一緒だったポリーが幸せになる姿を僕も見たい」

「それは……あ、でも……」

結婚すれば城仕えを辞めなくてはならないと考えていた侍女は、よいことを思いついたと手を打った。

「わかりました。先方と家族を言い包《くる》めます。結婚はすぐにしてもいいですけど、最大譲歩としてフランセスカ様がカルツェ国へ出発するまでは城にいることを認めさせます。それを認めてくれないなら家族と縁を切ってでもカルツェへついて行きますから！」

「それはとっても嬉しい決意だけど、ねえポリー」

「はい？　なんでございましょう？」

「ポリーは結婚を早くにしてもいいと思うくらいにはその幼馴染のことを好きなんだね」

ぽっと赤く染まった頬が答えだった。身近にいてそんな対象とは思わず育って来たが、結婚してもよいと思うくらいには好意を持っていたのだと気づかされたのだろう。

「そうと決まったら盛大な式を挙げなきゃいけないな」

嬉しそうにはにかむ侍女を見ながら、幸せを掴んだ侍女を祝うと同時に少しだけやるせない気持ちが燻《くすぶ》っていることにフランが気づいたのは彼女が部屋を去り、一人になってからだった。

そう、最後の嫁入りにはいつも一緒にいた侍女がいない。フランは一人でカルツェ国へ行かなければならないのだ。他の侍女を連れて行くという選択肢はフランの中にはなかった。

「第八王子について行くせいで嫁き遅れる」

そんな噂があるのなら、まだ若い彼女たちを伴う気には到底なれるわけがない。

「カルツェ国には僕一人で行った方がいいのかもし

れないな」

椅子の背凭《せもた》れに体を預け、天井を見上げ呟く。

エフセリア国からカルツェまで馬車で二十日という距離は、遠いというわけではない。他国へ行くのにひと月以上掛かるのは普通にあることだからだ。だから近くと言えば近くなのだが、その割にあまり知らないのはやはり大きな国二つに挟まれた山間に位置するその立地のせいだと思われる。

使者が持参した絨毯《じゅうたん》のように毛織物は有名だが、小さく狭い土地なので観光地にはなりえず、温泉が湧く場所は多少あるようだが有名な温泉保養地がすぐ隣の国にあるために、わざわざ不便なカルツェ国まで足を延ばすこともない――という状況だ。

確かに物質的な豊かさでは劣る。贅沢を約束された生活が待っているわけではない。

それでも、選んだのは自分だ。断るという選択も出来たのに、しなかったのはフラン自身。

「いっそ、そういう生活の方がいいのかもしれないな」

今とはまるで違う環境の国でなら、侍女がいないという孤独感も紛らわせることが出来るだろう。寂しい気持ちは大きい。だが、引き留めてはいけないと考える理性的な判断力は健在だ。

驚いて混乱はしたが、侍女と会話している間に気分は落ち着いた。寂しさが消えるわけではないが、折り合いをつけていかなくてはならないのだ。

フランはふらりと外に出て、いつも手入れをしている中庭に足を運んだ。今日は他の場所で作業しているのか、綺麗に手入れされた庭には誰もいない。フランは庭園の端にある椅子に座り、ぼんやりと空を見上げた。

帽子も被らず、作業着にも着替えず、王族としての普段着のまま座るフランの姿を遠目に見た者たちが噂の第八王子だと小さな声で囁き合う声も聞こえる。

「――カルツェ国王ってどんな方なのかな」

あの場で尋ねることをしなかった自分が馬鹿なのだろう。後から父親と兄に尋ねても、教えてくれなかった。王のことを知らないで決めたフランへの呆れが大きく含まれたため息と共に。それでも、反対はされなかったのだから、エフセリア王の目に適《かな》った人物には違いない。押し掛けて来たマルセル王だけが例外であって、それ以外の場合、フランに話を通すまでもなく断りの返事を入れられているのが常だから。

「僕に優しくしてくれたらいいな。僕もたくさん優しくして、愛せる方だといいな」

これまでと違ってカルツェ王がどんな趣味を持ち、何に興味があり、どんな人物を好むのかがわからない。だから正直なところ、戸惑いはある。それでもフランは行くしかない。

取り繕って相手の好みに合わせようと振る舞った結果も含めての九度の破談と離縁。

ならば今度はありのままの自分を最初から出して行こう。それで気に入られなければ、可愛らしく優しいフランセスカ第八王子を求めていたのなら幻滅させてしまうかもしれないが、努力はしようと思う。

カルツェ王が好きな料理を覚え、歌を好むなら歌い、狩りが好きなら馬に乗って付き添おう。

「だから僕を好きになって」

カルツェ王に願うのはただそれだけ。

空に昇った声が遠い山まで飛んでいけばいいなと思いながら、フランは瞼を閉じた。

僅かの時間うとうとしてしまっていたのか、目覚めたフランは自分の体に掛けられているものに気が付いた。

「これ……カルツェの人たちが来ていた上着」

初夏なので寒くはないが、やはり日が落ちかけていると夕風も吹いて体温が下がる。その割に気持ちよく寝ることが出来たのもこの上着のおかげだろう。濃い茶色で地味だと思っていた衣装だが、よく見れば細かな刺繍がびっしりと施されている。

少し持ち上げ、体に当てる。

「大きい……」

あまりの大きさに笑いながらフランは貴賓室の方を振り返った。窓辺に立つ背の高い男と目が合い、フランは微笑みながら、上着を持ち上げ小さく頭を下げた。このまま持ち帰るわけにもいかないため、椅子の背に掛けておくよと示しておけば、取りに来てくれるだろう。

直接顔を合わせて礼を言うことも考えたが、主との婚礼が決まったフランと二人で会うのは、たとえそこが開かれた庭という場所であっても止《や》めた方が無難だ。カルツェ王の性格は知らないが、臣下を咎める案件をわざわざ作る必要はない。

すっと立ち上がったフランは、もう一度窓に向かって手を上げ、緩く振った。

不安はないとは言わない。だが、優しい心遣いの出来る人の上に立つ王なら、好きになれそうな気がした。

山間の小国カルツェへはエフセリア国から東に二つ国を越え、二十日を要した。先行する使者が事前に用意をしていたおかげで、野宿をすることなく宿で寝ることが出来たのは喜ばしい誤算だった。貧しい国という印象が強いため、取っても小さな宿、もしくは野宿も覚悟していたフランには、よい方向に肩透かしになった。

その代わり、進む行程が宿のある街中心になったのは仕方がないと言える。下手に先に進んで日暮れまでに次の街に着かなければ待っているのは野宿である。フラン自身は野宿の経験はある。だが、どれも念入りに用意された馬車と大勢の護衛と立派な天幕を使った。食材も保存のきく範囲で上等なものが用意されていた。

だが今使っているのはエフセリアの旅用の馬車ではない。縁談が纏まり、輿《こし》入れの日取りが決まってすぐにエフセリアの職人が手を入れたカルツェ国の馬車は、一応の体裁と乗り心地を備えてはいたが、寝泊まりするための十分な広さはない。

だからと言って、居心地の悪い思いをしていたかというとそうではなかった。

(なんて言えばいいのかわからないけど、みんなす

ごく一生懸命）

城門前で泣きながら別れを告げた侍女は最後まで自分の代わりを連れて行くようにと主張したが、フランはそれを断り、単身カルツェ国の馬車に乗った。これにはさすがに父国王も実母も眉を寄せたが、エフセリア国内は近衛騎士と軍隊が護衛し、国境から先はカルツェ国からの迎えが護衛としてつくということで、荷車含めて四台の馬車の安全は確保されている。問題はフランの身の回りを世話する者が誰もいないということだった。

子供ではないのだから着替えや食事くらいは自分で出来ますと主張するのに心配する家族には、若干むっとした。十六歳の妹姫にまで心配される二十四歳の成人男性というのはあんまりではないか、と。

不名誉な「出戻り王子の付き人」の烙印《らくいん》を押され婚期を逃させてはいけないと、侍女だけでなく従者も断ったフランの世話を担当したのはカルツェ人の青年で、それはもう甲斐甲斐しく世話をしてくれた。

薄茶の髪と赤銅色の瞳の青年は、エフセリア城内で何度か見掛けた使者の一人で、常にフランの側に付き従いながら用をこなした。若いがそれなりの地位にいるのは他の使者たちと話す時の態度が下の者に見えなかったのと、予定通りに合流したカルツェの兵士たちへ指示を出す様子を見る中で感じたものだ。

思うに、国王の側近かそういう役職を持った者で、フランを無事にカルツェ国へ送り届けようと誠心誠意尽くしているようだ。口数は多くはなく必要なことだけしか喋らないが、これから向かう先に思いを馳《は》せたいフランにはちょうどいい静けさだ。

（今まではいつもポリーがお喋りしてたっけ）

新しい生活に期待を膨らませ、不安を紛らわせるようにずっと喋り続けて賑やかだった。今回はそれもない。

最初は確かに退屈していた。座って窓の外を眺めているだけでは、いくら景色が変わろうと飽きもする。それで、ぽつぽつと同じ馬車に座る青年に話し掛けるのだが、問い掛けに対して返って来るのが「山羊や羊が多い国です」「名物は水と毛織物です」

など、事前に入手した情報と何ら変わり映えのないものなのだ。

ただ、それが途中で面白くなったのは内緒だ。フランの問いに対して熟慮を重ねた後での返事がすべてこんな具合なのだ。畏まっているというよりも、真剣に考えて応えようとする青年の態度は好ましいと思え、見知らぬ国へ行く道中にはカルツェという国に対する興味も湧いて来た。

「毛織物が特産物なのは戴《いただ》いた絨毯や壁掛けを見ればとてもよくわかりました。本当に素敵でしたよ」

「！　気に入っていただけてよかったです」

ぱっと上げた赤銅色の瞳が嬉しそうに輝く。表情をあまり見せない中で、この瞳だけは雄弁に青年の心中を語っていた。

「カルツェの城に用意させた部屋にも毛織物を使った品を入れさせました。気に入っていただけるといいのですが」

「戴いたものよりも素敵？」

「はい」

「じゃあエフセリアの母上や姉上には内緒にしておかなくちゃ。あの戴いた絨毯、取り合いになって大変だもの。生活に慣れたらぜひ送って欲しいっておねだりされているんですよ」

「そういうことなら送らせていただきます。我が国の職人もとても喜ぶと思います」

誇らしげな青年を見ていると、カルツェという国をとても愛しているのが見えて来る。それは青年以外の使者や護衛の兵士たちも同じで、槍《やり》の穂先につけた飾りもよく見れば毛織製品であり、様々なところに趣向を生かして使用されている。民芸品でありながら、飾られているのを見て楽しむものではなく、生活の一部として愛されているのだろう。

「あなたの着ている衣装も素敵ですよ」

青年はぽっと頬を染めて俯いた。褒められるのに慣れていないのかもしれない。まさか国王に嫁ぐフランに懸想することはないだろうが、初心《うぶ》な反応は見ていて和むものだ。

一目でそれとわかるカルツェ国の一行は、事前にエフセリア・カルツェ両国から嫁入り道中だと通達が徹底されているため、途中にある他国の関門も難なく通り抜けることが出来た。フランにとって幸いだったのは、今まで入国したことのない国だったため、「あの出戻り王子がまた来た」などと思われることがなかったことだろう。

あれは地味に精神を削るのだ。行きはともかく帰りまで同じ道を通らなければならないことに最初の頃は涙が溢れ、道を変えさせたこともある。

（カルツェ国から出るのは里帰りだけになるようにしたいな）

そしてようやくカルツェ国が見えて来た。

「フランセスカ王子、あれがカルツェ国です」

ほっとした表情の青年に促されて外を見れば、標高の高い山が連なっているのが見える。

「あの山がそう？」

「はい。あの山全体がカルツェ国です」

「……山しか見えないけど」

青年はくすりと笑った。

「初めて来た人は皆同じことを言います。ここからでは山しか見えませんが、近づくと丘陵地になっています。山間には拓《ひら》けた場所もあるので、そこに町を作って生活しています」

「首都は国と同じカルツェという名前だっけ」

百年程前の隣国二国を相手にしての敗戦により山岳地域以外の領地の大半を取られたが、国名と残された首都名が同じだったということは伝統と歴史を引き継ぐ上でも当時の民には大きな喜びだった。

「首都と言っても、イーセリアのように大きな街ではないのです。小さな、本当にすぐに見て回ることが出来るくらいの大きさしかないので……」

「僕も見て回ることが出来る？　王様にお願いしたら許してくれるかな？」

「――ええ。きっと許可しますよ。あなたの願いなら何でも叶《かな》えたいと思っています」

それなら愛し愛されたいという願いも叶えられるのだろうか。

入国検査を受けた時には、

「ようこそカルツェ国へ。国民一同、フランセスカ王子殿下の御到着をお待ちしておりました」

とキラキラした瞳で言われ、照れて恥ずかしいという気持ちになった。

カルツェ国が小さいというのは、国境の関門を抜けて半日もしないうちに首都に到着した時に実感した。

木と白壁と赤い屋根の家が幾つも並ぶ小さな町。青年が言うように本当に小さな町だった。山と言っても深い谷底のあるような険しい山を登ってきたわけでなく、木立に囲まれた隧道《すいどう》や森を越えながら、ゆっくりと山道を登り、少し下ってまた幾つかの町や村を越えて、フランは今、カルツェの町を眺めている。

「ここが……」

「見えますか？　町から少し離れたところに茶煉瓦《レンガ》の大きな建物があります」

「もしかしてあれがカルツェ国のお城？」

青年は苦笑した。

「城というにはとても小さいので驚きましたか？そう、あれがカルツェ国の城です」

確かに驚いた。城というと広大な敷地と立派な庭園と軍隊と城門のある場所を思い浮かべるが、カルツェ国の中枢に当たる城は本当に小ぢんまりとしたものだった。造りは確かに城だろうが、エフセリア国の領主たちの城よりも遥《はる》かに小さい。城というよりは、別荘と言った方が似合いだ。

なんと返したらよいものか、黙ったままのフランにそれ以上声を掛けることなく馬車は進んだ。

「花嫁行列だ！」

「王様のお妃さまがいらっしゃった！」

「ルネ様万歳！」

「王様、お嫁様万歳！」

ガタゴトと古い石畳の道を馬車が進むたび、たくさんの声が掛けられる。

願わくば、この民衆の歓迎と喜びを裏切ることがないように——。

そして馬車は色とりどりの花が咲く花壇に添って前庭を通り、城の門前へと到着した。

ゆっくりと馬車が停まり、後続の馬車まで全部が続くと、これまで共に旅をして来た兵士たちがずらりとフランが乗る馬車の前で二列に整列する。

そして、外側からゆっくりと開かれる扉。

先に青年が下り、迎えの人々に会釈をした後、フランへ手を差し出した。

その手の上に軽く手を添えたフランがカルツェ国の大地へ最初の一歩を下ろす。衣装の裾が乱れないよう、整えてくれたのは青年だ。

（カルツェ国……ここが今日から僕が暮らす場所）

見上げた城は遠目から見た時よりは大きかった。年代を感じさせる趣はあるが、決して古めかしくも黴《かび》臭さも感じさせない明るく開放感のある城だ。窓辺には花が飾られ、色を添えている。

馬車がそのまま通り抜けられそうな大きな扉は開かれており、奥に臙脂《エンジ》の絨毯が敷かれているのが見えた。あれもまたカルツェ特産の毛織物だろう。

扉――入り口の前にはずらりと迎えのための家臣が揃っていた。年代も様々で、若かったり年を取っていたりする。兵士たちは一糸乱れぬ姿で槍を持って立っているが、視線はフランたちにちらちらと寄せられていた。

（どなたがカルツェ国王なんだろう？）

真ん中の偉丈夫か、それとも手前にいる文官風の男だろうか⁉

考えているうちに、後続の馬車から降りた使者の一人がフランたちの前に立ち、声を上げる。

「エフセリア国第八王子フランセスカ殿下です」

それに合わせてフランが軽く会釈をすると、迎えの集団の中から数歩前に出た老齢の男が胸の前で両手を交差し、カルツェ風の挨拶をする。

「ようこそいらっしゃいました、フランセス殿下。このような辺境にお越しいただき、臣下一同を代表してお礼を申し上げます」

それから顔を上げた男は、皺のある顔をくしゃり

と歪め、本当に嬉しそうに言った。

「お帰りなさいませ、陛下。絶対に花嫁を連れて来るという我々への誓い、見事に果たされましたな」

「へ？」

老人の向ける視線の先は自分にある。フランははっと顔を横へ向けた。いや、自分の隣にある。旅の間中、ずっと側にいてくれた青年。確かに地位は使者たちの中では高いだろうと思っていたが、まさか……。

「王様？　カルツェ国王？　あなたが？」

青年は道中何度も見せたはにかみと苦笑が混じった笑みを浮かべた後、フランの手を取り、その甲へ口づけた。

「自己紹介が遅れました。カルツェ国王ルネ・ルパーリンク・クォルツと申します」

喜びに溢れる瞳はこれまで以上に真っすぐにフランを見つめている。

「あなたが、国王陛下？」

「はい、フランセスカ王子」

「そして僕の結婚相手？」

「はい」

まじまじと背の高い青年を見上げるフランの表情は、ここに侍女がいたならば「フランセスカ様！　間抜けな顔になってます！　せっかくの美貌が台無しです！」と騒いだことだろう。

再度、フランの手の甲に口づけたルネは、片手でフランの肩を抱き、そっと城の中へと促した。

呆然としたままのフランの意識が現実に戻ったのは、フラン用の部屋——つまりは正妃の部屋へと案内されて、ふかふかの敷物に埋まるようにして椅子に体を預けた後だった。


温かい茶の香ばしい香りがするカップを両手で包むように持ち、フランはふぅと息を吐いた。少し冷ます意味もあったが、自然に零れたため息でもある。

「気づかなかった僕も僕だけど……」

ちょっとこれはどうなんだと愚痴の一つも言いた

くなる。

エフセリアからカルツェまでの二十日の間、夫となる男と共にずっと旅をして来たという事実を知らされた時の衝撃は、まだ収まっていない。

カルツェ王だとわかってしまえば、座り心地のよい馬車だったのにも納得がいく。勿論、フランのためにエフセリアの職人も手を入れてくれたが、元々上等な馬車ではあったのだろう。

「失礼なことは……たぶんしていないはずだから大丈夫だとは思いたいなあ」

なぜ自分の身分や名前を明かさなかったのかは、本人に尋ねてみなければわからないが、旅の間、何不自由なく過ごせるよう最大の配慮がされていたのは事実だ。その采配を振るったのが国王ルネ本人で、まるでフランの専属従者のように丁寧に接して来た。あくまでも控え目に従順に世話をする男を誰が国王だと思うだろうか。もしかするとフランが知らないだけで、着ていた衣装に格の上下があり、国王だと示す何かをつけていたのかもしれない。フランの所持品の一部に、エフセリア王家の紋章がつけられているように。

「でも、父様だって普段着を着て歩いていたら、普通の年を取ったおじ様にしか見えないから、それと同じかな」

使者としてエフセリアの城にいた時にも、地味な服装だった。マルセル王のように、頭に金色の王冠を被り、宝石がちりばめられた礼装用の剣を腰に佩《は》き、長いマントを着ていたわけではない。

もしもカルツェ国だけの使者だったなら、もう少し興味を持って見ていたと思う。そうすれば、何かしら彼らの態度や話しぶりから気づいたかもしれない。だが、よりにもよって同時期にエフセリア城に滞在していたのは、マルセル王。フランへの貢ぎ物の数からして違う彼らに霞《かす》んでよく見えていなかった。

（これは僕の落ち度だね）

ただ、婚姻を決めたのはマルセル王への当てつけや付け入る隙を与えないための方便ではなく、少ない会話の中に滲み出る彼らの誠意を受け取りたいと思ったからだ。

カルツェ王も使者たちも悪くはない。悪いのはフラン自身とそれから、

(父上も教えてくれればよかったのに!)

それとも父親にも知らせていないのだろうかと考え、それは違うと思い直す。

あの実直なカルツェ王なら、結婚の申し込みも面と向かって父国王にしたはずだ。フランを驚かすつもりだったのか、それとも忘れていたのか、フランが知っていると思い込んでいたのか……。

ただ、この件に関してカルツェ王はフランを騙したわけではないと思う。細やかな気配りが出来る青年だが、本当に口数は少なく、まるで犬のように懐いているという表現がぴったりなほどフランに尽くしてくれた。フランと一緒にいられることを喜んでいるのが、体中から感じられた。よくよく主に言い含められているのだろうと思っていたが、従者ではなく本人として結婚相手と共にいたからであれば、甲斐甲斐しかったのも頷ける。

きっとそんな男なのだ、ルネというカルツェ王は。

「いい人なんだろうな」

これから夫として共に過ごすことに対し、これまでの縁談では持たなかった期待を抱いてしまうのは、自分に対する露骨なほどの好意を感じたからだ。

呆然としていたフランをこの部屋まで案内したカルツェ王は、少し待っているようにと言い置いてすぐに部屋を出て行った。

茶を運んで来たのは素朴な衣装に身を包んだ女性で、侍女だろうと思われる。赤い頬をした侍女はフランの顔を見てさらに顔を赤くし、あたふたと支度をして部屋を出て行った。お茶を零さないか、見ているフランの方がハラハラした。あの様子ではフラン付きの侍女というわけではなく、城で働いている者が運んで来たというだけだろう。決して洗練された手つきで淹《い》れられたものではなかったが、

「甘くて美味しい」

香りも色も薔薇《ばら》を溶かしたような淡い色で、少し

酸味のある甘さが喉を潤す。添えられていた蜂蜜を垂らして飲めば、自分好みに調節出来た。果実から作られた飲み物や各国の茶を飲む機会の多かったフランには、馴染みがあるようでいて少し違う新しい味だ。

座ったまま首を巡らせると開かれた窓から山が見えた。これまで訪れたことのある城はどちらかというと商業で賑わう平坦な場所、交通の要所にあることが多かったので、ここまで近くに緑が迫っているのが面白い。エフセリアで庭仕事をしていたフランにとって、緑や花や自然は避けるのでも鑑賞だけに終わらせるものでもなく、触れて楽しむものであったので、自由に出歩いてよいと言われたなら城内のあちこちを見て回りたい。

「ちょっと風が冷たいかな」

初夏ではあるが、山の高い場所にあるため平地よりも風は涼しい。その分、夏になれば過ごしやすくなるのだろうが、果たしてそれまで自分がこの国にいられるかが問題だ。あの歓迎を見る限り、これまでのように数日で実家に帰るという事態にはならないような気がするのだが――。

そんなことを考えていたフランは、ふわりと柔らかいものが肩に乗せられて振り返った。そこにいたのは、いきなり振り返ったことに驚いた表情をすぐに収めた長身のカルツェ王だった。

「カルツェ王……」

「少し寒そうに見えたので」

「ありがとう。これ……これも毛織物？」

「高地は寒い。だから薄物も需要があるのです」

「そうか……そうだよね。あなたの――」

布を引き寄せながらフランが口を開くと、遮る低い王の声。

「ルネとお呼びください、フランセスカ王子」

「……それならあなたもフランと呼んでください」

希望を告げるとカルツェ王――ルネは口の中で数回「フラン、フラン……」と呟いた。名前を噛《か》みしめられているようで、少し居心地悪いと感じたのは、口元に笑みが浮かんでいたのを見たからだ。これまでフランの容姿を褒める人は多くいて、間近にすれば甘やかな態度を見せる男は多かったが、名前一つでここまで嬉しく思うものなのかと感じたのが大きい。決して嫌な気分になったりしたわけではないのだが、旅の間から一貫して変わらない態度には、安心すると同時にむず痒《がゆ》さと戸惑いも覚える。

「それで、何か私に尋ねたいことがありますか？」

「あ。あなた……ルネの着ている服も素敵だなと思って」

「これ？」

くいと上着の前身頃を引っ張りながら見下ろす仕草がどこか子供じみて見え、くすりとフランは笑った。

「旅の間に着ていたのはやっぱり普段着だったんですね」

襟元に施された細やかな刺繍は絹だろうか、濃い生地の中で煌《きらめ》いた陰影を作り出し、上品さを醸し出している。エフセリアでは見慣れないその模様は部屋の飾りにも使われており、カルツェ国での伝統的な文様だろう。立ち襟の首元から下の上半身部分は比較的体の線に沿った作りなので、体型に自信がないと着こなせないだろうが、がっしりとした男性らしい胸板と筋肉のあるルネの体を際立たせるのに役に立っているようだ。

（男の色気ってこういうのを言うんだろうなあ）

襟元の釦《ボタン》を二つだけ外して僅かに見える肌が、また小憎らしいくらいに視線を誘う。

自分にはないもの。同じ色気でも、フランから感じられる色気は意識しないでも皆が「女性的な色香」の方へ分類している。そんなフランなので、自分にはない肉体を持つルネを心底羨ましいと思った。鍛えても筋力の成長はあまり見られなかったのだ。

丈の長い上着の下には裾の部分だけ絞ったズボンを穿《は》き、靴は革靴だが、サンダルのように爪先が出ている。旅の間は軍人と同じ長靴を履いていたが、城の中ではこれが通常の姿なのだろう。

改めて見ると、どうしてこの青年をカルツェ王だと思わなかったのかというくらい凜々《りり》しい男である。

鼻梁《びりょう》の高いすっと通った鼻筋、引き締まった唇はあまり動くのが得意ではないが、出て来る言葉は真摯である。赤銅色の瞳が作る眼差《まなざ》しはもしかするときついのかもしれないが、フランがそれを向けられたことはない。フランを見つめるルネの瞳には、隠しきれない喜びが常に見えているからだ。

今も前に立ったルネは、フランにどんな対応をすればよいのか戸惑っているようにも見える。

（遠慮しないでもいいのに。あなたは僕の夫で、僕はあなたの嫁なんだから）

遠慮という言葉で思い出すのは、旅の間ですらほとんど触れられなかったという事実だ。カルツェ国へ着いて馬車を降りる時に初めてしっかりと手を握り、肩を抱かれた気がする。

「この服は仕事着です。普段はもっと楽な格好をしています」

ようやくフランと会話が出来て安心した様子を見せたルネだが、すぐに眉を寄せた。

「長く国を空けていたので、これからしばらくは政務に掛かりきりになります」

結婚の申し込みとはいえ、国王がひと月以上も国を留守にしていたのだ。小さな国とは言ってもすべきことは大量にあるに違いない。

「毎朝晩にはフラン、あなたに会いに来ますが、許してくれますか？」

座っているフランの前で腰を屈め、丁寧に尋ねるルネは、フランから許可を得なければ会いに来ることが出来ないと本気で考えているようだ。

ぷっと小さく吹き出したフランは、真面目に聞いて来るルネへ尋ね返した。

「許すも何もないでしょう？　ルネ、僕はあなたの何？　何のためにカルツェ国まで来たのか忘れたの？」

「忘れてはいません。あなたは私の花嫁」

「その通り。花嫁の部屋に通じる扉は、花婿にはいつでも開かれているものだよ。来たい時に来ればいい。僕があなたを拒否することはないから安心して」

——僕に誠実な夫である限りは。

自分も努力するし、現時点でルネへの好感度は高い。これまでの結婚はすべて相手側からの破棄だった。自分から言い出さなくてはいけないような悲しい結末は迎えたくない。

（この人は本当に僕を好きでいてくれるだろうか……？）

じっと見上げていると、照れたようにルネの目元が染まる。表情自体はあまり変化はないが、口元と目元の見えにくい小さな変化は雄弁だ。

（本当に僕のこと好きなんだなあ）

一途に慕って来るところが可愛らしい。背丈もあり体格もよい男に対し、失礼ながら犬のようだと感想を持つ。

「――王子？」

「フラン、でしょう？」

「……はい、フラン。何か考え事をしていたようなので」

ここで「あなたのことを考えていたよ」と言えばどんな顔をするのか興味はあるが、あえて首を横に振る。

「それならよかった。部屋は一応私なりにあなたが快適に過ごせるように指示を出したつもりですが、もし不都合があれば遠慮なく口にしてください。長く住まう場所です。あなたに不快な思いはさせたくない」

これが口説き文句なら浮かれる女は多いだろう。男でもふらりとするかもしれない。小さなことでも、フランに関係する物事には力が入っているのがわかる真剣な目。

「不都合は何もないですよ。逆に、居心地がよくて嘘みたい。いつもならもう少し緊張が抜けるまで時間も掛かるのに」

「いつも？」

ルネの瞳がきらりと光る。

（失言!?）

いや確かに失言だろう。前の結婚の時のことを新しい夫の前で口にするのは褒められたことではない。

「あの、いつもっていうのは別荘や親戚の屋敷に行ったりした時のことで……」

「……いえ。いいのです。あなたが他の誰かに嫁いでいたことは知っています。ただ、あなたの前の夫たちに嫉妬してしまった狭量な私が出てしまいました」

　そこで素直に嫉妬したと言えるところがすごい。誤魔化しという言葉は、この青年にはないのだろうか。これで権謀に長《た》けた口上の猛者たちが暗躍する国政を切り盛り出来るのかと、心配だ。

「前のことはもういいんです」

　そう、九回目の破談からまだふた月も経《た》っていない。それなのに、もう忘れ掛けていた自分がいることに気づく。居心地が悪かったのは、城内に入る前から破談が決定的になり、便宜上滞在していただけの間借りだったからだ。フラン用にとりあえず用意されていた部屋はあったが、温かみは感じなかった。失望と諦めは、もしかしたら明るく素敵だったかもしれない部屋を暗いものに変えていた。

　この城の部屋とは随分違う。

「城が小さくて町までも近いので賑やかな音も聞こえて来るかと思います」

「それは平気。エフセリア城も大きいけど、その分働いている人もたくさんいて静かなのは夜だけだったもの。小煩い爺やもいたしね」

　笑いながら軽く言えば、ルネはほっとしたように肩から力を抜いた。そこまで気負わなくてもいいのにと思うのだが、それを言葉に出すのは少し違うような気がして、本人が緊張せずに話せるよう待つことにする。夫婦になる関係ではあるが、互いのことはまだよく知らない。そんな中で、もっと気楽になどと言うのは、ルネを下に見た発言に捉えられかねないことを大国の王子として育てられたフランは知っている。本人に他意はなくとも、そういう見方も出来るのだ。

「後から従者が来ます。世話はその者が行います」

「はい。僕も自分のことは自分で出来るように鍛えられたから、そこまでお世話は掛けないと思います」

　自分がついて行けない侍女ポリーは本当に出立の

直前までフランに基本的な生活習慣を叩き込んだ。そのおかげで、少し不格好にはなるが普段着や外出着程度は自分一人で着ることが出来るようになった。髪は紐で括《くく》るだけで妥協した。いずれは華麗な編み込みを見せてみたいとも思うが、当分先のことになるだろう。世話係が髪の手入れに堪能であれば、教わるのも悪くない。

「それから」

ルネは少し言い淀《よど》んで口を開いた。

「もしも嫌でなければでいいのですが、畏まった話し方ではなく普段フランが喋っているように話して欲しい」

「普段の僕の喋り方？　あ」

思い出し赤面したフランは、しまったと思いながらルネを上目遣いにこっそりと見上げた。

「――中庭で聞いてた？」

否定した方がいいのかそれとも認めた方がいいのか、逡巡《しゅんじゅん》を見せた後、ルネは小さく頷いた。

「……あのね、普段はもうちょっと普通に喋るだけで、あんなにグチグチ言ったりしないからね？　あの時はちょっといろいろとほら……」

溜《た》まっていたものを吐き出したかっただけなのだ。積み重なった鬱憤を出して、自分をすっきりさせたかったのだ。そうしなければどんどん底まで落ちて、浮き上がることが出来ないような気がして。

「本当だよ？」

「……わ、わかりました。ですが、お気遣いなく過ごして欲しいと思っているのは本当です。まだ慣れないとは思いますが……ここが心安らぐ場所になれれば私は嬉しい」

ルネは部屋の中ほどに立ち、両手を広げた。

「城のこの棟にあるのは私とフランの部屋だけです。庭で叫ぶと他の人に聞かれることも、ここなら遠慮なく話せます」

これまた大真面目に言われて呆れるしかない。

「ルネの部屋はどこ？　離れているの？」

「いえ、隣です。ここは正妃用の部屋なので王のしん……部屋と繋がっています」

　こちらへと連れて行かれたのは、フランがいる円形の応接間の隣の小部屋で、森の泉で動物と戯れる乙女を織り込んだ大きな壁掛けをめくるとすぐに隣へと続く扉が現れた。壁と同じ色で塗られているため、壁掛けがめくれてもパッと見て扉だとは気づかないだろう。

　ルネが扉を開けた先には通路があった。その先に王の部屋へ続く扉があるのだという。

「行ってみますか？」

「寝室に？」

「――また後日にしましょう」

　フランの背をくるりと反対に向け、ルネは自分の背で押すようにして扉を閉めた。耳元から首まで赤くなっているのが下から見上げるフランにはよくわかる。寝室という言葉で何を想像したのか、態度が告げているようなものだ。

　応接間に戻ったフランは再び敷物に埋もれるように広々とした椅子に座ったが、ルネは立ったままだ。自分が真ん中を占領しているせいで座れないのかと思ったフランは、当たり前のように一人分横にずれ、空いた場所をポンポンと叩いた。

「どうぞ？」

　フランの顔と手が示す場所を交互に見たルネは怖々と椅子に腰を下ろした。まるで自分が座れば椅子が壊れてしまうと考えているかのような慎重な動きに、苦笑が零れる。しかも、一人と半分ほどの間を空けて端の方に大きな体を寄せているのだ。

「そんなに端じゃ座りにくくありません？」

「いえ、大丈夫です。私は端っこが好きなのです」

　真面目な顔をして一体何を言い出すのかこの王様は。

　幅も奥行きもある脚だけが短い椅子はルネが三人腰掛けるのはきついだろうが、一般的な人なら同じ人数でも余裕で座れる。平均よりやや細めのフランとルネの二人なら余裕もたっぷりだ。

　結婚相手に対する遠慮は確かにあるだろう。まだ互いによく知らないのも理由にある。

「ルネ。王様？　こちらへどうぞ」

ボフボフと少し強めに場所を手のひらで叩けば、もぞもぞと少しだけ近づく。

（さっきは肩を抱いたくせに）

もう少しと叩くと、また僅かに動く。それを続けていれば、いずれはルネはフランの真横に来るはずだ。そう思っていたのだが、

「――陛下、お邪魔でしょうか。世話係を連れて参りましたが出直した方がよろしければ、そういたしますが」

扉の前に踵《かかと》を揃えて姿勢よく立つのは緑色の軍服を着た男だ。マントと徽章《きしょう》と剣だけの軽装なのは城内だからだろう。そう言えば、旅の間の護衛を除くと、重鎧を着て歩く兵士の姿は、国境を越える時の関門とこの城を囲む形ばかりの門の前に立っていたのを見ただけだ。

（この人は剣は使わないのかな？）

帯剣しているのは見たことがないが、この鍛えられた体格で戦う腕がないというのはもったいないと思う。筋力をつける特訓をしても身にならなかったフランには羨ましい限りである。

男の声を聞いたルネはさっと椅子から立ち上がり、フランの横に立った。どうせ横に来るなら隣に座ったままでもよかったのではと思ったが、ルネにはルネなりの思うところがあるのだろう。照れている国王の姿は臣下には見せられない。

「ああ、手間を掛けた」

そして驚いたのはルネの態度だ。それまでまるで犬のように従順で大人しかったのが、厳格ささえ滲み出る声を発したのだ。

（こんな話し方も出来るんだ……）

命じることに慣れた淀みのない口調は、格好をつけようとしたのではなく日常的に使われていることを示している。

驚いて半分口を開いたまま見上げた背中は何かを護る男のもので、少し遠くなった気がする。

ルネの許可を得て二人の男が入室する。どちらも

三十代半ばを超えているようでがっしりとした体格は、明らかに軍人だ。

二人はフランとルネの前まで来ると一礼した。

「お初にお目に掛かります、フランセスカ王子」

一歩下がって控える男は目礼だけに留める。

「カルツェ軍を率いる将軍ヘラルドだ。後ろにいるのがモラン。この男があなたの世話係兼護衛になる」

「世話係兼護衛、ですか？」

フランは眉を寄せた。護衛はわかる。見るからに厳《いか》つい強面《こわもて》で顔に傷もある大男だ。見掛け倒しでなければ、腕は立つのだろう。だが世話係としてはどうなのか。

首を傾げたフランの疑念に気づいたヘラルド将軍が笑いながらルネに言う。

「陛下、やはりモランを付けるのは止めた方がいいのではありませんか？　王子のお顔は納得出来ていないようですぞ」

「そうなのか？」

はっと振り向いたルネに逡巡しながらフランは頷く。

「あの、誤解しないでいただきたいのですが、今まで世話係というのは侍女や侍従や下働きばかりでした。だから戸惑いの方が大きいだけで、悪いと思っているわけではありません」

モランの方へも軽く頭を下げて他意がないことを示したフランは、ルネの顔を見上げた。

「でも、あなたがわざわざ選んでくださった方なら、僕は受け入れるだけです」

「——モランは腕が立つ。それに手先が器用でなんでもこなすことが出来る」

「腕については私が保証します。世話係としてつきますが、近衛騎士の身分はそのままにしてあります。王子が納得していらっしゃるのなら、このままモランを採用することをお勧めします」

「それはなぜですか、ヘラルド将軍」

「不埒《ふらち》な考えを持つ者を排除するのにこれほど適した男はおりませんでしょう。モランの強さを知らぬ者は赤子を除いてまずおりません。それに内情を暴露しますと、あまり護衛に割《さ》く人手がないというのがあります。その点、モランなら一人でも十人分の働きが出来る。あ、いや誤解のないよう言っておきますと、きちんと警備をする者はおります。何といっても陛下が是が非でもと頭を下げて頼み込んで来ていただいた花嫁殿ですからな」

ぱっとルネを見ると口は真一文字に結ばれていたが、これは勝手に暴露したことへの抗議だろう。また耳が赤くなっているのを見てフランは笑ったが、将軍も笑いながら頷く。

「カルツェは小さいですからな、むさくるしい男が何人もお側に侍《はべ》るのはよろしくない。そうは思いませんか、王子」

「モランの腕は確かだ。私がいつもあなたのお側にいて護ることが出来ればいいのだが」

無理なものは無理だ。国王としての仕事があるルネが一日中妃の側にいて護衛をしているのは、外聞も悪い。

「気持ちだけ受け取りますね。僕はあなたが作るカルツェという国を側で見ていきます」

そして出来れば少しでも国政に関わらせて貰えたら嬉しい。今はまだ見知らぬ国のままのカルツェだが、そのうちそれとなくルネに頼んでみようと思っている。

「モランさん、よろしくお願いします」

「モランでいい。あなたは妃だ」

「わかりました、モラン」

露骨にほっとした空気が伝わり、内心苦笑する。侍女ではなく侍従をつけられたのは初めてだが、何とかなるだろう。ヘラルド将軍の話を聞くと、食事の給仕や室内の清掃などは城の侍女たちが行うため、フランの側にいて彼女らに粗相がないかを監督する役目になるようだ。侍従長は後からこの棟専任の使用人を連れて挨拶に来ると言っていた。

そんな話をしていると、

「陛下」

外からルネを呼ぶ声がする。

さっと表情を変えたルネは「仕事が」と呟いた。

「行ってください。忙しいのはわかります。僕の方も部屋の様子や荷物の片付けをした後、少し休むつもりです」

「モラン」

「ああ、俺が片付ける」

ルネに対する気安い口調での返事にヘラルド将軍が眉を寄せながら補足する。

「フランセスカ王子、侍従長にも伝えておきますからご安心を。陛下はお早く会議棟へ」

「わかった」

頷いたルネはフランの方へと体を向け見下ろした。視線が交わる中、体の横の手が少し持ち上げられたような気がするが、フランに触れることなく、「また後で」の言葉だけを発して慌ただしくヘラルド将軍と退室した。

(忙しいんだね、本当に)

扉の前で見送ったフランは、これからどうしようかと部屋の中をぐるりと見回した。城は正面から見ると小さいが、奥行きはあった。会議棟のある正面と庭を挟んだ反対に国王が住まう棟があり、その二階部分の一番端の部分がフランたちの私室となる。控えの間に続く応接間はガラス窓がぐるりと囲む円形で居心地も景観もいい。そこから寝室と小部屋が二つ。エフセリアから持ち込まれた品はそちらに運ばれていた。

「さっそくやりますか」

ぐっと袖を捲ったフランは髪を後ろでひとまとめに結び、自分に気合を入れた。その後ろをのっそりとモランがついて来る。

片付けは短時間で終わった。元々運び込んだ荷が少なかったせいだが、それに対してモランの方が首を傾げていた。

「これだけなのか……なんですか？」

「ええ。気候も違う国だし、もしも何か入り用なら現地調達の方が早いと思って持って来なかったんです。夏になるから、厚めのものは全部置いてきちゃいました」

侍女に持たされた肌の手入れをする道具を鏡台に

仕舞い、かちりと蓋をする。山道を重い荷物を運ぶのはきつかろうと思ったのもあるが、本当は、また送り返されることになるかもしれないと思って、最低限しか持って来なかったのは口にせずともよいだろう。

だが、あっという間に片付け終わった室内を見たモランは不満げだ。

「少な過ぎる」

腕組みして唸る強面はまるで本物の熊のようで、背後にいて見えないのをいいことにフランはくすっと笑った。

「もっとルネに強請ったらどうだ……ですか？」

「おねだりですか？」

「貧乏国だが妃に贅沢をさせるくらいの甲斐性はあるだろ……あると思います」

フランはじっとモランを見つめた。

「……なにか？」

「言葉遣い、苦手なんですよね？」

「……」

「人前では繕った方がいいと思いますけど、ここでは素のままにしてください。慣れない喋り方だと肩が凝ります。それに、自分でも居心地が悪くありませんか？」

「妃様はそれでいいの……いいのか？」

「ええ。さっきカルツェ王と話をしていた時に名前呼びをしていたから、親しい間柄なのだと思って。ルネが許しているのなら、僕も異論はありません。あんまり馴れ馴れしいのはどうかと思うけど、これから一日の大半を一緒にいる人だから楽にして欲しいです」

でも護衛としての緊張感は持っていてくださいね、と念を押すと、モランは「うーんうーん」と唸った。

「だがルネの妃様に俺が馴れ馴れしくするのは……」

「大丈夫ですよ。それにもう口調が崩れてる」

「ぼろが出るのも早いか」

「そうですね」

「わかった。妃様の言う通りにしよう」

「それとその妃様というのは」

「これは譲れない。王子の名を呼んでいいのはルネだけだ。それに妬《や》く」

「妬く？」

「ルネは妃様を迎えるのを楽しみにしていた。俺たちは家臣だ。王に忠誠を誓っている。だからルネが嫌がることはしたくない」

それからモランは少し息をつき言った。

「多くの人がルネが妃を待ち望んでいたことを知っている。これから多くの人に会うだろう。俺から望むのは一つだけ。ルネをよろしく頼む」

そう言うとモランは深く頭を下げた。親しい口調の会話といい、二人の関係が気になったフランへモランは、

「あいつが子供の頃から知っている。剣を教えたのも俺だ」

「あなたが……。それじゃあ本当に長いお付き合いなんですね」

子供の頃からなら二十年くらいの間柄ということになる。


「それなら」

フランはふわりと笑顔を見せた。

「すべてお任せします。ルネが信頼して寄越したあなたに僕の城での生活のすべてを任せます」

モランも小さく笑みを浮かべて頷いた後、

「一つだけ訂正だ。すべてを俺に預けるのはよした方がいい。さっきも言ったが嫉妬する男がいるからな」

「そうですね」

フランは明るく笑った。それら一連の話を夜の引継ぎの時にモランがルネに伝えたところ、予想通り見る見るうちに不機嫌になったのには、ルネには悪いが吹き出すのを我慢出来なかったフランである。


カルツェ国の城に妃として入ったフランは、エフセリア城で交わした婚姻の書面交換により既に正式なカルツェ国王妃ではあるのだが、式を挙げるのはカルツェ国でと決めていたために、寝室を共にはし

ていない。フランの方は覚悟は出来ているのだが、やはり書面よりも、誰が見てもわかる式を挙げることで国民全体に周知させたいという意向があった。

そのため、未だにフランは純潔を守ったまま過ごしていたが、カルツェ国へ到着して七日目の今日、ようやく式を行う目途《めど》がついたと目の下に隈《くま》を作ったルネが伝えに来た。

十日後に旧カルツェ国の王城だった山の上の古城で結婚式を挙げ、そのまま麓《ふもと》に戻って町中を馬車で移動して披露目《ひろめ》をするらしい。その後は城に戻って宴会となる。ルネは伏せたが、その夜が二人の初夜になるのは間違いない。詳しい手順はまた明日祭司が来てフランへ説明を行うようになっているそうだ。

椅子に座って訥々《とつとつ》とそれらを告げ終えたルネは、ほっとしたように息を吐いた。

内心ではいつ離縁を言い渡されるかビクビクしながら過ごしていたフランも、ルネに悟られないよう安堵《あんど》の息を吐く。これまでの縁談で、土壇場での取りやめは少なくなかった。そのため、実際に式を挙げてしまうまでは安心出来ないのだが、目標が見えたのは嬉しかった。

だがそれよりも、先ほどからフランには気になっていたことがある。

「ちゃんと寝てる？」

頷くルネだが小麦色の肌でわかりにくいものの、明らかに顔色は悪い。カルツェの首都に到着した翌日まではルネも朝昼晩とフランの様子を見に来たが、それ以降は朝の挨拶は飛ばして夜寝る前に訪れるだけになっていた。モランの話によると、早朝から会議に決裁に謁見にと忙しく過ごしているらしい。本人の口からも忙しくなったとは聞いているが、まだ会議棟の方へ行ったことがないフランは、どんな風に仕事をしているのかを知らないため、体を大事にとしか言いようがない。

せめて夜寝る前には一日の疲れを労うことで減らせればと思うばかりだ。

「疲れているのなら真っすぐ自分の部屋に行って寝ましょう」

「いや、寝る前にあなたの顔を見る方が安心するから」

「こんな顔でよければいつでも見に来て貰ってもいいんだけど」

すぐ隣の部屋なので少し寄り道するだけではある。手間という手間は掛からない。食事に誘ったこともあるが、仕事をしながら済ませるというので、初日以来食事を共にしたことはない。モランの給仕で一人で食べる食事は美味しくはあるのだが、ルネの食生活が心配になる。

エフセリア王の父も忙しい時には政務を手伝っている兄や宰相たちと食べることもあったが、ルネほど疲労感たっぷりになることはほぼなかった。政務に携わる人数と分量によるだろうが、明らかに疲労が蓄積している。

「僕の四番目の兄が言っていましたよ」

フランはルネの腕を取ると離されないように絡めて組んだまま、真向かいにあるルネの部屋前まで行き、警備していた兵士に開けるよう言った。


初めて入ったルネの部屋の中は既に従者により灯《あか》りがともされていた。フランの部屋とはちょうど造りが鏡合わせのように反対のため少し迷った末、応接間の椅子に座らせた。

柔らかな椅子はフランの部屋と同じだが、より幅広く、端に掛物が畳んで置かれているのを見たフランは、軽く眉を寄せた。

「ここで寝ているの？」

「……」

「ほんの少し歩けば寝室でしょう？　無精しないで行きなさい」

本当はこのまま寝室に連れて行って寝かしつけたいところだが、おそらくルネが承知はすまい。フランとしても、何がきっかけで十度目の破談になるかわからないため強く出ることが出来ない。

「山のお城での結婚式の後は馬車で町を回るんでしょう？　国王陛下がそんな疲れた顔をしていたら、みんながっかりします。それに僕が無理矢理結婚して貰ったように思う人も出て来るかもしれない」

「そんなことは……」

「ないわけではありません。あるから言ってるんです」

あれは六回目の結婚の後だ。夫と共に馬車で領地を回っていた時に、体調を崩していたフランが顔色が悪いまま乗り続けた結果、エフセリアの第八王子が結婚を嫌がっているという噂があっという間に民の間に広がってしまった。勿論、それは事実ではなかったのだが、そのことで王子を嫁にした貴族の次男の方が疑心暗鬼になり、浮気に走って離婚という騒ぎもあったのだ。

フランの固い口調から察したルネが頭を下げて謝罪する。

「すまない。あなたのことを考えていなかった」

「父様が言っていました。王族は辛くてもそんな顔を見せてはいけないって。この国は平和に暮らせるって態度で見せなきゃいけないって。やせ我慢が必要な時はあります。それこそ僕はよく知っている。でも、我慢しちゃ駄目な時もあるんです」

「それが結婚の式か」

「はい。僕だって疲れたあなたを横にして楽しい顔は出来ないですよ？　それに」

フランはすっと目線を下にずらした。

「その日は僕たちの床入りがあるから……」

疲れている男が果たして使い物になるのか。それは別にしてもフランには初夜にあまり思い出したくない経験がある。話すことではないため、この件に関しての詳細を知っているのは家族と相手だけだ。

初めての結婚で心浮かれ、強く逞しい王の妃になる喜びに震えていた初心なフランにとって、あまりにも衝撃的であっけなく、そして悲劇的な結末を遂げた一度目の結婚。

今、あの時と同じようにフランは心を躍らせている。楽しみにしている。ルネの誠実さを知り、思い遣りを知るにつけ、大丈夫という安心感が少しずつ高まっているところなのだ。少しでも不安要素は排除したい。

「床入り……」

ルネの瞳がフランを見つめる。

「だ、だから、疲れていたら駄目なんですっ。仕事は忙しいかもしれないけど、お願いだから眠って？　二日前になっても隈が残っていたら延期するって駄々捏《こ》ねますよ、僕」

「あなたが？」

「はい。盛大にやります。それともモランに命じて強制的に寝させる方がいいですか？」

「……それは勘弁して欲しい」

ルネは緩く首を振ると襟元を開き、頷いた。

「よろしい。それなら今日はもう寝ましょうか。お風呂は……今日は見逃します。さあ、立って。僕に寝室まで連れて行かれたくないなら、自分の足でどうぞ」

フランの言葉に合わせて、壁際に控えていた従者が寝室へ続く扉を開く。

立ち上がったルネの背中を押し出すようにして寝室の前まで来たフランは、

「ルネ」

見下ろすルネの前で爪先立ちになり、顎の先に軽く唇で触れた。頬には届かなかったのだから仕方がない。

「おやすみなさい」

「——ああ、おやすみ」

まだどこか呆然としたままのルネがふらつきながら寝室に消えるのを見送ったフランは、侍従、それから護衛の騎士に頼んだ。

「カルツェ士が無茶しないよう、よろしくお願いします」

十日はあっという間に過ぎ去った。その間、フランがしたことと言えば、主にカルツェ国についての勉強だ。ルネからは外に出てもよいと許可は得ているのだが、運悪く雨が続いたため室内での活動に切り替えたのだ。だからフランはまだ庭に出て散策をするという楽しみを達成していない。

だが、それがなくてもおそらく自由になる時間は

なかっただろう。というのも、

「妃様、大人しくしてくださいませ」

「妃様、昨日お教えしたことは覚えておりますかな?」

「妃様、こちらとこちら、どちらの香りがお好みですか?」

「妃様、お肌のお手入れをさせてくださいまし」

などと結婚の式のためにしなければならないことが非常に多かったからだ。王族で作法は叩き込まれているフランだが、国が変わればまたやりようも変わる。特に、式の二日前にはルネと二人並んで式を執《と》り行う祭司を前に、みっちりと進行を叩き込まれた。

その時に久しぶりに長くルネの顔を見ることが出来たのだが、半日の講習にげっそりとしたフランと反対に瞳を輝かせて話に聞き入っていたのには呆れたものだ。

「ああ、それは妃様との式を楽しみにしているからだ」

などと言われた後で、

「望まれてるな、妃様」

揶揄われてモランの分厚い胸板に一発拳を叩き込ませて貰った。ぶつけた自分の拳の方が痛くて、悔しかった。

そんな感じで日中を過ごしたものだから、夜になればすぐに就寝、そしてまた翌日の支度に備えるという流れが続き、結果的に晴れた日でも外に出ることが出来なかったというわけだ。

ただ、二階からとはいえ応接間の窓からせり出した露台から眺める城の庭園や山の風景は見事で、城を下ったところにある町並みまで展望出来ればなおよかったかもしれない。城の構造上、町に面する正面の棟は公に開放されているが、フランたちが住む奥の棟からは町を見ることが出来ないのだ。

式の前夜、フランの部屋を訪れたルネはフランを見下ろし、言った。

「明日が良い日となるように。おやすみ、フラン」

「あなたも。おやすみなさい、ルネ」

これが最後の一人寝の晩になるというのを、無言の中にお互い感じ合っていた。

寝台に横になったフランは高鳴る胸が収まらず、なかなか寝付けなかった。幸せと緊張と、そして少しの不安。たった十日しかいないのに、まるで生まれた時からルネに嫁ぐことが決まっていたような高揚感。持て余し気味のそれを宥《なだ》めているうちに、瞼はいつの間にか下がり、少し後には安らかな寝息だけが寝室を支配していた。


山の頂上に城があるのはフランも知っている。首都に入る前に見上げた山に大きく聳《そび》える尖塔《せんとう》が見えていたからだ。

普段は王都の一画にある小さな城に住み、国政を行っている王族は、儀式についてだけはかつての王城を使って行うことになっていた。その歴史ある険しい山の上に立つ荘厳な城の広間で、ルネとフランは婚礼を挙げる。

頂上まではファラという足腰の頑丈さに定評のある獣に乗る。馬よりもやや小さく、全体が長い毛で覆われている。脚は太く、蹄《ひづめ》は本気で蹴れば岩も砕くという。冬毛は春になると梳《す》かれて集められ、糸として加工されたのち、毛織物として生まれ変わる。

そのフォラの背に揺られて登るのだが、婚礼衣装を着けたままというのには驚いた。上で着替えるのだとばかり思っていたが、居城を町に移して以来、古城に上がるのは儀式の時だけ。つまりは重要な祭事なので、最初から礼装で臨むのが仕来《しきた》りらしい。

長い髪は結わずにそのまま、薄いベールを掛けたフランをファラに乗せてくれたのは、護衛のモランだ。ルネが手を貸したそうにしていたのだが、当日二人が口を開いたり触れたりするのは宣誓を終えてからという、これまた仕来りのためである。

(朝食は一緒に取ったのに変なの)

今更という感じが強いが、慣例ならば仕方がない。

衣装は足元まで引き摺るほど長いもので、裾に向かって広がっている。中には長袖のシャツとズボンを穿いてはいるが、一見したところは完全に一枚物の豪奢なドレスである。色は白。刺繍は金糸銀糸が使われている。多くの結婚式で見かけないことがない宝石の類をつけていないのは珍しいと言えた。飾りは刺繍のみと言っても過言ではない。それでいて華やかさを感じさせる妙がある。

薄いベールに覆われているフランの淡紅色の髪は何よりの飾りで、着せてくれた侍女がしきりに羨ましいと言っていた。普段は無造作に結ぶか流すだけのフランなので、髪を結う係争奪戦があったともモランに聞いた。

フランは少し先で同じくファラに乗っているルネを見つめた。衣装の色はフランと同じく白で裾が長いのも同じだ。だが、フランの服が女性的なのに対し、男性的に見える。騎乗するところから眺めていたのだが、軽やかな裾捌《さば》きでファラの背に跨《また》がったルネは、とても凛々しく見えた。

フランと言葉を交わしてはいけないだけで、他の者との会話は普通に出来るため、城に残る者たちへの指示や戻って来てからの打ち合わせなどをしている。

そんな中、ガランガランと大きな鐘の音がした。出立の合図である。合奏係が大きな角笛を高らかに鳴らし、町の皆にこれから儀式が始まることを知らせる。

それまで城の門の前で遠巻きに眺めていた観衆たちの間から、大きな歓声が沸き上がった。町を回るのは山を下りてからなので、町とは反対方向へ進む花婿花嫁を先に見たくて押し掛けたのだ。頭の上に王冠をつけ、手を挙げて応えるルネは堂々としている。笑顔を振りまくことはないが、口元に浮かんだ笑みだけで十分だ。

「妃様、落ちないようしっかり摑まってるんだぞ」

祭司を先頭に、兵士、ルネ、兵士、フラン、兵士、参列者の順に続く。参列者と言っても、式が成立したことを認める立会人の意味が強いため、他の国で見かける華やかな式典とは様子が異なる。本来立会人は貴族でも上位に位置する者が選ばれるのが普通だが、高所にあるということで代理を出すことも認められてはいるらしい。ただ、足腰が立たなかったり病気などの理由以外で出席しないのは、叛意《はんい》があるのではと勘ぐられることもあるそうで、高齢を押して登る者も数人はいるとか。余談だが、彼らの間では「古城に着くまで誰が最初に音を上げるか」の賭けまで行われているらしい。モランに聞いた話である。

「上までは長く掛かりますか?」

「いや、そこまでの距離はない。ただ、岩道に変わるからな。土と違って落ちれば怪我《けが》の程度も増す」

「わかりました。……ファラに乗るってわかっていたら事前に練習したのに」

乗馬は平気だが、勝手が違う獣なので少し座り心地が悪い。

「昔はな、そうやってわざと嫁に来る娘を試したらしいぜ。カルツェ王家に嫁ぐに値する体力と根性を持っているかってな」

「それ本当ですか?」

「さあ。だが、今の妃様の様子を見る限り、嫁側に辛さを強制する儀式であるのは間違いない」

「でもモラン、僕は他の国から来たからファラに乗れないけど、これまでなら国内の方と結婚する方が多かったんじゃないですか? 乗れない人の方が少ないんじゃないですか?」

「言われてみればそうだな……。じゃあ試すってのは嘘《うそ》か」

嘘か本当かはわからないが、山道を黙ったまま進むのは確かに苦行を強いられるには違いない。

木々の間を抜けて進んでいた道は頂上に近づくにつれて急勾配になった。しかし、普段は人が訪れない場所なので、道の整備も儀式に合わせて行われたらしく、かえって確かな足場が確保されているのはありがたかった。

景色でもと思ったが、周りはすべて木なのであまり変わり映えがしない。それに横を向けばすかさず隣のモランから注意が飛ぶのだ。よってフランは頂上に着くまで、前の方に見えるルネの背中だけを見ながら、儀式の手順を再確認するのに費やしたのだった。

「すごい……」

下から見るのと間近で見るのとではまるで違った。眼前に聳え立つ古城は白に近い灰色の石を積み上げられて出来たもので、麓の城の小ぢんまりとした雰囲気に慣れていたフランは、思わず声を上げた。

「エフセリア城よりは小さいだろう？」

「大きさや広さならエフセリア城の方が広いです。でも高さが……」

山頂という限られた場所なので、縦横よりも上に向かって増築を重ねた結果なのか、それはもう見事なまでの尖塔が幾つも密集して立っている。高さもまちまちで決して揃ってはいないのだが、それこそがまさに頑健な城というありさまを示しているような気がした。

（また来てゆっくりと見学したいなあ）

庭園は花こそ咲いていないが、雑草で荒れたところもない。フランたちがカルツェ国へ着く前から念入りに掃除をし、手入れを繰り返した成果は、見事に表れていた。

白い石畳は真っすぐに城の正門へと続いている。準備のために先に到着していた兵士が、開かれた扉の前で待っていた。

モランの手を借りてファラから降り立ったフランは、地面に足をついていない感覚に陥り僅かによろめいたが、すっと伸びて来た手に支えられ、真っすぐに立つことが出来た。

「ありがとうモラン」

どういたしましてと兵士としての礼を取るモランは、自分はここまでだと告げた。中に入ることが出来るのは、参列者と祭司、夫婦になる二人だけ。兵士も中には入らずに外で待つ。護衛の心配をしたのだが、山の上で襲撃しようとしても、細い道を登って来る連中なら、城門の手前で撃退出来る。参列者は事前に身元を確認されているし、何より参列者に他意があっても、ルネがいる。参列者は事前に身体検査をして中に入るという徹底ぶりなので、安全は保障されているらしい。

「さあ、行ってきな妃様」

モランの手から祭司の一人の手に委ねられたフランは、わかったと頷くと城内へ足を踏み入れた。山道までと違って今度はルネが隣にいる。触れることは出来ないが、間近にいるのは何よりも安心だ。

ひんやりとした冷気が体を包む。天井も高く、広い空間が多いため、どこからか入りこんで来る風が循環するのか、清浄な空気に満たされているが、同じ風が運ぶ冷気はやはり寒い。

静かに儀式を行う中央広間に向かいながら、フランは横目で城の中を観察していた。人が住まなくなって久しい古城だが、置かれている花瓶や壺《つぼ》は見事なものだったし、扉や柱の彫刻も精巧で素晴らしい。壁に絵画の一枚でもあれば、もっと華やかになりそうだ。

その柱だが、

(綺麗)

フランが感心したのは埋め込まれている小さな水晶だった。天井が高い城の中では明かりが届かない場所もあるだろうが、現在のように天窓から差し込む日光を受けてキラキラと輝く水晶によって、明るさを演出している。よく見れば、柱以外にも水晶が使われている場所は多かった。階段や、床に埋め込まれた石にも飾りとして使われている。

(カルツェ国の特産品は毛織物だけって聞いていたけど、昔は水晶も取れたのかも)

そう思うくらいには多く使われていた。

そして儀式を行う広間に入ったフランは、

(すごい……それにすごく綺麗……)

真正面に聳える巨大な多角形の水晶の柱を見て、感動のあまり叫びそうになった。ついでにルネの手を握りそうになったので、慌てて差し控えた。

青、紫、透明、緑。どの色も当てはまるがどの色も違う、見る角度によって色を変える水晶の柱は天井の丸い天蓋まで聳え、光を浴びて輝いている。

呆《ほう》けているフランを祭司が前へ進むように促した。

既に儀式を執り行う祭司代表は水晶の前に立ち、二人が前に進んで来るのを待っている。その祭司の前にあるのは丸い水晶の球体で、これに手を翳《かざ》して夫婦になることを宣言し、カルツェ国の安寧を祈るのだ。

「こちらへ」

祭司の声に二人は歩みを揃えるように歩き出す。この日のためだけに敷かれた赤い絨毯の上を並んで歩き、水晶玉の前に立つ。

「お手を」

ルネが先に球に触れ、フランがその上に手を重ねる。交互に重ねた手を確認した祭司は頷くと、

「宣言をお願いします」

ルネへと言った。

「――ルネ・ルパーリンク・クォルツはフランセスカ・エフセリータ・クォルツを妻妃とし、生涯を共にすることを誓う」

既に書類上は妻となっているフランはエフセリア王家の名とカルツェ王家の名を並列する形で今後公式名称として記載される。

「フランセスカ・エフセリータ・クォルツはルネ・ルパーリンク・クォルツを夫とし、生涯を共にすることを誓います」

二人が宣言を終えた瞬間、水晶の中に光が走ったように見えたが、光の加減のせいだろうとすぐに忘れる。だが、実際に光は出ていたようで、満足そうに頷いた祭司は両手を挙げて参列者に見えるように宣言を行った。

「カルツェ国王ルネ陛下、王妃フランセスカ殿下。この瞬間をもってカルツェ国に生まれた一対の夫婦となりました。おめでとうございます、陛下、妃様」

それまでの厳粛な雰囲気を脱ぎ去った祭司が笑顔でルネを祝福する。

「妃様、もう陛下とお話をなさっても構いませんよ」

「フラン」

爺やのように優しく見つめる祭司とルネの顔を交互に見つめたフランは、笑顔で体から力を抜いた。

「ありがとうございます、祭司様。ルネもありがと

う」

「礼を言うのは私だ。私の妃になってくれて本当にありがとう」

それはフランも同じだ。

「ありがとう、ルネ。僕を妃にしてくれて」

フランはこの時初めてルネに唇を寄せたいと思った。

だが、

「お二人とも、それはお二人だけの時にお願いいたします」

ふらっと顔を寄せかけていたルネもはっとしたように顔を上げる。そう、これから町まで戻り馬車に乗って回らなくてはいけないのだ。下りだから楽かというと、勾配がきついからこそ慎重にしなければいけないという。だから早めにここを出なくては戻るのが遅くなってしまう。山の中にあるカルツェ国では太陽が山に隠れてしまえばそれがもう日没なのだ。

慌ただしく下山の準備が行われる中、フランは古城を名残惜しげに振り返った。

（もったいないな、こんな立派なお城なのに人が住んでいないなんて）

しかし麓との往来を考えれば山頂にある城は確かに不便なので、居城を移した気持ちはよくわかる。完全に廃城になっておらず、折々で利用されるだけよいのかもしれない。

来た時と異なり、祭司の一団が最後尾につく。そして今度はルネと轡《くつわ》を並べての移動だ。

「おめでとうルネ」

「ああ。これでやっとフランを名実共に妻に出来た」

満足そうなルネだが、それにモランが異を唱える。

「嘘はよくない。まだ実の方は達成してないぞ、ルネ」

実の方？　と首を傾げたフランは「あ」と小さく声を上げそうになった口を慌てて閉じたが、顔は赤い。ルネの方は何のことかわからずに、眉を寄せ、フランとの関係を否定したモランを睨《にら》んでいる。

「わからないならそれでいい。妃様、こんなルネだがよろしく頼む」

まあ明日にはその言葉も嘘じゃなくなるが、と呟いたモランはルネに睨まれないよう、反対側に回った。

どうしても口を割らないモランに焦れたルネはそれ以上追及するのを止め、フランに対しては静かに話し掛けた。

「町での披露目が終われば祝賀会がある。その席で、あなたに紹介したい人がいます」

「紹介ですか？」

「これからあなたが関わりそうな人を引き合わせます。それから私の家族を」

家族と聞いたフランの頭の中にカルツェ王家の系図がぱっと思い浮かんだ。ルネの身内らしい身内は年の離れた妹が一人、それから母方の伯父だけが存命だ。引き合わせるとすれば、この二人だろう。要職についている伯父の方とは公務の場で顔を合わせることもあるだろうが、個人的には妹姫とは仲良くしたいと思っている。エフセリアにいる妹はちょっと生意気だったが少女特有の可愛らしさを持っていた。同じ城に住んでいるのに、儀式を挙げるまでは会わせないと言われていたので、楽しみにしていたことの一つである。

「とても楽しみです」

「私も楽しみだ」

行きと違って帰りはとても和やかに、楽しく過ごすことが出来た。あまりに楽しくてつい身を乗り出してファラから落ちそうなところをルネの腕に支えて貰ったのは、最高によい思い出になった。ファラが二人乗りに向いていない騎獣なのがとても残念だった。


城に戻ったフランたちはまず登山口前に陣取っていた民衆から大きな声で祝福を受けた。この後軽い食事を挟んで、幌《ほろ》のない二人乗りの馬車に並んで座り、白馬二頭に引かれて町の大通りを回るのである。

城に戻ると着替えはせずに最寄りの部屋で食事、

僅かな休息の後で今度は馬車と目まぐるしく行動が移っていく。華々しい結婚式を挙げた経験だけはあるフランには、登山以外は珍しくもない行動ではあるのだが、何度やっても慣れることはない。国や地方によっては披露目は他の日というのもあるし、顔を見せるだけで済ます国もある。カルツェは小さな国には珍しく、すべてを同日に行う慣例だった。逆に小国だからこそ、すべてを詰め込むだけの手配が取れるのかもしれない。

「疲れたか？」

「少し。でもこれからは馬車だから少し休めますね。ルネは？　大丈夫？」

「平気。体力はあなたよりもある」

「それじゃあもしも疲れたら無理しないで寄り掛からせてもらいますね。そうしたら仲良さそうに見えるから、いいかも」

「私が緊張します」

「その時にはおなかをくすぐってあげるね」

笑いながら馬車に乗り込んだ二人は、周囲が温かい目で眺めていることに気づいていない。

「おめでとうございます、ルネ様！」

「おめでとうございます、国王様！」

「お幸せに！」

「お妃様、どうかルネ様をよろしくお願いします！」

町の中を進めばあちこちから飛んでくる声。どれもルネの成婚への喜びに溢れている。「出戻り王子」の異名を持つ自分のことをカルツェの民が知っているのかだけが気がかりだったが、この分では大丈夫そうで安心する。

「みんなルネのことを本当によく思っているんですね」

「私も今知りました」

「それは遅過ぎ」

ルネは眩しげに目を細めた。手を振り、花びらを散らし、中には羊用の鐘を鳴らす者もいて、お祭り騒ぎの賑やかさだ。

「――父が亡くなって即位して、これまで必死でやって来ました。私が倒れればカルツェという国が終わってしまう。前だけを見て、自分なりに最善だと思うことを選択して来たつもりです」

ぽつぽつとルネが話す声は歓声に遮られてはいたが、しっかりとフランの耳には届いていた。御者がモランで、聞かれても問題ないのも大きいだろう。

「民のことを思い、よかれと思ってしたことが本当に民のためになるのかわからずにここまで来てしまった」

「あなたの選択は間違っていなかった。みんなの顔を見ればすぐにわかることだもの。それに、こんな馬車に乗って国王が顔を出して動けるのは治安がいい証拠。物騒なところだと、外にも行けないから」

「そうですね。フラン、これからはあなたも一緒に私とこの国を支えて行ってくれますか？　不自由は出来るだけさせないよう頑張ります。私の及ぶ力のすべてであなたを守ります」

それは明らかな求婚の言葉だった。署名し、式を挙げ、披露目の最中でのこの言葉。順番が違うのではという野暮を言ってはいけないのだ。

ルネはフランが欲しかった言葉をくれた。護ると言ってくれる。それにフラン自身のルネに対する好意はもう間違いようがない。言葉に騙された錯覚ではない。

「フラン、私があなたを護って差し上げます」

どこか遠くで声が聞こえたような気がした。

「嬉しいです、ルネ」

呟いたフランの頤《おとがい》に手が掛かり上を向かされた。自然に下りた瞼、そして掛かる吐息と触れる唇。

一際大きな歓声が国王と王妃の口づけを目撃した幸運な観衆の間から沸き上がり、それは波のように伝播《でんぱ》して、町の全体を覆うのだった。

カルツェの民族楽器が奏でる曲が城の広間を満たす。窓はすべて開放されているため、今夜の騒ぎは町まで聞こえているはずだ。婚礼の夜ということで、町でも同じように民が踊り騒いでいるという報告も入っているらしく、夜は早くに就寝する習慣のあるカルツェの民たちも、今宵《こよい》は無礼講で飲み明かしそうな勢いだ。翌日の仕事に支障がなければいいがと、フランはひっそりと思った。

夜会、園遊会、茶会、舞踏会など様々な場に出たことのあるフランだが、大体において似たような形式なのでほとんどが澄まし顔で当たり障りなく過ごすのが常だった。誘いは引きも切らずあるのだが、相手をしていてはきりがなく、無難に相手をかわす術《すべ》を身につけてしまっている。

そのフランは現在、主賓席からもルネからも離れ、庭に置かれた椅子に座って軽食を摘《つま》んでいるところだ。隣に幼い少女を連れて。

「――ですから、わたくし、お義兄《にい》様には本当に感謝しているんですの」

プラプラと足を揺らす少女の名はキャロル・マレーネ・クォルツ。ルネの実妹である。少し癖のある茶色の髪を模様の入ったリボンでぎゅっと纏め上げ精一杯のおしゃれをした少女は十歳。最初に紹介された時には七歳くらいかと思ったほど小柄なキャロルは、赤くふっくらとした頬の元気溢れる少女だった。

「それはありがとう。でも感謝って？」

「お兄様の心を射止めたからですわ。お兄様ったら、本当に仕事の虫で、他に楽しみはないのかと周りが心配するくらい、いつもいつもいつもいっつも！　お城でお仕事ばかりに明け暮れていたんですわ。モラン様が気を利かせて時々お外に連れ出して、剣術でしごいていましたけどそれくらいです」

キャロルはくすっと手を口に当てて笑った。

「モラン様は容赦がないですから、お兄様もくたくたになってしまうんです。汗をびっしょりかいて、手や足を打たれて痛そうなお兄様をお風呂に放り込むまでがモラン様の一番重要なお仕事でしたの。王様にそこまで非道なことを出来る方はモラン様しかおりませんわ。そしてわたくしもお兄様がこてんぱんにやられるのを見て、とても喜んでいたのですわ。ヘラルド将軍にはいつも笑うのを止めなさいと言われるんですけれど、これだけは止められません。悪い妹ですわね」

そうしてまた笑うキャロルはまったく悪いとは思っていないさばさばとした表情だ。

「モランってそんなに厳しい人なの？　他の兵士と同じように普通にしているけど」

「それはマルマットの毛を被っているんですわ」

「マルマットの毛？　猫じゃないの？」

自分を偽る時によく使われる比喩《ひゆ》だが、カルツェでは猫よりも大人しいマルマットという羊の一種を指すらしい。大人しく従順で、ファラと同じようにマルマットの金毛は最高級の毛織物として使われる。毛刈りの際にも抵抗せず大人しく、実に毛刈り人に優しい生き物なのだが、ふっくらしたそれを刈り取られ、丸裸になった途端暴れ出す。金毛がある程度生え揃うまでは、放牧人泣かせに変わるという獣らしい。

「なるほど……」

「お義兄様の前だけです。兵士たちはお強いモラン様に一目置いていますから、虫除《よ》けにはぴったりですわね」

そのモランは宴席だというので少し酒を飲んだ後は他の兵士たちと言葉を交わしながら、食事をしている。フランの視線に気づいたキャロルが「大丈夫ですわ」と元気に頷く。

「モラン様はお義兄様の護衛を忘れることはありません。お休みの時ならたくさんお酒をお召し上がりになるので、まだお仕事中なのはお酒で判断できます。覚えておくとよろしいかと」

「わかった。モランがお酒を飲んだ時には僕が気を付けておくようにするね」

「本当はお兄様がずっとお義兄様のお側にいることが出来ればいいのですけど……」

悩まし気にキャロルがため息をつく。

「ところでお義兄様」

「なんでしょう、キャロル姫」

「キャロルでいいですわ。お兄様のお妃様ですもの、わたくしは妹です。それで、お義兄様のこと、おにいさまと呼びましたけど、これだとお兄様と並んで呼びかけた時に不都合があるような気がしてきました」

「ああ、確かに。それはあるかもしれないね」

「ですから、フランお兄様かお義姉様のどちらかと考えていたのですけど、どちらがお好みですか？　お妃様も考えましたけど、それでは他人行儀な気がして却下しましたのよ」

「それならフランお兄様の方でお願いします。僕は男だからお義姉様はなんだか違う気がするし」

「そうかしら？　でもお兄様の妻なのですし、おかしくはないと思います」

　妻。確かに王妃であるフランはルネの妻だ。だが連れ合いとしての夫婦の意味での妻はともかく、姉は微妙だ。だが年齢の割に聡《さと》いキャロルは、フランの気持ちを察したのか、

「お尋ねしてお答えいただいたのに口答えするのは淑女として失格でした。フラン兄様、至らない妹ですがよろしくお願いいたします」

　ぴょんと跳ねるように椅子から降りたキャロルは裾を摘んで足を引き、爪先をちょんとつけてお辞儀をした。

「こちらこそ、よろしくお願いします。とても淑女らしい上手なお辞儀だよ、キャロル」

「ありがとうございます！　フランお兄様！」

　両手を上げて「わーい」と喜ぶ様子は実に微笑ましい。エフセリアにいる妹姫が気の強い姉の影響を受ける前の純粋だった頃を思い出し、フランの顔にも微笑が浮かぶ。

（でもしっかりしているのはキャロル姫の方だね）

　上に兄弟がたくさんいて甘やかされた妹は甘え上手でもあり、深窓のお姫様そのものだった。それに比べれば、十歳という年齢の割には口も語彙《ごい》も達者で、とても賢い子だと思う。

　ルネと共に客に応対していたフランを連れ出してくれたのが、この妹姫だった。その時の台詞が、

「お兄様ったら！　いつまでわたくしを待たせるんですの？　真っ先に家族に紹介するのが普通ですわ！」

プリプリして宣言した彼女は、兄がいつ気を利かせるかと待っていたものの、一向に声が掛からないことに焦れて、カルツェ王と王妃への挨拶のため順番待ちをする人の列に並び、正当な主張を述べた後、

「悪いと思うのならお義兄様を貸してくださいませ。わたくしへの正当な慰謝料ですわ」

ルネと周りを黙らせたのだ。

祝いの席での子供らしい主張に苦笑したルネ、周囲も寛大でキャロルは大勝利。そして、喧騒から離れた場所でこうしてのんびりと寛《くつろ》いでいるのだ。

もうしばらくすればフランとルネは退出することになる。その後に待っているのは初夜だ。それを前にして、再び不安が湧き起こっていたフランは、少しの間だけでもルネと離れて気持ちを落ち着かせる時間が欲しかったので、キャロルの提案にはとても助かっていた。

無論、キャロルの方はそんなフランの胸の内を知るわけがないから、ルネに主張した通りフランと二人だけで話をしたかったのだと思う。


「わたくし、本当にお会いしたかったんですの。でも、お兄様がけちなので会わせていただけませんでした。儀式を挙げるまでは待てと言われてがっかりでしたわ」

「僕も同じだったよ。妹姫がいるのは知っていたから、どんな方だろうってずっと想像してた」

「がっかりなさいました？」

「がっかり？　どうして？」

「だって、わたくし美少女ではありませんもの」

真面目に言ったキャロルには悪いが、思わず吹き出しそうになってしまった。美少女というのはもっと年が上の少女たちが好んで言うもので、まだ十歳の少女が使うには少し大人びているように感じたからだ。

「どうしてそう思うの？」

「だって、わたくし、丸いもの。学校で仲良くしている友達は皆さん、すらりとして背も高くて、淑女としての振る舞いも様になっているのに、わたくしは……」

「そう？　女の子らしくてとても可愛いと思うよ。それにまだ十歳でしょう？　これからどんどん大きくなるんだし、気にするよりも今は好きなものをたっぷり食べて楽しんでいた方がいいと思う」

「そうでしょうか？」

「僕の姉様の話なんだけどね、姉様の好きなお菓子をたくさん誕生日に贈った時に、僕、頭に拳骨《げんこつ》貰ってしまったことがあるんだよ」

「まあ！　フランお兄様みたいなきれいな方の頭に拳骨！　エフセリア王家の悲劇ですわ！　痛かったでしょう？」

「痛いのは痛かったんだけど、喜んで貰えると思っていたから悲しくて、しくしく泣いたんだ」

その後に仲裁に入った母から姉はひどく叱られた。

「姉様の言い分はこうだったよ。大好きなお菓子を我慢して痩せようとしているのにフランが持って来るから腹が立ったのよ！　人の気も知らないで！って」

姉の声音を真似てツンとした感じで言えば、キャロルはころころと笑った。

「フランお兄様のお姉様はとても勝気な方なのですね」

「うん。勝気を通り越して暴れ牛だよ。もうお嫁に行ったけど、勝気さは未だに健在」

「でもわたくし、お姉様のお気持ちもわかりますわ」

「うん。でもね、自然でいいと思うんだ。僕は元気なキャロルの方が可愛くていいと思う。ルネだってそう考えてると思うよ。それに、もしも他の誰かが何か言ったとしても、僕はキャロルの味方をしてあげる。せっかく美味しいものが食べられる環境にあるんだから、食べなくちゃね」

「わたくしもそう思います。孤児院に行った後では特にそう思います。学校でもお昼のお食事を抜く子がいますし」

カルツェの学校は身分の上下関係なく誰でも入学し学ぶことが出来る。キャロルの友人にも平民は多くいるらしい。

「あんまりお誘いすると逆に悪いと思うので、お友達と相談して時々お食事会みたいに持ち寄ったものを集めて、皆さんで食べるようにしました。難しいですわね、なかなか」

「そんなことない。キャロルはよく考えていると思うよ。僕もエフセリアでは孤児院や学校を視察するのが仕事だったからよく行っていたけど、本当に難しいと思ったもの」

施しは受けないと頑《かたく》なに拒む人もいれば、病気の家族を抱えて困っている人もいる。罵倒されるのを承知で強制的に病院へ収容したこともある。

「……匙《さじ》加減が難しいね……」

「本当ですわ……」

フランとキャロルはどんよりと落ち込んだ。二人は広間に背を向けているため気づいていないが、国王妹と王妃が仲良く並んで椅子に腰掛け談笑している姿は、人々の目と口を緩ませていた。フランも背丈は高い方ではないが、さすがに小柄な少女よりは高い。高低差のある頭が互いに頷き合ったり、時々は寄せ合うようにしているのは確かに目を引いていた。

が、当の二人はそんなことはまるで関係なく、お互いのことをたくさん話した。初対面なのに、そんな気持ちを抱かせない人懐こいキャロルは、限られた空間で決まった人としか言葉を交わしていなかったフランには特に新鮮だったのだ。

「実を言うと、わたくし、フランお兄様のお姿は拝見していました」

「そうなの？」

「最初にお城にお着きになった時に、こっそり。モラン様の肩に乗せていただいたので、よく見えました。お友達より小さい自分の体が不満でしたけど、その時からちょっと好きになりましたわ。それから露台に出ていらっしゃる時に何度か。あのね！　わたくしのお部屋の窓からは見えないんですけど、お庭からは見えるんです。だからこっそり」

「声を掛けてくれたらよかったのに。そうしたらもっと早く可愛い妹に会えたのに」

「……仕方ないんですわ。お兄様がけちですから。

絶対に自分が紹介するまでは駄目だと仰って」

「ルネはどうしてそんなことしたんだろう」

「きっとわたくしがお喋りだからですわ。お兄様の秘密をフランお兄様に喋られるのが怖かったのだと思います。あら、秘密があるって言ってよかったのかしら？」

フランは吹き出しそうになったのを堪えるのに必死だった。真面目に悩んでいる少女には悪いが、確かに秘密があると暴露したことはあまりルネとしては好ましくない事態だろう。だが、ここで秘密とやらの内容をキャロルが話してしまうのは、好ましくないどころではなく最悪だ。内容は気にはなったが、キャロルが知っているくらいだから大したことではないと判断した。

「聞かなかったことにしておくね」

「そうしてくださいませ。わたくしったら、浮かれてしまって舌が軽くなってしまったようですわ」

「それでももしも、僕がルネと喧嘩して仕返ししたいと思った時には教えてくれる？」

「弱みを握ってお兄様を従えるのですね。畏まりました。その時にはわたくしが知っている秘密の中から特大なのをお伝えしますわ」

一体ルネには幾つ秘密があるのか。そしてそれを摑んでいるキャロル姫侮りがたしだ。

「もし本当にお兄様と喧嘩なさった時には、わたくしが味方になります。ですから、堂々と喧嘩なさいませ」

「心強い味方が出来て嬉しい。ありがとう、キャロル」

「当たり前です。フランお兄様はもうわたくしの家族です。お兄様とわたくしとフランお兄様、三人しかいない家族ですもの。フランお兄様にはエフセリアにもいらっしゃるかもしれませんけど……」

「エフセリアの兄弟も同じだよ。キャロルが僕の妹になったのだから、兄様たちにとってもキャロルは可愛い妹だ。いつか、一緒に行こうか。僕は十一人兄弟だから、キャロルにはいっぺんに兄弟が増えるよ。それに、父様と母様も」

「大家族ですわ！」

「うん。大家族」

父親に妻が三人いることを話すべきか悩んだが、まだ子供のキャロルにはわかりにくいかと思って話すのを止めた。いつか、話題に触れた時にでも話すことはあるかもしれない。

（僕は我儘なんだ。父様には妻が三人いるのに、ルネには僕だけであって欲しいと思っている。この国は一夫多妻制じゃないけど、愛人を持つ国はどこにでもあるから……）

ルネの心配はそれだけだ。男のフランにはどうあっても子は生《な》せない。だがカルツェ国の王族の血統がルネの代で絶えるのは困る。だから、ここまで歓迎されるとは正直思っていなかったというのが正しい。これまでの縁談でも八回は跡取りではなかった。最初の国王に関しては前妻の子供がいた。

（その辺のところもルネには訊いておいた方がいいんだろうね、きっと）

結婚する前にはっきりさせておくべきだったかもしれない。ルネは確かにフランを大事にしてくれている。だが、だからと言って他に愛人や囲う相手がいないとは限らない。フランを正妃に据えた後で手のひらを返され、他の女の元に走られては身の置き所がない。

ルネの妻になって側にいたい。その願いは今日の儀式で確実にフランの中で高まっている。だから怖い。他の人の影がルネの側に出て来るのが怖い。愛と呼ばれるほど確固たるものではないが、フランはルネが好きだった。ルネに求められたいと望んでしまった。

体を繋いだ後に離縁されたら……。

「フランお兄様？」

すっと黙ってしまったフランを訝《いぶか》しんだキャロルが腕を揺する。

「どうかなさいました？　ご気分でも？　もしかしてわたくしが喋り過ぎて疲れさせてしまいました？」

「あ、ごめんね。キャロルとのお喋りは楽しいから大丈夫だよ。ちょっと考え事をしていて……これからのこととか……」

　フランとしてはルネとどんな生活をしていこうかというつもりで口にしたのだが、キャロルは「きゃっ！」と可愛らしい悲鳴を上げて顔を手のひらで覆った。

「いけません、フランお兄様！　そんなこと子供の前で言わないでくださいまし！」

「え？」

「これからのことだなんて……子供には刺激が強過ぎます！」

「あ」

「確かに！　わたくしも気になりますわ！　あのお兄様がきちんと夫としての務めを果たすのか。でも！　フランお兄様が口になさっては駄目です！」

「あの、キャロル、恥ずかしがっている割にはいろいろと、その、詳しいね……？」

「王族の娘としての常識ですわ！」

　そんな常識があったんだと遠くなる頭の中で思いながら、そう言えば王族教育の中に閨《ねや》での作法についての学習があったと思い出す。勿論フランも受けた。男なら精通を迎えた後、女なら初経の後で教師を呼んで行われる。国や地方によっては、閨の作法をそのまま実地で教えるところもあるそうだが、エフセリア王家の場合はそれはなかった。だが、カルツェ国もそうだとは限らない。もっとも、女性の場合は処女性も重要視されるため、知識の伝授だけに留められるのであろうが。

（ということはルネは経験済みってことか……）

　あれだけいい男なのだ。国王としての身分もあるし、多くの女たちが群がっていた可能性は高い。女だけでなく、男もだ。そう、こちらに歩いて来る人みたいに美しい男が……。

「あ」

　フランはぱちぱちと目を瞬《またた》かせた。美しい男、ほっそりとした女性と間違うほどの美貌の男がゆっくりとこちらへ歩いて来る。その腕はルネの腕にするりと絡められていた。さらりとした長い銀髪が歩くたびに星の煌きを周囲に撒き散らす。偉丈夫のルネと並べば、美男美女の実に麗しい一対だ。

「お兄様！　ヴァネッサ先生！」

ルネが来るのに気づいたキャロルがぶんぶんと手を振る。

「ご機嫌よう、お姫様。今宵は随分夜更かしなんだね」

「こんばんは、ヴァネッサ先生。だって今日は素敵な日ですもの。少しくらいの夜更かしは子供にも許されていいのよ」

ヴァネッサ先生と呼ばれた男はキャロルに返事をした後、フランの前で一礼した。

「ルネ陛下とのご結婚、おめでとうございます」

「ありがとうございます」

応えながらフランは困惑していた。自分も美しいと言われるが、この男はその上に「絶世の」という言葉がつくほどの美貌だった。兄たちもかっこいいのやら美しいのやらいろいろいるが、妖艶さという点で目の前に男に勝る者はいなかった。

そんな男がルネに寄り添うようにしている。かなり親しい間柄なのはその態度でわかるが、一体誰なのだと苛立《いらだ》ちが生まれる。

そんなフランの感情の揺れを感じ取ったわけではないだろうが、無邪気なキャロルがすぐに紹介してくれた。

「フランお兄様、こちらはヴァネッサ先生。わたくしの家庭教師をしていますの」

「家庭教師ですか」

「キャロル姫、物事は正確にお伝えすべきだといつも言っているでしょう？」

「正確でしょう？」

「不正確です。私の本職は占い師。家庭教師は次の次の次の……七番目あたりの趣味ですよ」

「趣味！　わたくしの家庭教師が趣味と切り捨てられてしまいました！」

まあどうしましょうひどいわ！　と嘆くキャロルの頭を撫でながら、フランは首を傾げた。

「占い師というのは？　いえ、占い師がどんな職業なのかはわかります。でも」

　カルツェ国とルネと占い師の関係がすぐに結びつかない。

「占い師という言葉も正確ではないだろう、ヴァネッサ。フラン、ヴァネッサは前国王の補佐をし助言を与えていた者だ。その関係で引き続き私の代でも重用している」

　妹と臣下の前だからなのか、ルネの口調は固い。それが少しフランには面白くない。

　フランを見る――物理的に見下ろしているヴァネッサの値踏みするような視線が嫌だった。

（僕の被害妄想だけどね……）

　悪意のある視線ではない。だが、興味本位なのを隠そうともしていない目で見られるのが嫌で、フランはそっと目を伏せた。

「キャロル、子供はもう寝る時間だぞ。前に夜更かしをして学校に遅刻しただろう？」

「お兄様！　フランお兄様の前でわたくしの失敗を語るのはお止めくださいませ！」

「そう思うなら、同じ失敗を今度はフランの目の前でするよりも予防した方がいい」

「……くっ……正論ですわ」

　むうぅっと鼻の頭に皺を寄せたキャロルは諦めたように椅子から飛び降りた。

「わかりました。わたくしは強情な女ではありません。潔く引きましょう」

「さすが淑女だな」

「勿論ですとも」

「ヴァネッサ、キャロルを頼む」

「はい。それでは小さなお姫様、参りましょうか」

　腕を組むよう促したヴァネッサにキャロルの細い手が掛かる。身長差があるのでヴァネッサの方は若干屈み気味だが、淑女として扱われているキャロルはご満悦だ。

　そのままフランの方へ向き、足を曲げてお辞儀をする。

「それではお兄様、フランお兄様、おやすみなさいませ」

「おやすみ、キャロル。いい夢を」

「おやすみ」

にこやかに就寝の挨拶をして誰も話す者がいなくなると、途端に静かになる。祝賀会はまだ盛り上がっているが、何人かは既に退室しているようだ。

「フラン」

「はい」

じっと見下ろすルネの顔を見上げ、次の言葉を待つこと暫《しば》し。ルネが口を開いたのは、広間の方から聞こえる楽曲が二つ変わってからだった。

「夜も更けた。これから寝室へ」

とうとうこの時がやって来た。差し出された手に自分の手を重ねたフランは、震える声で返事をした。

「――はい」


カルツェ王と王妃の部屋を繋ぐ通路に明かりが入り、侍従頭と侍女頭に先へ進むよう促されたフランは、仄《ほの》かに灯りがともされたそこに足を踏み入れた。

ルネと共に部屋に戻って来たフランを待っていたのは、国王の身の回りの世話をする使用人一同だった。互いの部屋でそれぞれ用意をし、王妃が王の寝室を訪れるという流れである。今夜ばかりは入浴は侍女――皆が老女だったのは誰の手配か――の手に委ねられ、念入りに磨かれた。元々体毛は薄く少ないフランは、エフセリアに残した侍女の言いつけでこまめな手入れを心掛けている。そのため、爪の確認と汚れが残っていないかを確かめられた後はすんなりと合格点を貰うことが出来た。

渡された夜着は思っていたよりも厚く、以前に着たことがある初夜用の夜着とは趣が違っていた。前を合わせて腰を紐で結ぶだけなのは、寝室で行われる行為を思えば妥当だろう。その紐を、フランはぎゅっときつく結んだ。侍従頭が眉を寄せたが、特に何も口にすることはなかった。

飾りは特に何もない。女ではないからか化粧は施されなかった。その代わり、フランは少年の頃からの御守りだけを手に取った。淡紅色に色づいた耳飾りは、幸運を運ぶリイロデエルを模《かたど》った小さなもので、長い髪に隠れて普段は見えないものの、ずっと身につけていたものだ。

通路に入ったフランは背中に視線を感じたが振り返ることは出来ない。これから与えられるだろうルネからの愛は嬉しい。だがもしも失敗したらという不安の方が勝る。表側からルネの部屋付きの侍従へ報《しら》せが走ったのか、ルネが辿《たど》り着《つ》く前に扉は開かれた。薄暗い室内にぼんやりと白い灯りが床を照らす。フランは唇を噛みしめた。ここを出ればそこはもう寝室だ。

だが歩いていればどんな距離でも到達する。本来、二つの部屋を結ぶ通路は部屋の端から端までほどの長さもないのだ。

必要以上に時間を掛けてフランがようやく寝室に足を踏み入れると、背後で扉を閉めた侍従が安心したように息を吐く音が聞こえた。初夜なのだ。控えている方も神経を使うだろう。
(ルネ)
ベッドはすぐ目の前だ。

窓の方を向いて縁に腰掛けているルネの背中が見える。フランと同じように夜着を纏った姿に少し安心した。もしも裸で待たれていたら、駆け足で逃げ出したかもしれない。

「フラン」

首だけ回したルネが呼び掛ける。

「ここに」

糸で引かれるようにフランの足がルネの元へ近づく。

ベッドを挟んで二人が向かい合う。ギシリという音がして、ルネがベッドに乗り上げたのがわかった。ドキドキする胸の高鳴りがフランの体を固くする。

「……怖いですか?」

「……はい。あなたは怖くない。でも……」

「あなたを怖がらせたくない。でも、私はあなたが欲しい。どうか私の妻になってください。フランセスカ」

……フランセスカ」


伸ばされた手を取らないことはフランには出来なかった。

伸ばした震える手は、

「あ」

強い力で握られ、そのままルネの元へと引き寄せられた。

体勢を崩したフランの体はルネの胸の中に倒れ込む。

「フラン」

「ルネ……」

手首を掴む手も腰に添えられた手も熱い。

「あの、僕……」

「触ってもいいか?」

「あ、はい」

許可を得る前に触り始めていたルネだが、生真面目さは健在のようだ。余裕の無さは口調が崩れてきていることからもわかる。

さわと足首に触れられた。そのままふくらはぎまで撫でるようにルネの手が動いていく。

「ル、ルネ……くすぐったい……」

「悪い。だけどフラン……」

「ん……いい、いいです。ルネの好きにして。僕はあなたの妻だから」

男とか女とかそんな枠組みを超えて、伴侶という意味での妻。夫と対になる妻になる。

足を撫でていた手が腰に戻り、強く抱き締められた。

「フラン」

熱い息が首に掛かり、フランはそっと体を離した。目の前に熱を浮かべたルネの赤銅色の瞳がある。

「ん……」

二人の距離はすぐに縮まった。ルネの唇が重なったと思った時には、既に口の中まで侵略されていた。熱い舌が口内を蹂躙《じゅうりん》するように暴れまわる。きつく後頭部を押さえられ、息をするのも苦しいくらいだ。背中に添わした手が体を何度も上下し、撫でさする。

口づけを交わしたまま二人は縺《もつ》れるようにベッドに倒れ込んだ。乱れるフランの髪、上から覆い被さったルネはなおも口づけを繰り返す。ただ、手だけは背中から前に回り、フランの開けた裾の中に潜り込み、太腿《ふともも》に触れていた。膝から真っすぐ上に、それから柔らかい内腿へと手は移動する。

「んんっ……ぅうん……」

くすぐったさに身を捩れば、顔を上げたルネが笑っていた。口元が唾液で濡れているのがわかり、自分も同じだと赤面する。

言葉を交わすことなく、ルネはフランの首筋に顔を埋《うず》めた。何度も舐《な》め、吸い付く。

「ルネ、や、くすぐったい……」

いやいやと逃げようとするが、それはルネを煽《あお》るだけだったようで余計に激しく吸い付かれる。首から肩、それからはだけた胸へと唇は順に下りて行った。

「髪と同じ色だ」

乳首を見つめたルネの台詞にぱっと顔を背けた。

「愛らしい」

「……そんなことっ、言わなくてもいいっ……」

返事の代わりに舌先が先端を舐め上げ、フランは腰を跳ね上げさせた。体に走った痺《しび》れは感じたことのないもので、ルネの頭に手を当てて押しのけようとする。薄茶の柔らかな髪が指に絡まる。

しかし、抗議にはならなかったらしくルネは執拗《しつよう》に二つの尖りを口に含んだ。まるで赤子が母親の母乳に吸い付くように強く。甘い疼《うず》きを覚えたフランは足をすり合わせた。

見なくても体を重ねていればわかる。ルネの下半身も昂《たかぶ》り、己を主張していた。

それに気づいたフランは咄嗟《とっさ》に足を閉じようとしたが、それより身を起こしたルネが夜着の紐を解《ほど》き、前を全開にするのが先だった。

「やっ……」

思わず前をかき合わせようとしたが、熱い手に遮られる。

「あなたのすべてを見たい」

熱の籠った目は魔法だ。フランの体をすぐに蕩《とろ》けさせてしまう。

抵抗が止んだことにルネが薄く微笑み、自分の夜着も同じように解き、そして脱ぎ捨てた。

「！」

その時の驚きは何と表現すればよいのか……。

自分の体を挟むように膝立ちになったルネの陰茎は寝転んだフランからもよく見える。夜で薄明かりだというのを抜きにしても、反りかえったそれの大きさに思わず涙が零れてしまったほどだ。

（あれが入るの？　僕の中に？）

ルネが男の自分の体に萎《な》えなかったことに安心していたフランだが、急に恐れが湧いて来る。痛いのは最初だけと聞いているが、本当に大丈夫なのだろうか。

不安が上回ったフランの体から急速に熱が引いて行く。だが、ルネの方は滾《たぎ》る熱を持て余しているらしく、ルネの下半身へと視線が釘付けだ。互いに相手の下半身を凝視しているわけだが、感じているものは違っていた。

——もしも、この僅かなすれ違いをこの場で修正出来ていれば二人は晴れて結ばれたことだろう。

（怖い……）

初めての結婚の時は夫は萎えて使い物にならなかった。挿入することなく終わった。だから成人した男の勃起した性器を見るのは初めてだ。他の夫とは初夜まで行き着いたことがない。

「あの、ルネ」

腹を舐め、愛撫《あいぶ》をするルネに制止の声を掛けるが、フランの体に夢中なルネは気づかない。

それでも快感がフランにはまだ勝っていた。怖いが、それは最初だけ。痛いのも最初だけ。だから大丈夫。ルネのならば受け入れられる——。

僅かに力を失ったフランの陰茎は、ルネの口に含まれても完全に回復することはなかった。だが、ルネが見た時には既に萎えかかっており本来の姿を見ていないため、それが普通だと思ってしまうのも無理からぬこと。

開かれた脚の狭間《はざま》を凝視するルネ。

フランはこれからそこに触れるであろうルネを見ていたくなく、目をぎゅっと瞑《つぶ》った。だが、

「え……？」

そこに当たるものの思ったのと違う柔らかさにハッと目を上げれば、ルネが自分の陰茎に手を添えて中に入れようとしているところだった。

「待って……待ってルネっ」

「待てない。この日をずっと夢見て来た。もう待てない」

「駄目っ、ねえ、聞いてルネっ、まだ入れないでっ」

フランは逃げようと体を捻《ひね》った。

「逃げないでフラン」

しかしルネに押さえられ、上半身はもがくが下半身はがっちりと固定され、動くことがままならない。熱に浮かされたルネはぐいっと腰を進めた。

「ッ……！」

いきなり押し込まれたものの異物感に悲鳴が出る。実際には悲鳴よりも息を呑むことしか出来なかった。

(痛いッ！　痛いッ！　……怖い)

男――雄の目をしたルネが怖かった。

ぐっとまた力が掛かる。

そこまでがフランの限界だった。不安を抱えて臨んだ初夜で、好意を覚えている人と体を重ねることが出来ればと思っていた。

だが、

「嫌ッ！　ルネッ！　怖いッ！」

思い切りベッドの上まで体を引き上げたフランの足がルネの胸を蹴り飛ばす。弾き飛ばされたルネ、そしてするりと体から抜けて行ったもの。

フランはベッドの上で震えていた。足を閉じ、体を閉じるようにして震えて涙を浮かべていた。

「怖い……怖いから……痛いのはいやだ……」

「フラン、あなたは……」

「ルネは好きっ、でも怖いっ、怖いよぅ……ごめん、ごめんなさいルネ……」

とうとう泣き出してしまったフランをルネはじっと見ていた。

ぎしっと音がして近づいて来るのがわかり、ぎゅっと身を竦ませるとふわりと柔らかいもので包まれた。掛け布団である。その掛布団の上から抱き締めるのはルネだ。

受け入れることを拒否され、王の——男の沽券《こけん》を台無しにされても、ルネは怒らなかった。怒る代わりに、ポンポンと布団の上から宥めるように、あやすように何度も撫でる。

髪の上に何度も口づけられた。耳元を擽《くすぐ》るように口づけられた。

「ごめんなさい……ごめんなさい……でもきらいにならないで……」

「——フラン、私は言ったよ。あなたを生涯護ると。ずっとあなたの側にいると。その誓いを違《たが》えることはない。安心して下さい。いつかあなたが私を本当に受け入れてくれるまで待ちます」

待つのは慣れているから、という小さな声が聞こえた。耳元の飾りをなぞる指は優しい。

フランは「うんうん」と頷いた。頷きながら不甲斐ない自分を、弱い自分を嫌いだと思った。好かれたい、受け入れられたいと思いながら、いざそうなった時にルネと繋がることを拒否した自分勝手さを激しく罵《ののし》った。

フランは何度もごめんなさいを口にした。もっと他に言わなければいけないこともあったのだろうが、初夜を台無しにしてしまった身として、言えることはそれしかなかった。

そして、泣き疲れて眠ってしまったフランが翌朝目を覚ました時、既にルネは政務のため会議棟へ出掛けた後だった。

「ご成婚おめでとうございます。恙《つつが》なく陛下と過ごせましたことをお慶《よろこ》び申し上げます」

部屋に控えていた侍従頭を始めとした使用人一同に頭を下げられたフランは瞬時に悟った。

初夜は成功したことになっているのだと。二人が体を重ね、本物の夫婦になっていると思われているのだと。

国王が王妃に夜を拒否されたということほど外聞の悪いことはない。ルネの立場上、そうせざるを得ないのはフランにもよくわかる。

「ありがとう」

だからフランは精一杯の気持ちと彼らを偽る謝罪

を込めて、最上級の笑みを浮かべた。

実家に戻るようにという連絡はいくら待っても来ることがなく、それに少しだけほっとした。


失敗という言葉が頭の中に何度も響く。

あの初夜の後もルネは普通にフランに接した。まるで何事もなかったかのように。

(そう、ルネの中ではもうなかったことになってるんだろうな……)

挿入こそ途中で止めてしまったが、その前に情熱的に交わした口づけも、触れる手の熱さも重なる体の重みも、何もかもがなかったことにされていることが悲しい。

責任は自分にあるのだとわかっている。新妻を前にして初夜を完遂することが出来なかったという事実、しかも嫁に拒否されたという屈辱をルネがどう捉えているのかわからない。わからないから怖いのだ。

いっそ詰《なじ》ってくれないものかと、これまた都合のいいことを考えてしまう自分に嫌気がさす。

(どうしてうまく出来なかったんだろう……)

自分は正真正銘の無垢《むく》な体で未貫通だ。作法は口頭で学んだ。これまでの結婚で床にまで行き着いたのは一人だけ。その時も確かに怖かったが、そうなる以前に夫が裸のフランを見て萎えたので実際にどういう形で行為が進むのかまったくわからない。

手順は合っていたと思う。愛撫を受け、実際に体は高まりを覚え、もっと触れ合っていたいと思ってしまったのだから間違いではない。恐怖で萎えてしまったものが回復することはなかったが、口に咥《くわ》えられた時には快感が走った。フランとて成人男性だ。たまに自分で高めて吐き出すこともある。

(何が悪かったんだろう)

自分が恐怖したのは勿論ある。だがもっと他に出来ることがあったのではないかという思いも過《よぎ》る。

あのままルネのものを受け入れていれば自分の体がどうなっていたのか、想像するだけで痛みと恐怖を覚える。しかし男であるフランの体でも勃起してくれたことは素直に嬉しく思う。

(入れるまでが違うのかな)

すんなりとあんな大きなものが入るのだろうか。いやいや、考えても入るわけがないと首を振る。

愛し合う二人がいて体を重ねるのは自然だ。その自然の流れの中で、なぜ挿入するということが出来ないのか。

(……自然、でもないのか。男同士だし)

男女であればうまくいったのだろうか。

相手が男でも、慣れていればうまく出来たのだろうか。

不幸なことにフランは何も知らない。

「何もせず王にお任せしていればよろしいのですよ」

最初の結婚の時、侍女にそう言われた。結果は無念なものだったが、肝心な時に失敗してしまった今の方がどちらにとっても惨めだ。

本当に離縁を言い渡されないのが不思議なくらいだ。

ふぅと息をつきながら、フランは露台から下の庭を眺めた。

爽やかな夏風が入り込み、フランの長い髪をそよがせる。指は自然に耳飾りに触れていた。リイロデエル。幸運を運ぶ鳥。

「僕の幸運はどこにあるんだろうね」

耳から外して白木のテーブルに置きピンと指で弾く。何気ない動作だった。だがそれがいけなかったのだ。

思った以上に耳飾りは軽く、フランの力が強かった。

「あ! だめだめっ!」

焦って手を伸ばした時にはもう遅い。小さな耳飾りはあっという間に手すりの隙間を越え、階下へと落ちてしまったのだ。

「大変だ!」

フランは椅子を蹴飛ばし立ち上がった。

「どうした、妃様。襲撃か？」

ここ数日ぼんやりしていることが多いフランの突然の行動に、部屋の中で掃除をする女官と話をしていたモランが振り返る。

「耳飾りを落としちゃった！　探しに行かなきゃ」

「耳飾り？」

「そう。僕の宝物！」

どこにそんな足を隠していたのかというくらい、フランは素早く部屋を駆け抜け廊下に飛び出した。

「おい！　妃様！　待て！」

焦ったモランの声が後ろから聞こえるが止まるわけがない。耳飾りは逃げないとわかっていても、もしも誰かが踏みつけたりすれば壊れてしまう。それに運悪く拾われてしまうこともあるのだ。

フランの部屋の露台の真下は中庭だが、そこに続く一階部分には廊下もあり、人通りも多い。上から何かが落ちて来たと気づいた誰かが、庭に足を踏み入れないとも限らない。

「妃様？」

「妃様、どうなさいました？」

髪を靡かせて走るフランを見かけた使用人たちが一様に驚いた声を掛ける。それに、

「落とし物！」

とだけ答え、フランは息をするのも忘れるくらい走った。自分の足でこんな風に走ったのは、本当に久しぶりで、中庭に着いた時には、不甲斐ないことに柱に手をついて息を整えるだけで精一杯という有様だ。

「大丈夫か？」

「はっ……は、だ、だい……」

「大丈夫じゃなさそうだな」

コクコクと頷くだけのフランを呆れたように見下ろすモランが、隣にしゃがんで顔を覗き込む。

「気分は？」

「悪くない、です。ちょっと、きつかっただけ……もすこししたら平気」

深呼吸を繰り返すこと数回、ようやく息も整ってきた。足のふらつきも直りしっかりと歩くことが出

来る。

「ごめんなさい、モラン。いきなり走り出して」

「いや、落とし物なのはわかったからいい。こっちこそすまない」

「何がですか？」

「本当なら抱えて救護室へ連れて行くなり、背中をさすった方がいいと思うんだがルネに必要以外触るなと厳命されているんだ」

「は？」

瞳を大きく見開いたフランがまじまじとモランの厳つい顔を見つめる。冗談だろうかと思ったのだが、その顔は真面目だ。

「え、でも今のは必要な方じゃないですか？」

「だとは思うんだが、あいつの線と俺の線じゃあ、引く場所にずれがあるような気がしてな。いっそ倒れてくれた方が抱える理由が出来ていいくらいだ」

「モランは僕の護衛で世話係ですよね？　一切触れないことは難し……くもないのかな？」

「だろう？　身支度は妃様は自分でやってしまう。細かいところは侍女や女官がする。露台から落ちそうになった時にはさすがに手を出すが、それ以外で手出しをする場面がない」

儀式に行く時にはモランに支えられてファラに乗ったりしたが、実はそれすらも恨めし気な目で見られていたと聞いた時には口をぽっかりと開けてしまった。

「妃様はまだ今一つ信じていないかもしれないが、俺が仮に抱き上げでもすれば平気で左遷があり得る」

「そんなこと……」

「いや。ある。知りたいなら実践するが」

両腕を広げて近づいて来たモランから咄嗟に距離を取った。

「今一つ信じられないけど、でも万一があったら怖いから止めましょう？」

「それが無難だ。だから、他の男でも女でもあまり気安くするな。俺なら左遷で済むが、そうじゃない場合は……」

ゴクリとフランは唾を飲み込んだ。この流れで行けば、最悪の事態も考えられる。

「……わかりました。気を付けます。不可抗力はいいんですよね」

「そこまで口煩くはないだろう。たぶん」

たぶんという言葉が非常に気になるが、日常的に不用意な接触は避けようと心に誓った。処罰の対象となる人も不幸だが、それで不興を買って「実家に帰れ」とでも言われれば身の置き所がない。

「それで、どの辺に落ちたんだ？」

「露台からぽんって落ちたからたぶん、真下あたりだと思います」

一階の建物の外側はせり出した石の回廊が続いている。二階はその回廊の天井部分の上にあるから、やはり庭の方だろうと、自分の部屋を見上げながら目測する。

フランは膝をつき、短い芝が生えた地面に目を凝らした。

「どんなものなんだ？」

「かなり小さいんです。鳥の形をした耳飾りで、大きさは小指の爪の半分……モランの場合は四分の一くらいの大きさです」

「そりゃあ小さいな」

「はい。手伝ってくれるのは嬉しいんですけど、足元には気を付けてくださいね」

「了解した」

顔を地面のすれすれまで近づける二人の鼻先に芝が触れてくすぐったい。膝もチクチクするが、それよりも耳飾りだ。

「壊れたってことはないと思うけど……どこだろう」

傍から見れば、地面を這《は》い回る二人は奇異に見えたことだろう。しかも一人は王妃だ。フランのような髪色を持つものは少なくとも城内にはいない。おまけに一緒にいるのがモランとなれば、二人して一体何をしているのだと疑問に思われても不思議はない。

中には国王に報せた方がいいのではと話し合っている使用人もいる。居住棟なので、役人のような発言権のある人がこの場にいないため、余計に戸惑っているようだ。

「ない……これも違う……。モラン、芝生の方をお願いしていいですか？　僕はその先を探します」

「わかった」

芝生の先は小石が敷き詰められた小さな箱庭が幾つか並んでおり、明るい色の花が咲いている。箱庭の枠組みを作る土台も小石を漆喰《しっくい》で塗り固めた単純なものだが、大きさも形も色も違う石はちょっとした模様のようで可愛らしい。灰色の小粒な石がゴロゴロする中、指先でかき分けるように探す。中には淡紅色の石やくすんだ緑の石もあり、間違えそうになる。

そして、

「妃様、これか？」

ようやくモランが見つけてくれた。

「見せてください！」

駆け寄ったフランの手のひらに小さな鳥の形がポトンと落とされた。

「よかったあ……。これです。間違いなく、僕の耳飾りです」

「よかったな」

「はい。ありがとうございました」

勢いよく頭を下げたフランは、嬉しそうに耳飾りについた汚れを払った。

「大事なものなのか？」

「ええ。僕の御守りです。これ、鳥の形をしているのがわかりますか？　リイロデエルと言ってエフセリアでは幸せを運ぶ鳥と言われているんです。職人さんにお願いして作って貰ったんですよ」

「貢ぎ物じゃないのか？」

「失礼な。ここに嫁入りするのに貢ぎ物は持って来ません。それにこれは貢ぎ物じゃなくて贈り物だから」

「贈り物も貢ぎ物だろう？」

「違いますよ。貢ぎ物は歓心を引くために渡されるものだけど、贈り物は少なくとも気持ちは籠ってるんじゃないですか？　これは一生懸命悩んで選んでくれた僕だけの石。一番落ち込んでいた時に優しくされた思い出の石なんです」

「なるほど。ルネに言えば夫婦戦争が勃発しそうな内容だな」

「夫婦喧嘩を飛び越えていきなり戦争ですか。それはひどいなあ」

　モランの言葉が絶妙で、フランはクスクス笑った。

「くれたのは子供だから、きっと大丈夫。あの時は、普通の綺麗な石でしかなかったけど、兄に指摘されて磨いたらこんな素敵な宝石になりました」

　可愛いでしょう？

　指で摘んで空に向ければ、透き通った光が顔に降り注ぐ。こうして掲げていると、空を飛んでいるように見える。人形遊びなどとうに卒業したフランだが、時々耳から外して空を飛ばせたくなった。気分的なものだが、なかなかによい考えだと思ってしまう。

「あの時、こんなに綺麗になるってわかっていたらあの子も喜んでくれたかなあって時々思います」

「知らない子に貰ったのか？」

「ええ。町でばったり会っただけの知らない子。でもね、とても一生懸命で可愛かったんですよ。キャロルを見ていたらあの子を思い出しました。口数は断然キャロルの方が多いですけどね」

「――ほう。で、その子供とは？」

「その場限り。商売のために来ていた父親について来たと言っていたから、すぐに帰ったんだと思います。あの子が持っていた袋の中の石、磨いたら売り込みもしやすかったと思うともったいなくって。遊び道具だったもの」

「なるほど。だから大事な宝なのか」

「はい。でも、固執しているわけじゃないですよ。着る服によっては変えることもあるし、いつもいつもつけているわけでもない」

　それでもずっとフランは持ち歩いていた。遠くへ嫁に行く時もいつもつけていた。せっかくリイロデエルの形にしたのに、未だに縁談に関しての幸は訪れないが、自分の命や家族以外で失《な》くしたくない唯一のものだった。今はその中にルネやキャロルも含まれる。

これでもルネを慕っているのだ。いつかきちんと体を繋げることが出来ればいいなという儚《はかな》い夢を抱いて。

「まあ、なんにしても見つかってよかったな」

「はい。お騒がせしまし……あ」

にっこりとモランへ笑いかけたフランは、その時になって自分たちが皆の視線を集めていたことに気づいた。

「あの、モラン？　みんなが注目しているんだけど……」

「そうみたいだな」

「もしかして知ってました？」

「気配を探り、妃様を護るのが護衛の仕事だしな」

フランは顔を覆った。

「恥ずかしいッ！」

地面に膝をついて耳飾りを探し回っているところをしっかりと見られていたわけだ。不審者ではないが、妃が取る行動としては型破りだと言われても仕方がない。それに、探しながら「鳥さんどこですかー？」「僕の耳飾りはどこに隠れているのかなあ」などと声に出していた気がする。

ぶわっと赤くなったフランに追い打ちをかけるように、

「フランお兄様がモランと浮気をしている現場はここかしら？」

可愛らしい声がする。自分をお兄様と呼ぶのは、先日知り合ったルネの妹キャロル姫しかいない。

にこにこと丸い頬に明るい笑顔を浮かべたキャロルは、フランに向かって手を振った。

「ご機嫌よう、フランお兄様」

「ご機嫌よう。誤解がないように先に言っておくけど、浮気じゃないよ。モランには探し物を手伝って貰っていただけ」

「あらそうなの？　わたくし、浮気現場というものを初めて見るのだと思ってウキウキしながら走って来ましたのに」

「楽しみにされていたんだ？」

「ええ。でも正確に言えば、お兄様がどのようなお顔をするかが楽しみだったのですけど、お兄様はいらっしゃらないようですわね」

「まだお昼だもの。仕事の真っ最中で忙しいんだよ」

「まあ、お兄様ったら……。妻の危機と浮気には敏感にならなくては甲斐性のある夫とは言えませんわね」

仕方のないお兄様だこととため息をつくキャロルは、

「それで何を探していたんですの？」

好奇心たっぷりに尋ねた。

「うん、これだよ」

小さなキャロルによく見えるように手のひらに乗せた耳飾りを見せると、

「可愛い！」

という少女の高い歓声が上がった。

「フランお兄様、これは釦ですか？　それとも胸飾りですか？」

「残念でした。耳飾りです。ここに小さな留め具があるでしょう？　これを耳に開けた穴に刺すんです」

「刺す!?」

「う、うん。そうだね」

「痛くないのですか？　こんなものを入れるなんて」

「細いから平気。それにもう通り道が出来ているからね。簡単にするって入ってしまうんです」

実演してみせようかと思ったフランは横に垂れている髪を耳に掛けた。それから耳飾りに汚れがないのを確認して、つけようとした時、未だ立ち去らずに王妃と王妹のほのぼのしたやり取りを眺めていた人々の間から、ざわめきが起こる。

「フラン」

廊下を足早に歩いて来たのはルネで、後ろからは護衛が数名ついて来ている。

「お兄様！」

キャロルが嬉しそうに声を上げ、ルネの元へ駆けて行き、腰に抱き着いた。身長差がある二人なのと、ルネの老成さとキャロルの幼さから、親子と言っても通じるのではないかと思えてしまう。

「いきなり飛びつくんじゃない」

「あら、わたくしみたいな小さな少女が抱き着いたくらいで倒れ込むお兄様ではありませんわ」

「私にしているのと同じことを他の人にもするのではないかという不安があるのは気のせいか？」

「気のせいですわ。お兄様だけです。あと、モランにはしますわね。フランお兄様にはもちろんしませんわよ。だってとっても細いんですもの。わたくしみたいな丸いのが飛びついたら尻もちをついてしまいます」

自分で丸いというキャロルの元気な分析にフランは笑う。そのフランとルネの目が合った。何かを言おうと思ったが、この場で何を喋ればいいのかわからず、微笑する。瞠られたルネの瞳に気づいたのはフランだけだっただろう。

（僕が笑い掛けないとでも思っていたのかな？）

毎朝毎晩顔を合わせて、挨拶をするが言葉は少ない。それに昼間にルネに会うのはとても久しぶりだ。陽光の下で見るカルツェ王は誰よりも落ち着き、輝いて見えた。

兄妹がじゃれ合う姿を眺めながら、フランは途中だった耳飾りをはめようともう一度髪を耳に掛け、鳥を摘んだ。その指が耳に触れる前に、俯いている間に近づいて来ていたルネの手が触れた。

至近距離にあるルネの顔。赤銅色の瞳がすぐ間近に迫り、フランは目を見開いて息を呑んだ。まさか人前で口づけをするわけはなかろうと思っていると、

「よければ私が」

言いながら、指先にあった耳飾りをルネの指が奪い取る。

「よろしいか？」

「え、あ、お、お願いします」

恥ずかしいが断るのはご法度だ。衆人環視の中で王の申し出を断るのは、恥をかかせることになる。初夜でルネに夫としての威厳を損なわせてしまったフランなので、断れるわけがない。それ以上に、真剣なルネの表情に絆されてしまったというのもある。

「あなたがつけてください、ルネ」

恥ずかしくて俯いたフランの耳にルネの指が掛かる。

「この穴に通すのか？」

「はい。あの、さくっと行って大丈夫です。もう綺麗に穴が出来てしまっているので、痛くはありません」

「――わかった」

既に耳に掛けられていたフランの髪をルネの手が申し訳程度に後ろに流す。片方の手が耳たぶに添えられ固定する。利き腕が淡紅色の飾りを持ち、そっと突き刺そうとした。

傍から見れば堂々とした手つきのように思われるが、間近にいたフランには俯いていてもルネの手の震えが目に入っていた。

「本当に痛くないのか？　傷ついたりはしないか？」

「はい。大丈夫ですよ」

震えるルネの手に自分の手を重ね、そっと耳に導く。

「どうぞ」

間近だからこそわかる、ゴクリと喉を鳴らす音がしてルネはフランの顔をじっと見つめ、それから意を決したように耳に飾りを宛がった。細い金具がすっと通った感触が伝わる。

「……これだけだと落ちそうだ」

「ええ。だから、こうするんです」

ルネに見えるように位置を変えたフランは、鳥の尾の部分にぶら下がっている細い鎖の先にある珠を金具の先に突き刺した。

「これで落ちる心配はないんですよ。よく出来ているでしょう？」

「ああ。驚いた。そういう仕組みなのか」

首と耳を凝視され、フランは恥ずかしくて髪を元に戻そうとした。その手はルネに遮られ、叶わなかったが。

「ルネ？」

「このままで。あなたの肌を見ていたい」

「あ……あの……」

見つめ合うフランとルネ。フランの方はもう顔から火が出そうなほど赤くなっている自覚がある。ルネは顔色こそ変わってはいないが、手は熱く、立て襟から僅かに見える首元は赤い。

誰もいなければこのまま抱擁から口づけに流れるところだが、生憎《あいにく》ここは屋外だ。ルネが来たことで余計に人が集まっている。柱の陰からこっそりと覗き見ている人もいそうだ。

（駄目。緊張してもう足が……）

これ以上見つめられていれば腰が抜けてしまうかもしれない。キャロルが何か言ってくれればと思うが、おそらく彼女は兄とフランの様子を目を皿のようにして頬を染めて眺めているだろう。淑女あれと思っているようだが、好奇心はまだまだ子供だ。

そんな場に玲瓏《れいろう》な声が響く。

「陛下、臣下が皆動けなくなっていますよ。それからキャロル姫、作法の時間が過ぎています」

「ヴァネッサ先生！」

人垣の向こうから歩いて来たヴァネッサは、呆けて見物している兵士に観衆を散らすよう命じた。ついでに自分もパンパンと手を叩き、解散を促す。

「陛下、王妃様と戯れるのはいいですけどね、場所を弁《わきま》えていただくようお願いしますよ」

微笑を浮かべ長い銀髪を揺らしながら歩み寄るヴァネッサに皆の視線が集まっていく。長い裾を引く服は、カルツェ国の他の民が着ているものよりも襟が広く開けられ、白い胸が覗いている。カルツェの民の多くが持つ小麦色とは異なる白い肌の色を見る限り、純粋なカルツェ国民ではなく、他国人のようにも見える。

ルネがじっとフランを見つめる。フランはふっと微笑んだ。

「ヴァネッサの言う通りですよ、ルネ」

フランがルネの手の上にそっと自分の手を乗せると自然に離れて行った熱。

「ごめんなさい、ヴァネッサ。ルネが悪いわけではないんです。僕がこの騒動の原因です。皆さんもお仕事の手を止めさせてごめんなさい。さあ、お仕事に戻ってください」

フランがにこやかに声を掛けると最後まで残っていた使用人たちもすべて自分の仕事を果たすため、その場を立ち去って行った。残ったのはルネとフラン、キャロルとモランにヴァネッサと兵士が五名だけだ。

ヴァネッサが腰に手を当て、やれやれという表情で眉を寄せる。

「ルネもルネですが、王妃様ももう少しご自分の立場を考えて行動なさった方がいいでしょうね。これだけ多くの目がある場所で騒ぎを起こすのはね」

「……ええ」

「ヴァネッサ」

きついルネの声が飛び、ヴァネッサは眉を上げて肩を竦めた。

「ええ、わかりました。陛下が溺愛する王妃様のことへ口出しする権利は私にはありません。それよりモラン、あなたがついているのにどうしてこんなことになったのかの方を問い質《ただ》したいですよ」

「問い質すも何もない。妃様が落とし物を拾いに出て来た。それだけで、これだけの騒ぎに？　陛下が出て来るほどの？　それを抑えるのがあなたの務めでしょう」

「ヴァネッサ。モランもルネも責めないで。僕が飛び出したのをモランが追っただけ。ルネは僕がここで何かをしていると聞いて駆け付けただけ。——心配かけてごめんなさいね、ルネ」

フランはくっと鳴る喉を堪えてルネへと苦笑を浮かべて謝罪した。

「いや、私は構わない。それにこうして意図せずあなたに会うことが出来た」

一歩近づきかけたルネは、首を振るモランと眉を上げたヴァネッサを見て、フランに触れるのを諦めたようだ。残念そうに下ろされた手に寂しさが募る。

「ねえ、先生。作法のお時間なのでしょう？　さあ、行きましょう。フランお兄様のことはお兄様にお任せするのが一番ですのよ。だってご夫婦ですもの。先ほどもとても仲良くしていらっしゃって、わたくし、心がポカポカしていましたの」

明るいキャロルの声にほっとしたのはおそらくフランとルネの二人共だろう。モランにしても、どこか安堵したような顔をしている。

「……そうですね。作法の学習にこそ力を入れなくては」

「そうですわ。さあ、行きましょう、先生。フランお兄様、また今度お話ししましょうね。お兄様もお仕事頑張ってくださいませ」

フランの手を握ってぶんぶん振り、ルネに抱き着いて顔を摺《す》り寄せたキャロルは、ヴァネッサの手をぐいぐい引いて別棟の方へ歩き出す。

「俺たちも戻ろう、妃様」

「え、ええ。――ルネ、ありがとう。心配して来てくれたんでしょう？」

僅かに頷いたルネは、少し躊躇ったように手を上げ下げした。この仕草は何かをしようと迷っている時に見せるもので、フランは立ち去らずにルネが動くのを待った。

しばらく待ち、やがて諦めたように手が下ろされるのを見て、フランは背を向けて歩き出した。

（馬鹿っ、ルネの馬鹿っ）

どうして触れてくれないのだ。少しよい雰囲気になったと思ったのに、どうしてそこで引くのだと文句を言いたい。耳飾りをつけてくれたルネならば、きっと抱き寄せると期待していた自分が馬鹿みたいだ。

（でも……それも僕の自業自得……）

最初に拒絶したのは自分。だから多くを望んではいけないのだと、フランは自分の心に言い聞かせながら、涙が滲む顔を見られないよう足早に部屋に戻った。鼻がツンとした。


どうにももどかしい日々が続く。

ルネとの関係は良好ではあるのだろう。毎朝毎晩の挨拶は必ず行っているし、態度に変化はない。相変わらず、ルネはフランには優しく、あの中庭で戸惑っていたのが嘘のように軽く頬に口づけまでするようになった。それだけでフランの心はもう乙女のようにドキドキするのだが、するりと離れて行くルネの中に同じ熱があるのだろうかと探そうとしても、見つける前に離れて行ってしまう。

「本当にどこの初心な乙女なんだよ……」

今日もまたルネを見送った後に脱力し——決して悪い意味ではなく恥ずかしさと緊張から解放されたせいである——て椅子に深く沈み込んでいると、

「妃様」

ルネを会議棟まで送る兵士について行ったモランが大股で近づいて来た。

「どうしたの？　なんだか慌てているようだけど。……！　もしかしてルネに何かあった!?」

刺客か襲撃か!?　と弾かれたように身を起こすと、モランは「いやいや」と手を振った。

「違う。そうじゃない。ルネはいつも通り会議棟へ入った」

「よかった……。もう、びっくりしたよ」

「ああ、それは悪かった。だが、ちょっと噂を拾って来たんでな」

「噂ですか？」

頷くモランの表情は眉を寄せ、考え込むように険しいものだ。子供が見たら泣き出すこと請け合いだ。

「こういうのは後から知るよりも、早めに知っていた方がいいと思うから言うが」

「はい」

「……妃様とルネの不仲説が広まっている」

「は？」

思わず見返したモランの強面は仏頂面だが大真面目だった。

「別に不仲ではないと思うけど？」

「まあそうだな。俺が見ても妃様とルネは不仲には見えない。ちょっとじれったい子供の初恋を見守っている親父の心境だが、不仲じゃないのはわかる」

「子供の初恋……」

そんなに自分たちは歩みの遅い恋愛をしているのだろうか？

（いや、してるね。うん、間違いなくしてる）

恋愛初心者ではないが、両想い初心者ではある。どういう風にルネに接したら彼の遠慮がなくなるのかを、日々試行錯誤しているような状況だ。そうしながら自分の中に「次こそは絶対に入れて貰う！」という決意を育てているところなのだ。なにしろフランにはそれくらいしか手立てがないので。

（そんなことじゃなくて！）

それまでゆったりと座っていた椅子に背を伸ばして座り直し、モランに尋ねる。

「どういうこと？　不仲だと誰かがルネに悪意を持って噂を流しているんですか？」

「悪意か。悪意ではあるんだろうが、ルネに対してじゃないいな」

「ルネじゃない……。それはつまり、僕に対する悪意ってこと？」

フランは目を見開いた。カルツェ国に来てすでにひと月以上経過したが、使用人たちとの関係は良好だ。気安く言葉を交わすこともある。そんな彼らがにこやかな笑みの下でそんなことを考えていたなんて……と、フランはふらりと椅子に倒れ込んだ。

「おいおい。これくらいで倒れるのは早いぞ。それに悪意というわけでもなさそうだと思えないこともない」

「……どっちなんですか、それ」

「いやな、これは俺も前々から思ってたんだが、さすがにあれだ、口にするのが憚《はばか》られるというか、口を挟む気はなかったんだが」

気まずげに頬をぽりぽり掻《か》きながら告げたモランの言葉は、フランにはあまりにも残酷で重過ぎる現実だった。

「妃様、ルネと一緒に寝てないだろう？」

「あ」

「確かに毎朝ルネが顔を見せに来るが、それがそもそも違う。普通の夫婦は寝室を共にして、朝の挨拶はベッドの上でする。眠る前の挨拶も同じくベッドの上だ。だが、妃様たちは違う」

「それは……！　で、でも、違う部屋で寝ることだってあるでしょう？」

「熟年夫婦ならそれもありだ。エフセリアのように妃が複数いる時もありだ。たまには一人寝もしたいだろうからな。だが、カルツェでは違う。そしてカルツェ王は新婚だ。新婚なのに寝床を共にしていない。そこから導き出される想像は一つ、二人は実は仲違いしているのではということだ」

正直、頭を重い金槌《かなづち》で殴られたような気がした。ガンガンと頭の中でモランの言葉が乱舞する。不仲……考えたこともなかった。ぎこちない関係だが、ルネには呆れられていないと思っていたし、努力すればきっと大丈夫と思って来た。

初夜の仕打ちに関しては床に頭をつけて平謝りするしかないが、その件でルネがフランに冷たくしたことはない。内心でどう思っているのかはわからないため、そこまで楽観視はしていないものの、前進している気はしていたのだ。そこでこの不仲説である。

「それは……」

じっと見つめるモランの視線が痛い。

「ルネが忙しいというのは理由にはならないぞ。忙しいからこそ、伴侶の側で眠りたいと思うものだからな。新婚ともなればなおさらだ」

もっともな指摘にフランには返す言葉もなかった。

「妃様」

モランが足元に膝をつき、俯いたフランの顔を下から覗き込む。

「大きくはないが、女官や侍従たちは随分前からそのことを話していた。陛下と王妃様が一緒に寝ていないと」

「通路……通路を使って……」

「妃様、誰が部屋の掃除をすると思ってるんだ？　寝室の片付けも洗濯もあいつらがするんだぞ。情事の痕跡が一切ないベッドを見て、何を想像するかわかるだろう？」

（わかるだろうって言われても、具体的に何がどうなのかわかるわけないじゃないか）

何しろ、経験したことがないのだから、体を重ね終わった後のベッドの上がどうなっているのかなど、フランにはわかるはずもない。乱れるのはわかる。汗が染み込むのもわかった。他には？　他には何がある？

「使用人には主の生活を口外しない義務はある。だが、それでもどこかしら漏れるものなんだ。兵士は毎朝ルネの部屋へ迎えに行き、ルネの部屋に送り届ける。侍従が国王の部屋に入っても、王妃の気配が一切ない。不仲だという話が今まで抑えられていたことの方が奇跡だ」

「……この話、ルネも知ってると思いますか？」

「知らないとは言えない。俺が聞いたのはこの棟の使用人じゃない。兵士たちが雑談しているのを聞いたんだ。勿論、その場で口止めはしたが、それが逆効果になる可能性は無視出来ない。俺が妃様付きなのは知られているからな」

「……いえ、止めてくれてありがとうございます」

その様子では遅かれ早かれ公然の噂として城の中を駆け回ることが予測出来る。いや、既に蔓延《まんえん》していてだから声として上がってきているのかもしれない。

「ルネには気を配るように言っておく」

「モラン、ルネが悪いわけじゃないよ」

「いや、ルネが気を配るべき問題だ。それをルネは怠っていた」

力強く断言するモランに、フランは首を振る。

「僕も悪いから……ルネのせいじゃない」

「……俺は妃様を非難しているわけじゃない。それはわかってくれるか？」

「はい。モランが僕の耳まで塞いでしまったら、たぶん知らないまま笑われていたと思います」

「笑われるってことはないと思うが……。――妃様、実際のところはどうなんだ？　これを尋ねるのは仕える者として処罰されてもおかしくない不敬だ。だが聞かなきゃわからないことがある」

モランの真摯な問いに、フランは泣きそうな顔をして首を横に振るより仕方なかった。

（それでもモランは、初夜から僕たちの間に何も夫

婦の交わりがないとは考えないだろうね）

「……妃様、噂はそれだけじゃない」

「まだ、あるんですか？」

潤んだ瞳で問うたフランへ、モランは今までで一番の渋面を見せた。

「この件に関して、皆の意見はほぼ同じだ。——王妃が陛下を拒んでいる、と」

「そんな……どうしてそんな……」

「大国エフセリアから嫁いで来た王子が小国の王を軽んじているのではと言い出す者もいるらしい」

「そんな！　そんなことないです！　僕がルネをそんな風に思うなんて絶対にない！」

それだけは断言出来る。これまで大きく豊かな国へ嫁いで来た。だがどこもフランを受け入れこそすれ、求める愛情が与えられたことはなかった。

カルツェ国が小さく、物質的に決して豊かでないというのは否定しない。だがそれは大国と比較するからの話であり、生活するには何も支障はないのだ。毎朝贅沢なほど新鮮な食事が出され、空気は澄み、過ごしやすい。まだ夏しか知らないが、きっと秋や冬にはカルツェ独特の楽しさもあるだろう。

儀式の後、温かく迎え祝ってくれた民との距離も近い。これまでになかった生活、これまでになかった伴侶との関係。ルネとはまだ距離はあるものの、決して粗略に接しているつもりはない。

「間違いです！　間違い……だけど……」

声高に叫んだフランだが、すぐにあながち間違いではないことに気づき、さっと血の気が引くのを実感した。

（拒んでる……嘘じゃない……）

ルネという青年をフランは受け入れている。しかしそこに肉体的な関係はない。もしも今、ルネと同じ床に入った時に、気持ち的には繋がりたくとも体が絶対に拒否しないとは言えない……。

「ルネと話したい……。ルネがどう思っているのか聞きたい。それからどうすればいいのか教えて欲しい……」

顔を覆ったフランは首を振る。

「わかった。ルネには俺から話をしておく」

「ありがとう。モラン」

　二人の関係なのに、他人に頼らざるを得ないことは悲しかった。


「フラン、すまない」

　その夜、フランの部屋に飛び込むようにしてやって来たルネは、フランの手を取り自分の額に押し当てた。こういう時には迷わず触れるルネの行動に、嬉しくもフランは困惑を隠せない。

「ルネ……」

「私の配慮不足だった」

「でも、それは僕もいけないから……」

「いえ、私です」

「でも」

　二人は互いに自分の方が悪いのだと主張する。いつまで経っても終わらないその繰り返しを止めたのは、先に進まないことに業を煮やしたモランだった。

「そこまでにしておけ。話が先に進まない」

「……はい」

「ごめんなさい」

　椅子に座るフラン、その前に膝をついて傅《かしず》くルネ、腕を組んで立つモラン。年長のモランは、眉を下げたフランと無表情ながら口を曲げているルネという途方に暮れた二人の顔を見て、深くため息をついた。

「お前ら二人揃って本当に似た者夫婦だな。不仲だと下種《げす》な想像をする方が馬鹿だと思える」

「当たり前だ」

　憤慨するルネの姿はフランをドキドキさせる。

（よかった……。嫌われてはいなかった！）

　それだけで満足してしまうほど、フランはルネを好きになっていた。

「現状は理解したな、ルネ」

「ああ。このままではフランの立場が悪くなる」

「そうだ。そうなる可能性を考えなかったお前の落ち度もわかるな」

「……ああ」

「モラン！　それは」

「いい、フラン。モランの言う通りです」

「俺は二人の関係がどうだと詮索するような真似はしない。どんな考えがあって閨を一緒にしていないのかも聞かない。今回のことも、妃様の方に火の粉が飛ばなければ黙っているつもりだった」

　だが手をこまねいていては不穏な噂は広がるばかりだろうとモランは言う。

「どうするつもりだ、ルネ」

　対するルネの回答は明朗単純だった。

「私とフランが共に夜を過ごせばいい」

「そうだな。それしかないとも言う。いくら表に出たところで仲良さげにしていても、噂が先行してしまえば演じているように考える連中もいる。世の中には仮面夫婦も多い。世知辛いことだ」

　フランは引き攣《つ》った笑いを浮かべるしかなかった。

仮面夫婦。確かにそんな風に過ごしたこともあった。初夜さえ済ませず、その前に夫の気持ちが他へ移り、とりあえず両国間のために誤魔化しながら過ごしたこともある。結果は見ての通り、離縁だ。

　ただ、今回はそれとは違う。ルネが自分を想う気持ちは信じていいと思うし、信じたい。

「フラン」

　ぎゅっと膝の上で握っていた手をルネの大きな手が包み込む。

「時々、私と一緒に眠ってくださいますか？」

「ルネ……」

　気を利かせたのか、二人の間でしか出来ない話があると察したのか、モランは他の部屋へ行ったようで姿が見えなかった。

「劣情を持ってあなたに触れないと誓います。あなたを怖がらせることは絶対にしません」

「怖がっては……」

　いないと言い切れない自分は殴りたくなるほど疎ましい。

「ごめんなさい、ルネ。僕まだ……」

「あなたが悪いんじゃありません。私がわかっていなかっただけです」

「何を？」

まさか自分のルネを慕う気持ちを誤って理解しているのではと顔を上げたフランの瞳に映ったのは、苦笑を滲ませるルネの表情だった。フランに対するものではないことに安堵する。

「私はあなたを護ると誓った。だから安心してください。朝晩だけ通路を行き来するということも考えましたが、それではおそらく鼻の利く女官頭や侍従たちを誤魔化すことは出来ません。だが、同じベッドで眠ったという事実があればまた別です」

フランやルネの世話をするため配置されている女官は年配者が多い。侍女には若い娘もいるが、どちらかというと年齢的には高い傾向がある。既婚者もおり、夫婦の営みについては理解もある一方、鼻が利くというルネの表現も間違いではなかろう。

「それだけで、いいの？」

「はい。それ以上はまあ、私の方で何とかします。あなたにはぐっすりと眠っていただきたい。安眠を妨害する気はありません」


それならルネはどうなのだろうか？

一緒のベッドに寝て、体が触れ合う位置にいれば……。

「あの、あのねルネ。あの……」

挿入さえなければ平気だよと言いかけたフランの唇の先に、ルネの指が立つ。

「それ以上は言わないで欲しい」

苦笑がルネの心情を思い切り正直に語っていた。

「あ……ごめ……っ、ごめんなさいっ、僕また無神経なことを……っ」

口づけて触れて、舐めて吸って、撫でて。フランはいいかもしれないが、ルネは寸止めだ。勿論、フランも性欲はある。高まった熱を出したいとも願う。しかし、ルネはそれだけではなく、ルネの中に挿入して射精することを望んでいる。そんな相手に対し、触るだけならいい、自分に快感を与えてくれるならそこまで許すというのは、傲慢すぎるほどの主張だ。世の中には夫が不能でも仲のよい夫婦もいるようだが、感じ合えるものならそれをしたいと思うのは自然な欲求だ。

「いえ、その点に関してもまあおいおい」

どうするつもりなのだとは今のフランには尋ねることが出来なかった。そんな資格は自分にはないと思ったからだ。

「いずれ、解決することです。それまではこのままで」

「ありがとう、ルネ」


以後、三日に一度、フランは通路を通ってルネと夜を共にすることになった。

広いベッドに横になると、少し離れた場所にルネも同じく横たわる。会話はほとんどなかった。だが、最初の晩こそ緊張してなかなか寝付けなかったフランだが、直《じき》に隣にルネがいることにも慣れて来て、すぐに眠ることが出来るようになっていた。

慣れたという理由以外に、フランよりも先にルネが安らかな寝息を立てるのを聞くうちに、睡魔に抗《あらが》えなくなってしまったのも大きい。

「疲れているのかな」

深く眠りについているルネの横顔を見つめ、ふと零す。

まだ若いカルツェ国王がどのような仕事ぶりなのか、会議棟へ行ったことのないフランにはまだよくわからない。母たちは国政には携わっていたが、重鎮たちと議論を交わす場に出て来ることはなかった。彼女たちは定められた公務を実行するのが仕事であって、決定権は国王と大臣たちにある。

「でもね、ルネ。僕にも手伝わせて。あなたが愛するカルツェ国の民の仲間に入れて」

上半身を起こし、眠るルネの顔を見下ろす。疲労の影がなく、穏やかな寝息に安堵する。

「好きだよ、ルネ。こんな僕だけど許してね」

いつかそう遠くない日に、嫁として夫に抱かれたいと願う気持ちは本物だ。

恐る恐る触れた唇は、少し冷たかったが、甘い感動をフランに齎《もたら》した。

ある夜の秘密のひと時だ。

現金なもので、数回夜を共に過ごしただけで不仲説は一気に沈下した。

「たったそれだけで納得するなんて……」

「実際に閨での様子を見ることは出来ないからな。ある程度の好奇心を満足させたのならそれでいいんだろう」

「そんなものなのかな」

「そんなもんだ。だがよかったな」

「はい」

そこは素直に喜んでおこう。ただ、おそらく女官頭は気づいていると思うのだが。その辺はどうルネが誤魔化しているのか気になるところだ。

(まさか痕跡をわざと残すために一人で……)

夜中に一人で自慰を行っているルネを想像し、いたたまれない気持ちになる。それなりに使用した形跡を見せておかなくてはいけないなら、自分も協力して吐き出した方がいいのかとも思うが、二人で横になって各々が自分を慰めている姿はどんな美男が並んでいても、滑稽な絵面にしかならない。実際に想像してしまったフランは、口元を押さえてしまったくらいだ。

(ええと、そうしたらルネが帰って来る前に手ぬぐいか何かに出しておいて、それをこっそり敷布に擦り付ける？　それから、抱かれた後ってやっぱりきついのかな？　だよね、あんな大きなのがお尻の中に入るんだからきっと痛くて、きついはずだから、お尻が痛いような格好すればいいのかな？　なんか変だけど、それでもいいのかな？)

ルネは何もしなくていいと言ったが、それでは悪いと考えたフランは頭の中でいろいろと案を出してみる。実行しようとすれば、どれも簡単だ。羞恥心さえどうにか抑え込めば一人で楽に出来ることだ。

(もう少し、男同士の性行為の仕方について習っておけばよかった)

相手に委ねるだけでなく、同じ男なのだから受け

身でも何をしなくてはいけないのか学んでおけばよかったと、今までの二十四年間何を生きて来たのだろうと後悔の嵐だ。少年時代はともかく、嫁に行く前に男の恋人がいる兄たちに話を聞いておけば、ここまで妙な関係になることはなかったのではあるまいか。

（キャロルじゃないけど、僕にもその方面の話をしてくれる人がいてくれたらよかった……）

まさか妙齢の女性だった侍女に作法を尋ねるわけにもいかず、母親に訊くのは恥ずかしい。兄は……おそらく恥ずかしくて聞けなかった。そして、押しの強い兄がいなかったのも敗因だ。

（敗因……）

自分で思って泣けてくる。

（大丈夫！　まだ負けたわけじゃない！　負けた時はエフセリアに帰る時だからまだ挽回《ばんかい》出来る！　ルネだって、ルネだって……）

フランはふっとため息をついた。

「ルネ……ルネか……」

「おい、またか？　今度はどうした、妃様」

侍女からお菓子が乗せられた盆を受け取ったモランが肩を竦めているのを見て、フランは「なんでもない」と首を振った。

「なんでもない顔には見えないが。ルネに悪さをされたのか？」

「しません。ルネはそんなことはしません。でも、モラン、これどう思う？」

これ、とフランが視線で示したのは、部屋の端に吊るされた数々の衣装である。

「ああ、これか……」

げんなりとしたモランの気持ちもわかる。

夜を共に過ごすことにした二人だが、その関係に発展らしい発展はない。互いに手を出しかねているというのか、状況を説明する言葉としてもっとも相応しいだろう。フランの側からルネの上に跨るというのも考えないことはなかったが、途中で止めた時に感じる精神的な打撃は初回の比ではなくなりそうで二の足を踏んでいる状態だ。

それが出来れば円満解決になりそうなのだが。

噂が収まるまでは、極力外に出ないようにして、庭に出る時にはモランが一緒、時々ルネを会議棟まで見送るために一階まで降りて親しさを見せるということを繰り返して来た。

フランとしてはそれで十分だったのだが、ルネはルネなりに考えたらしい。どうすればフランの立場がよくなるのか。国王の寵愛《ちょうあい》が向いているとはっきり示すことが出来ればいいと考えた結果、寝室を共にしない日にたびたび贈り物が届けられるようになった。

その結果の数々の上等な衣装である。

「毎日会っているのに、ここまでするかな?」

「普通はしないな。要《い》らないならはっきり言った方がいい。ルネは妃様のことになると、ちょっと過剰だ。大体、こんな服を貰っても着て行く場所がないだろう?」

「そうなんだよねえ」

確かに上等で見た目も素敵な服ばかりが厳選されてここにある。フランが民族衣装や民芸品を褒めたからなのか。ただ普段着には絶対に向かない。夜会や外出には最適だと思うのだが、今一つ有効な使い道を見出せないでいた。

だから、ではないが最近新しく出た「王妃様の噂話」に、「国王に貢がせて遊んでいる」という由々しきものがあるのではなかろうか。

この話を聞いた時には、悲しいと思う前に「たったこれだけのことで!?」と思い切り驚いた。だが、外貨に乏しいカルツェ国では、贅沢品には違いない。衣装だけでなく、小さな飾りも幾つかあった。耳飾りが多かったのは、フランが好んでつけていることを知っているからだろう。ごてごてと巨大な宝石が輝くものではないのは救いだった。

数としては贅沢というほど多いわけではない。着て行く場がないというだけで、そういう場があるのならこれくらいは持っていてもおかしくない。それに、以前モランに話したように、現地調達するつもりだったフランには、これから先をカルツェ国で過ごすための衣類がないのもあった。最初の頃に着ていた服も当然カルツェ国からの贈り物だ。こちらはルネ個人というよりも、王妃に対する結婚祝いの扱いだったので、何も言われなかったのだろう。

ルネがくれた衣装はどれもフランの好みに合っていた。民族的な飾りが施されているのは全部同じで、色や模様、形状が少しずつ異なっている。合わせて靴も何足か届けられた。こちらは革のサンダルが多かったが、山歩き用の長靴があったのは今後の活動範囲を思うと、嬉しい配慮だった。

だからなおさら、妙な噂が流れることへの憤りが大きかったのだろう。その前の「王妃様が閨房《けいぼう》を拒否している」という話は、思い当たる節があるだけに身につまされる思いだったが、今回は真っ向から反論したい。

かといって、声高に否定して回るのも逆に噂を煽るような気がする。

「これを口実に何か外に出るような仕事を頼んでみようかな。そろそろ僕も公務についてもいい頃じゃない？」

「公務なあ。その辺はルネと話をしたことはあるのか？」

「ないです。エフセリアで僕がしていた仕事と同じようなのならあまりご迷惑は掛けないと思うけど」

「どんな仕事だ？」

「簡単に言えば福祉政策です。孤児院や医療院やいろいろな施設を見て回って監督するのが主な仕事でした。僕が出入りが多いから姉と共同でやってる形でしたね」

「なるほど。ルネに話してみろ。人手はないよりあった方がいい」

「僕もそう思います。それに働かないとなんだか落ち着かなくて。ほら、贈り物をたくさん貰って、王が訪れるのを待つだけっていうのは……愛人みたいな気分になるから……」

それに、もっとよくカルツェ国を知りたいという気持ちも働く。離縁されるのではないかとびくびくしながら過ごすよりも、少しでも長くこの国にいて、ルネの愛する国を自分の目で見てみたい。

目を丸くしたモランだが、少し考えた後、なるほどと頷いた。

「権力者にありがちな後宮制度だな」

「ですね。カルツェには後宮はないんですか？」

「いや、あったと思うぞ。制度というよりも個人的に囲っていたというのが正しいのか、わからないが」

「あるんですか!?」

「ある、じゃなくて、あった、だ。俺が知っているのは先代とルネだけだが、どちらも妃は一人だけだ。ルネに関してはこれから先の妃様の働き次第だと思うが？」

後半の台詞は茶化し半分だったのだろうが、

「……僕、嫁としては失格ですもんね」

どんよりと落ち込んだフランに気づき、詳細は知らずとも二人の微妙な関係を知っているモランは慌てて手を振る。

「すまない。軽率だった」

「いえ。でも浮気かあ……」


自分以外の女性に愛情が向かうのが浮気ならば、ルネについては大丈夫だと思いたいが、彼とて若い青年だ。そのうち欲を発散させるために、他の女か男の元へ通う可能性もなくはない。

「しっかりしてくれ、妃様」

「あ、うん。それはわかってます。僕だって、他の人のところにルネが行くのは嫌だ」

たとえ自分の体で受け入れることが出来なくても、誰かと性行為をするルネを想像するのも嫌だ。

こういう時、本当に父や母たちはすごいと思う。上位貴族以上は一夫多妻制が許されるエフセリアの王族として生まれたからそれはよくわかっている。だが、やはりフランは一人だけでいい。一人だけを愛し、愛されたい。

下世話な話をすると、他の誰かに挿入したものは、たとえルネのものであっても受け入れられない。体の共有を許すことは絶対にありえない。

自分にそんな激しい感情があったなんて、ルネに会うまでは知らなかった。それを考えると、騎士マアトンに寄せていたのは、本当に淡い憧れのような恋だったのだなと痛感する。

「とにかく、ルネには話をしてみる」

うまくいくかどうか不安だったフランだが、ルネが素直に公務として町の視察に出ることを了承してくれたのは意外だった。てっきりフランが城外に出ることを渋るものだと思っていたのだ。

そのために話の最初に、

「せっかくルネがくれたのに、着て行く場所がありません。町に出掛けてもいいですか？」

と胸の前で手を組んでお願いしたのがよかったのだろう、

「あなたの頼みなら断れません」

「ありがとう！」

顔を横に向けながら許可を出したルネの手をしっかり握って感謝を示すことは忘れない。ここで抱き着きでもすればもっと効果的だったのかもしれないが、遠慮が働いてしまってお預けだ。

外出するのはいいが、日程の調整をしてからという点はしっかりと約束させられた。

「うんうん。それでいい。外に出て、ルネの好きなカルツェをもっと見てみたい」

カルツェ王ルネという人物を知るためにも、城の外に出るのは必要なことだった。


視察の任務を与えられ、お供付きだがやっと町に出られると浮かれていたフランだったのだが――。


（なんの匂い？）

ベッドに横になっていたフランは隣のルネからいつもと違う香りがすることに気がついた。きつい香料ではなく、むしろ清涼な香りだ。だが、ルネの部屋にもフランの部屋にも、こんな匂いのするものは置いていない。城内に花はふんだんに飾られているが、それとは違う。

（でもこれ、なんだか知ってる）

どこでだったのか。エフセリア国ではない。記憶はカルツェ国に入ってからのものだ。そして、フランの近辺に日常的にある匂いとは違う。一度か二度、嗅いだとしてもその程度だ。

（なんだろう）

これまでルネがこんな香りをつけて帰って来たことはなかった。寝る前に入った風呂で使った石鹸《せっけん》だろうか。

（きっとそう……たぶん……）

その夜はあまり十分に寝付くことが出来ず、フランが目を覚ました時にはルネは既に政務へと出掛けた後で、尋ねるきっかけを失ってしまっていた。

視察当日、城門の前にはルネが直々に見送りに来た。

「無理はしないように。先方の代表には王妃が行くことを知らせています」

「はい。わかりました」

小さな馬車に乗ったフランは、扉に手を掛けて心配だと眉を寄せるルネに笑い掛けた。

「大丈夫。僕には心強い案内人がついていますから」

ね？　と声を掛ければ、短い髪を頭の真横できゅっと結んで帽子を被った小さな淑女が、元気に言う。

「そうですわ、お兄様。お任せください。フランお兄様はわたくしが責任を持って案内してさしあげます。お兄様はわたくしたちが戻るのを待ちながら、お仕事をなさいませ」

「お前が一緒だと煩くないかと心配なんだがな」

「まあ、ひどいですわ！　それはわたくしに対する侮辱です！」

ぷんぷんと怒ったキャロルは扉に掛けているルネの手をペチペチと叩いた。

「間違ってもフランの手に同じことをするんじゃないぞ」

「わかっておりますとも。お兄様の宝物はわたくしにも宝物です」

「……心配だ。私も行きたくなって来た」

どうしようと、馬車に見下ろすルネの子犬のような様子に、フランはくすくすと笑った。

「だめ。ルネは仕事でしょう？」

「視察も仕事……」

「他の方の予定が狂うからよしましょう。今日はキャロル姫と一緒に行くけれど、僕もついて行っていいルネの視察の時には連れて行ってください」

「やはりそれしかないか……」

馬車の二人に向かっているルネの表情は、背後に並ぶ見送りの兵士や役人たちからは見えない。こんな風につまらなそうな顔をしているのは、彼らには見せられないだろう。

「お兄様はお留守番です。諦めなさいませ」

「そうしよう。キャロル、フランを頼んだぞ」

「お任せくださいお兄様」

頷き合う兄妹を見てフランは首を傾げた。

（あれ？　僕がキャロルのお世話をするんじゃなくて、キャロルが僕を……？）

年齢差は十四。二十四の男を引率する十歳の少女。

カルツェ国民としての先輩はキャロルではある。しかし、注意すべき点はそこだけではない気もする。安全面に関しては御者のモランがいるのでそちらに任せたのだろうとは思うが。

「遅くなるから行きますよ、妃様、姫様」

「はい。お願いします。ルネ、行ってきます」

「お兄様！　行って参ります！」

「ああ。行ってらっしゃい」

手を振るルネと使用人たちに見送られ、鬣《たてがみ》の長い丈夫な山岳馬二頭に引かれた馬車は、ゆっくりと丘を下り、町の中心部へと向かって走り出した。

後ろを振り返るとまだルネが立っている。横からヘラルド将軍だろうか、ルネの上着を引っ張っているが動こうとしない。そんなルネへ、馬車の後ろへと大きく身を乗り出したフランが手を振る。

ヘラルド将軍と何か言い合っていたルネが他の人に指摘され、馬車のフランに気づき大きく手を振り返したが、すぐに上下に激しく何度も振り下ろしてくる。

「フランお兄様、座ってってことですわね」

「そうみたいだね」

了解の印に座り直したフランは顔だけ出して、もう小さくなったルネに手を上げた。

これで後は町の探索である。


馬車に揺られるキャロルとフランに気づいた人々が、大きく手を振る。

それに笑顔で手を振り返しながら、結婚式の時にも感じた国民と王族の距離の近さを感じた。明るく賑やかな国民たちは、エフセリア国の首都にいる民のように洗練された物腰や身なりではないが、今の生活に満足しているのだと表情が伝えてくれる。

途中、牧羊犬が率いる山羊の群れが通った時には、しばし馬車を停めて待たなくてはならなかった。ここでは羊や山羊やファラなどの主要生産物に直結する獣が人間よりも優先なのだ。

「最初は子供の家ですわね」

「子供の家？」

「はい。身寄りのない子や出稼ぎで親と離れている子が暮らしています。ご家族が働いていて、面倒を見る者がいない小さな子もここで預かっております。大きな子は学校に行きますから、今の時間はどうでしょうか」

エフセリアでは孤児院だったが、それと似て少し違うのがカルツェの子供の家らしい。

「子供の家の隣には、おじおばの家があります。こちらは身寄りがなくて、お一人だと少し生活が苦しい方たちを預かるところです。この方たちは昼間は手仕事をなさってますわ」

働き手は多ければ多いほどいいのです、とキャロルは胸を張る。

「うん。それは僕もわかる。エフセリアでもみんな仕事を持っていたし、兄様の一人が本当に厳しくて目を光らせていたよ」

「それならよかったですわ。そうですわね、その点で、お兄様と結婚してくださったのがフランお兄様

「その割に姫様、妃様と手を繋いでいるのはどうしてだ？　子供じゃないんだろう？」

馬車を降りてからずっと二人の手は繋ぎっぱなしだ。理由は、

「フランお兄様は初めてのカルツェの町です。迷子になったらわたくし、岩屋に閉じ込められてしまいますもの」

「岩屋って？」

「山の中にある牢《ろう》だ。罪人は罰が確定するまで牢の中に閉じ込めておく決まりだな」

「とっても暗くて冷たくて、ひどいところですわ。あんなところに閉じ込められるってわかっていれば、誰も絶対に悪いことをしないと思います」

「姫様の言い分じゃないが、確かに住み心地がいいとは言えない。だから年の大半は空き家状態だ。町で暴れた連中も半日放り込んでおけば頭も冷える。そんなもんだな」

ということは、犯罪が非常に少ないということなのだろう。


で本当によかったと思います。ご本で読みましたけど、他の国では王女様や王妃様は働かないと書いてあったのでちょっとだけ心配していました。働きたくないわ！　って仰ってお化粧ばかりしている方をお義姉様やお義兄様と呼びたくはなかったから」

キャロルはぱっと笑顔を向けた。

「その点でもフランお兄様は最高ですわね。お綺麗だし、気立てもよいし。何よりも、わたくしを淑女として扱ってくださいますもの」

先ほど馬車を降りる時、先にフランが降りてそれからキャロルへ手を差し伸ばしたのがよかったらしい。

「お兄様なんか抱っこですわよ、抱っこ！　十歳の淑女として恥ずかしくてたまりません。モランも抱っこですものね」

「姫様みたいな小さいのは抱き下ろした方が早いからな」

「合理的ですけど、少女の気持ちも理解してくださいませ」

子供の家は白い壁と赤い屋根の可愛らしい家だった。普通の家を少し大きくしたくらいであまり広くはないが、清潔感溢れる庭では、小さな子供たちが球蹴りをして遊んでいるのが見えた。

「ようこそいらっしゃいました、王妃様」

代表を務める中年の女性がにこやかに挨拶をする。

「こんにちは。今日はルネ陛下の名代で参りました」

「はい、伺っております。陛下にはいつも気に掛けていただいてとても感謝しております。姫様もよく立ち寄っていただくんですよ」

「お友達がここに住んでいるの。ですから、学校の帰りに宿題を一緒にしたりするんですわ。お友達は頭がよいので、わたくしも助かっていますの」

ここで寄り道はいけませんと言えればよいのだが、うきうきと話すキャロルに「一度お城に戻ってからね」とは言えない。城に戻れば家庭教師が控えていて、なかなか自由に外出出来ないのをキャロルもわかっているのだ。自由気ままに暮らしているように見えて、自分の立場はきちんと弁えているキャロルに感心する。

「お友達はどこにいるの？」

「学校ですわよ。まだお昼前ですもの」

「……質問していい？　キャロル、君の学校は？」

「あ」

しまったとキャロルが口を手で押さえる。

「で、でも、お兄様が許可してくださったたし、これもわたくしの公務ですわ。フランお兄様の補佐として付き添いの役目をいただきましたから」

「ヴァネッサがよく許可してくれたね」

「頼み込みました。お兄様からもお願いして貰って。ヴァネッサ先生は厳しいけどわたくしたち兄妹にはちょっと甘いところもあります。そこを突けばいちころですわ」

ころころと笑うキャロルは実に楽しそうだ。ヴァネッサに苦手意識を感じているフランには到底出来ない真似である。

子供の家を代表に案内されて見て回る。寝室は子供の年齢や大きさでベッドの数が違い、十五歳になると二人部屋になり、もっと大きくなると一人部屋が貰える仕組みになっていた。実際には十五歳になって学校を卒業する頃には、住み込みの働き口を見つける子も多く、人数は増えることなく一定を保っている。

「思ったよりも子供の数が少ないんですね。町の中ではここだけと聞いていたので、もっと多いと思っていました」

定員はないが、大体三十人を超えるかどうかで推移しているのは、それだけ親を亡くす子が少ないということでもあり、ほっとする。

「陛下もですが、歴代の国王様方がとても心を砕いてくださったと聞いています。冬の寒い時期でも飢えて亡くなる子や、病で手遅れになることがないようになったのは、本当にありがたいことです」

代表は離れたところの遊技場で小さな子と絵を描いているキャロルを優しげに見つめた。

「キャロル様の母君の前王妃様も、よくこちらに来ては歌を歌ったりして楽しませていただきました」

その瞳は今は亡き前王妃を心から慕っていたと伝えている。

「歌でよければ僕も歌えます。楽器がよければ演奏も少し。カルツェの民族楽器はまだ覚えていませんが、そのうち覚えるつもりです」

「あら、そうなのですか？　王妃様も楽曲を」

「ええ。多少は人前でも披露出来る腕前はあると自負しているんですが、でも先日の祝賀会で少し自信をなくしました」

高らかに演奏される祝いの歌。踊りや歌に合わせ、たくさんの曲が流れて来た。華麗で静かで耳を澄ませて聞かなければならない曲ではなく、みんなが一緒になって楽しめる曲の数々と歌い手の喉からほとばしる朗々とした声には、フランも完敗だ。

「あれは仕方ありません。素人楽団と申しまして、趣味同好の者たちが集まって作ったものです。あまりにもそちらに熱が入り過ぎて、夫婦喧嘩が勃発したところもございます」

「あの方たち、趣味なんですか？　てっきり専業の方だとばかり」

いえいえと代表は笑いながら手を振る。

「副業にも及ばない趣味です。お代はいただいているようですけど、結局自分たちの腕を披露したいだけなので、呼ばれればどこにでも楽器を抱えて走って行く連中です」

「だからなんですね。とっても楽しそうなのが伝わって来ました」

「よございましたわ。楽団の者に会った時に王妃様のお言葉を伝えてもよろしいでしょうか？」

「ぜひお願いします。祝賀会の時には僕もいろいろなことでいっぱいで感謝の声も掛けられなかったので」

「畏まりました」

寝室や学習室に食堂、何人もが一度に入れる風呂場まであった。台所は常に戦場だと代表が笑う。

子供の家とおじおばの家は扉一つで繋がっていて、食事は一緒に取るらしい。職人を引退した老人が子供に技術を教えたり、読み書きを教えたりと交流しながら過ごしている様子は、牧歌的で優しさに包まれていた。

作業場では機織りをしたり、羊毛を紡いで毛糸玉にしたりと各々が好きなことをして過ごしている。二つの家で使われている掛け布団や敷物などは全部ここで自給自足しているらしい。

一通り見て回って、小さな子たちが学校から帰って来て「王妃様だ！」と歓迎されて調子に乗ったフランが歌を披露し、それにキャロルが対抗して歌合戦になりと、楽しい時間を過ごすことが出来た。

帰り際、フランは代表と握手しながらルネの言葉、それから自分が感じたことを伝えた。

「不足の品や財政的な問題があれば城へ知らせてください。この政策には陛下が直接関わっていらっしゃいます。私も陛下の目としてこれからも注意するようにしますね」

「ありがとうございます。また陛下にも遊びに来てくださいとお伝えください」

ルネも足を運んでいたのかと驚いたが、顔に出すことなく頷いた。

子供の家を出て再び馬車に乗ったフランは、キャロルの頭を撫でた。

「話をする間、子供たちと遊んでくれててありがとう」

「わたくしの役目ですもの、当然ですわ。フランお兄様が大人の話をしている時には、子供は子供で出来ることをするものなのです」

「その通り。賢いなあ、キャロルは」

「ありがとうございます。でもこれ、お兄様の受け売りなのですわ。ちっちゃかった頃、お兄様もよく子供の家に遊びに行ったと聞いています。お母様とご一緒に。わたくし、お兄様をずるいと思って、それから羨ましかったのです。わたくし、お母様と子供の家に行ったことがありませんの……」

「キャロル……」

カルツェ王家について調べた時にわかったのだが、キャロルの母親はキャロルがまだ幼い頃に亡くなっている。キャロルを産んだ後、その年に流行した感冒に罹り、体を弱くした結果だ。その後、前国王は後妻を娶ることなく子育てと国勢に携わっていたが、二年前に病死。ルネが国王となった。

「でも、今日そのお願いも叶いました」

「叶った？」

「はい！　フランお兄様はお兄様の花嫁様でお義兄様ですけど、わたくしの母でもあると思っていますの」

「母……僕がお母様？」

「はい。手が掛かるお兄様とわたくしと一緒に家族になってくださる素敵な方。大きな子供と小さな子供がいますけど、どうか見捨てないでくださいましね」

「大きな子供はルネだね」

「はい。もうお兄様はよい大人なのに、時々子供みたいに駄々を捏ねるので大変ですのよ。フランお兄様をお妃様にするって、それはもう強気強気で攻めて……。ね、モラン様」

話を聞いていたモランが相槌を打つ。

「そうだった。エフセリア国から第八王子を嫁に迎えると主張して一歩も譲らなかった。あの攻防は伝説の議事録として書記がもれなく保存していると聞いたな」

「ルネが？」

「ああ。頑なに第八王子に拘《こだわ》って、年寄りの大臣連中の何人かは頭から湯気出して卒倒してた」

「そこまで反対されていたのに、僕、来てよかったんでしょうか？」

「気にしちゃ駄目ですわ。それが証拠に、今はフランお兄様を歓迎するおじい様たちばかりです。やっぱり美しいと得ですわ。ずるいですわ」

ぷうと膨れたキャロルの頬を指でつついてフランは笑う。

「キャロルも可愛いから大丈夫。こんな可愛い妹なら、お嫁に行かせたくないって僕もルネも泣くかもしれないね」

フランは軽く言ったつもりなのだが、

「あら？　ご存知なかったのかしら？」

キャロルがきょとんと首を傾げた。

「わたくし、お嫁には参りませんわよ。ずっとカルツェにいて、元気なおばあ様になってたくさんの孫たちに囲まれて大往生する予定ですもの」

「でもキャロル、お嫁に行かなきゃ子供は産めないよ」

「あらあら、モランどうしましょう。フランお兄様、思っていた以上に可愛らしい反応ですわ。さすがお兄様が食事を抜いてごねて得ただけの価値がありますわ」

そんなのは価値ではないと思う。

「わたくし、婿を取ります。そして、わたくしの子が次のカルツェ国王になるのです」

「え……？」

「驚きました？　もう婚約者もおります。今は他所《よそ》の国に留学していますけど、来年になったら城の役人として働くために戻って参ります」

「え？」

「本当はお兄様たちの式にも出ていただきたかった

のですけど、急に決まりましたでしょう？　あちらの学校の試験の都合で帰国が間に合わなかったんです。でも、夏のお休みには戻って来るので、その時には紹介しますね。巻き毛がとっても素敵な美男子です。お兄様には敵《かな》いませんけれど、これは仕方ありませんわ。婚約者様に似た子が産まれればいいのですけど」

悩ましげなキャロルだが、フランにはどうしても確認しなければならないことが出来てしまった。

「キャロルは……もしかしてルネが僕と結婚したいと言ったから？　だからまだ小さいのに婚約者がいるの？　次のカルツェ王を産むために？」

「妃様」

モランの鋭い声に、フランは尋ねる相手を間違えたことに気づく。見ればキャロルは茶色の目を大きく瞠っていた。怯《おび》えられたかと、慌てて頭を下げる。

「ごめんなさい。キャロルを責めたわけじゃない。僕が知らないことだったから、それで」

「……びっくりしただけですので大丈夫です。でもご存知なかったんですね。これはお兄様の失態ですわ」

キャロルはすぐに笑顔になり、それからプリプリと頬を膨らませて兄へ文句を言う。

「あの、フランお兄様のお知りになりたいことはわたくしにもわかるつもりです。その上で言わせていただきますと、わたくしと婚約者様との婚約はお父様やお母様がご存命の頃に既になされていたと聞いています」

「早過ぎない……？」

「ええ。でもないことではないでしょう？　お友達同士が自分の子が産まれたら結婚させましょうって、そんな夢を抱くのは割と多いと伺っています。わたくしもその例に漏れず、お父様のお友達のお子様との婚約になりました」

「じゃあ、最初から決まってた？　僕とルネの結婚が決まるずっと前に？」

「ずっとずうううっと前です。心配なさらないで。わたくし、婚約者様をとてもお慕いしていますから。

たぶん、婚約者様も同じお気持ちだと思っています。文通もしていますし。でももしも振られたら、フランお兄様、慰めてくだいましね」

「もしもそんなことがあったらルネと二人で殴り込みに行ってあげるよ。それに一回の失恋くらいじゃ大丈夫。僕なんか九回も駄目になったんだから」

「では、わたくしの目標はフランお兄様の記録を破らないことにします」

　キャロルの目標がおかしくて、フランは癖のある赤茶の髪をぐるぐるとかき回した。

「こんな可愛いキャロルなんだもの、きっと大丈夫。僕がちゃんと添わせてあげる。そうして、キャロルの赤ちゃんを抱かせてね」

「はい。その時には真っ先にフランお兄様にお願いします。お兄様や婚約者様はちょっと粗忽者《そこつもの》なので安心して委ねることが出来ませんものね」

　ぐちゃぐちゃになったキャロルの髪をフランが試行錯誤しながら編み上げたものは、相当に不格好で少女には不評だった。


　少し沈んだ雰囲気だった馬車の中は、おそらくキャロルの機転で明るいものへと変えられ、その後の町の視察は楽しく過ごすことが出来た。

　搾《しぼ》りたての山羊乳の濃さに驚いたり、キャロルとお揃いの髪紐を買ったり、毛織物工房で大勢の女性たちが働いている姿を見たり、得たものは多かった。その中で一番の収穫は何と言っても国民の笑顔なのは間違いない。


　城へ戻ったフランたちは今夜は特別ということで、普段は共にしない晩餐を共にし、その席でキャロルが多くの話題を提供してくれた。主にフランの話が多かったのは、ルネがいる以上仕方がないのかもしれない。妹姫は兄が何を知りたいかを熟知しているのだ。

　フランもいつもよりたくさん腹の中に食べ物を入れることが出来た。余計に補給しなければならないほど動き回ったことに自分でも驚く。

「おやすみなさいませ」

ほわほわと既に眠たそうなキャロルはモランが抱えて部屋まで届けることにして、フランはルネと二人で部屋へと向かう。

（今日は一緒に寝る日じゃなかったっけ）

予定では明日だ。だが、

「ルネ」

まだ部屋の扉までは距離がある廊下の真ん中でフランは立ち止まった。

「どうかしました？」

「どうかしたわけじゃないけど、お願いがあって……」

「お願い？　どんな願いでも叶えますよ。町で欲しいものでもありましたか？」

「そうじゃなくて、町は関係あるけど、今日……今日の夜は一緒に寝たいなあって思っただけで……」

言ってしまった後で、恥ずかしくなり速足で部屋に戻るためルネの横をすり抜ける。しかし、

「待って。待ってフラン」

ぐいと摑まれた手首に先に進めなくなってしまう。

「今晩は違う日だけど、いいんですか？」

「……うん。今日はルネといたいなって思ったから。町でいろいろ見たことや感じたことを話したいって。駄目ならいい」

「駄目じゃないですよ。歓迎します。でも一つだけ、確認したいことが」

「な、なに？」

「今日一緒に寝て、明日も予定通り一緒に眠るということでいいですか？　それとも明日の分を繰り上げて今晩にしますか？」

「……あ、明日も一緒でいい。でも、変な匂いはさせないで。この匂い、眠れなくなって嫌いだから消して来て」

匂いと言われたルネが自分の袖に鼻を当て、頷く。

「わかりました。落として来ます」

それが何の匂いなのかを言わないまま、ルネは即座に了承した。

一旦別れて自分の部屋に戻ったフランは、どきど

きする鼓動が止まらなかった。扉に背を預け、天井を向いて目を閉じ、大きく深呼吸をする。

ルネの部屋に行ったら話したいことや訊きたいことがたくさんある。キャロルの結婚の話も、次のカルツェ国王のことも。それから亡くなった前国王夫妻のことも。

(教えてくれるかな)

知りたいという欲求は日を追って高まっていく。この高まりの行き着く先は一体どこなのだろうか——。


相変わらず、二人の肉体的な関係に進展はない。ただ、今では三日に一度の共寝の時に横になっていても、緊張せずにすぐに眠りにつくことが出来るようになったので少しはよくなったかなと思っている。

だがそれは裏返せば、性的な欲求を覚える相手として認識していないとも捉えられかねず、また、すぐに寝てしまうフランにルネが手を出せないという状況も作り出していたのかもしれない。

それに思い当たったのは、フランが城での生活、それからルネとの関係にも慣れて来た頃だ。


「あれは……ルネ?」

その日、町の綿羊工房の視察に出掛けていたフランが私室のある居住棟の方へ廊下を歩いていた時だ。会議棟を真正面にして、フランたちの居住棟は東側、反対に同じ作りの棟があり、こちらが通常の王族の住まいとなる。キャロルが生活しているのもそこだ。

その西棟へ歩いて行くルネの側には護衛はおらず、少し不用心だと思いもしたが、今のフラン自身も一人で歩いているので人のことは言えないなと小さく笑う。小さな城で人手も多くないとは言え、警備要員を出し渋るほど逼迫《ひっぱく》はしていない。カルツェ軍独特の民族衣装を来た兵士がところどころに槍や剣を手に立っている姿も、もうすっかり見慣れてしまった。

　モランは城に入ったところで部下らしき兵士に呼び止められ、一緒ではない。だがもう慣れた城の中で迷子になるほど子供ではないと、フランは先にすたすたと歩いていたのである。

　そして、そこで目撃したのだ。ヴァネッサと腕を組んで歩くルネの姿を――。

　長身のルネに比べてヴァネッサは背が低い。見上げるようにルネを見て、微笑みながら話し掛けるその顔は楽しそうだ。ルネの表情は見えないが、嫌がっているのなら腕を放すはず。それをしないということは拒否しているわけではないということになる。

　ルネが何かを言ったのか、ヴァネッサが満面の笑みを浮かべた後、背中をバンバン叩きながら笑っている。しっかりと腕にしがみつき、伸びあがるようにルネの顔に手を伸ばし、寄っているだろう眉に触れている……ような気がする。その後で、笑い過ぎて咳《せ》き込んでいるヴァネッサの背をさするルネの手。

　フランの頭に血が上った。


「なにあれ……なにあれ……」

　あんなに親しかったのだろうか。いや、最初から親しかったのを思い出す。祝賀会で初対面の時にも、二人は連れ立ってキャロルと話していた自分の元へ来たのだから。

「どういうこと……？」

　一番考えられるのは、相談役という立場からカルツェ王に対して何か話をすることだ。しかし、二人の雰囲気はどう見てもこれから難しい政治の話をするようには見えない。何より、政治の話なら西棟へ行く必要はなく、会議棟で行えばいいはず。夕刻に近くはなっているが、いつもなら政務がまだ終わらない時間。

（そうだよ、キャロルのところに行っているんだよ、きっと）

　ヴァネッサはキャロルの家庭教師でもある。現在唯一の肉親のルネと話をするのは変じゃない……。

「あら、フランお兄様、どうしましたの？」

　幼い少女の声がして、はっと振り向けば腰の少し上までしか背丈のない小さなキャロルが本を胸に抱えて首を傾げている。

「キャロル……？　お部屋にいるんじゃなかったの？」

「いいえ。今日はわたくし、歌の練習日でしたの。それで歌の先生のところにおりました。あ、その後、本を借りに行ったので少し帰りが遅くなってしまいました」

　ごめんなさいと頭を下げる少女の首のところで小さな三つ編みがピョンと跳ねる。

「家庭教師は？」

「今日はお休みですわ。さすがにヴァネッサ先生にもお休みを与えないほど悪人ではないですもの、お兄様もわたくしも。ちゃあんとわたくしの家庭教師と占い師のお仕事を一緒に休めるように調整してるのです。だってどっちかのお仕事があるなら、休めませんものね」

「じゃあ、今日はヴァネッサは何の仕事もしない日？」

「はい」

「そうなんだ……」

　ということは、仕事の話をしているという予想は外れたことになる。

「ヴァネッサ先生にご用ですか？」

「あ、ううん。そんなことはないんだけど、さっきルネと一緒にいるのを見かけたから」

「ここでお見かけしたということは、ヴァネッサ先生のお部屋だと思いますの。昔から仲良しなんですの、お二人」

　無邪気なキャロルはこれを「浮気だ！」とは思わないらしい。日頃からそういうものだと慣れていれば、不審に思うこともないのだろう。それ以前に、頭の回転は速いとはいえ、まだ十歳の少女に浮気だなんだと言わせる大人の方に落ち度があるのだが。

　不安がまたじわりと胸を侵食する。

　そんなフランに追い打ちを掛けるようにキャロルは無邪気な笑顔で言った。

「先生のお住まいは素敵なんですけど、わたくし、時々匂いがきつくて鼻が曲がりそうになるんですのよ。あの趣味だけはいただけませんわ」

「匂い……？　ヴァネッサは何か特別な匂いがするの？」

　だが初めて会った時にもその後数回顔を合わせた時にも、そんなきつい匂いはしなかったはずだが。

「先生のご趣味は調香というのですって。なんだかいろいろな木や花やわたくしにはよくわからない動物の何かで香りを作ったりするそうなんです。お休みの時にはずっとお部屋に籠っているでしょう？　だから沁みつくんです。お仕事の日はしっかり落としてくるので、きつくはございません」

　素敵な香りもあるが、どうしてこんなのがいいのだと問いたくなるくらい、妙な匂いの時もあるらしい。フランが来る以前には、窓から放たれた芳香が厨房《ちゅうぼう》にまで流れ込み、料理人が怒鳴り込んで来たこともあるという。

「じゃあ、強い匂いがするのは休みの日だけ？」

「そうですわね。でも時々はわたくしに感想を聞くためにつけてくることもありますけど。近づいたらくっつくので、やめてって逃げ回らなきゃいけないんです。もう大変ですわ」

　フランの頭の中に匂い、ヴァネッサという言葉が繰り返される。

（ルネからした匂いってもしかしてヴァネッサの匂い？　それに近づいたら移るなら近くにいたってこと？）

　それはつまり、カルツェ王として相談役に会うのではなく、個人としてヴァネッサと二人で会っているということだろうか？

　二人の姿は既に見えない。

　じっと二人が歩き去った西棟の方を見つめるフランの表情は固く、キャロルの暇《いとま》の挨拶も耳に入っていなかった。


　その夜は約束した日ではなかったが、気になったフランはルネに会おうと思い、ルネが戻って来る頃

合いを見計らって部屋を訪れた。ところが、

「陛下はまだお戻りではありません」

警備をする兵士の言葉にせっかく出した勇気がぺしゃんと潰れるのを感じた。

ルネに会って、それからヴァネッサのことを尋ねてみようかと思ったのだ。何気ないふりをして聞いてみようかと。

待っていてもいつ戻って来るかわからないため、帰って来たら自分の部屋に来て欲しいという伝言を兵士に残し、自室に帰ってルネの訪れを待つ。

だが、風呂に入り、夜がかなり更けてもルネが帰って来た気配はない。寝室に横になっていても、もしかしたら来てくれるのではと思えば、眠くても起きていなきゃという気になる。自分の伝言なら絶対に来てくれるという思い込みがあったのは否めない。

（ルネ……）

だから、いつの間にか眠って目覚めた時、ルネが訪れた形跡がないことにがっかりしてしまう。そればかりか、寝過ごしてしまったフランは、朝の挨拶さえも受けることが出来なかったのだ。

（僕の馬鹿……なんで寝ちゃったかなあ）

起きずにずっと待っていればよかったのにと後悔しても遅い。

着替えもせずにベッドの上でゴロゴロしていたフランは、入って来たモランに呆れられ、慌ただしく一日を始めるのだった。

「ねえ、モラン」

着替え終わったフランは、開いた窓の前で大きく布を振って室内の空気の入れ替えをしていたモランに話し掛けた。

「ルネとヴァネッサって仲がいいの？」

「ヴァネッサ？　まあ、いいのはいいだろうな。でなきゃ、西棟に住まいを与えないだろう」

一理あると思ったフランは、すぐに違和感を感じて首を傾げた。

「与えるって……使用人だから住んでいるわけじゃないの？」

思い切り疑問を顔に表しているフランに対し、モ

ランは呆れたように作業の手を止めて腰に手を当てた。

「ヴァネッサは下働きのような使用人じゃないぞ。聞いてなかったか？　助言を与える相談役だと」

「それは知ってる。それからキャロルの家庭教師」

「家庭教師は仕事の合間の時間を使うのが前提だ。大体、キャロルの勉強を見ていない時には何をしていると思ってたんだ？」

「占い？」

「……妃様……」

「だって、自分で言ってたんだよ」

「それをまともに受け取るな。占い師というのは占いをして生計を立てる者を指すが、ヴァネッサが使っているのは隠語だ」

「隠語？」

「そうだ。それこそ相談役であり、先行きを指南する役。戦では勝利に導くための策を授け、政治においては国の発展を促す策と助言を与える。先を見通すという意味から、占い師とも呼ばれているんだ。権力はない。だが発言力と影響力は無に出来ない。歴代のカルツェ王は占い師を重用し、ルネもそれを引き継いでいる。ま、妃様みたいに内情を知らない連中にとっては、胡散臭《うさんくさ》い奴だと思われてはいるだろうがな。それを否定しないから、後宮の主なんて呼ばれるんだ」

　面白くなさそうに舌を鳴らしたモランの台詞には、最後の最後にフランが絶対に聞き捨てならない言葉が含まれていた。

「後宮の主……？　モラン！」

　灰色の瞳を大きく瞠ったフランは長上着の裾を翻して、モランに詰め寄った。

「後宮ってどういうこと？　カルツェ国に後宮はないって聞いてた。それなのに後宮があるの？」

　珍しい剣幕のフランに驚いた様子のモランだが、

「ああ、言い方の間違いだ」

「……まさか、それも占い師みたいに他の意味があるとは言わないよね？」

　思い切り目を据わらせて睨み上げると、強面は

「滅相もない！」と慌てて激しく手と顔を振った。

「それはない。後宮は後宮の意味しかない」

「なら！」

「あー……だから後宮っていうのは、西棟のことなんだ。古参の連中にとって、西棟は後宮、俺たちが今いる居住棟は主棟という認識だ」

「後宮と主棟？」

「説明するから少し離れろ。庭から丸見えだ。俺が襲われているようにしか見えないぞ」

「それはありません。逆ならあり得るけど。第一、僕の腕でモランを倒すなんて天地がひっくり返っても無理」

「そういう意味じゃないんだが……」

苦笑するモランに背中を押されてふかふかの敷物に埋もれるように椅子に腰掛けたフランは、西棟がかつて愛人を含む王の家族が住んでいた場所だと教えられた。本来、この小さな城の主棟に住むのは王だけで、王妃は子供たちと共に後宮に住まう。まだ山頂の古城が本城だった時代、町にあるこの城は愛人を住まわせる別宅として使われることも多かった。名目上は使用人が別荘で働くという体裁を取っていたそうで、公然の秘密のようだったとか。町の城に居城を移してからは、王妃や愛人が西棟で暮らすようになり、誰かが他国を真似て言い出してから後宮という名が定着したらしい。

「先代国王の頃からそこに住んでいるヴァネッサは、だから後宮の主と呼ばれる」

「そういう理由なんだ……」

「だから妃様が心配するようなことはない。国土が広かった昔ならともかく、山の中だけの小さな国に嫁をたくさん囲う余裕はない」

「……そうでしょうか？」

「そんなに気になるならルネに直接尋ねてみればいい。訊けば正直に答える男だぞ」

「それは……わかっている」

わかってはいるのだが、結婚した後で別の相手を見つけられて離縁という経験を何度もしているフランは、今回もまた同じような結果になるのではと思うと、怖くて訊けなくなる。これまでは、相手が真摯に「実は……」と言い出してくれたので、傷つきはしたが傷自体は浅かった。何より、夫に向かう愛情が違う。

今までに縁があった誰よりもルネが気になって、ルネのことで心が占められる。

それはもう立派に恋をしていると言ってもよい。自身も自覚した。ルネに恋をしている、と。

だから怖い。これまでと同じく、離縁してエフセリア国に帰るということが出来ないほどに怖い。離れなければならないのなら、いっそ見て見ぬふりをしてしまいたいと、自分一人だけを愛して欲しいという願いにすら蓋をするほど側にいたい。

(やっと自分の気持ちに気が付いたのに……)

ヴァネッサといるルネ。二人の姿を見て嫉妬した。悲しく感じた。それでふわふわしていた気持ちの名に気づいてしまったのだから、皮肉だ。

「好き……」

思わず声に出してしまい、モランがぎょっとして自分の顔の前に両腕を交差させた。意味するところに気づいたフランは即座に否定した。

「……モランのことじゃありません」

伝えたいのはルネだが、ヴァネッサのことでまだもやもやしているところがあるため、少女や少年のように浮かれてすぐに告げるという行動に移すことが出来ない。恋愛に関しては初心者のフランだが、これでも二十四歳のいい大人なのだ。浮かれてよいのは傷つくことを知らない純粋な子供だけだ。

(そして純粋な心のまま初恋に破れて、僕みたいになるんだ……)

煌く瞳で騎士マアトンを見つめていた自分。今は妻となった女性と抱き合う騎士を見た時に、木っ端《こば》微塵《みじん》になってしまった淡い初恋。

フランの手は知らず耳飾りに触れていた。あの時のフランの悲しみを知っているのは、今はこの耳飾りしかない。初雪が降った寒い冬、冷えた心を温めてくれた少年の優しい心——。

ちくりと何かが胸に訴える。記憶の残像がフランに何かを訴えかける。

　思い出しそうで思い出せない何か。無意識にそれを感じ取っているのに、本体であるフランがまだ認識していない何か。

「なんなのかなあ、変な感じ……」

　室内用の靴を脱ぎ、膝を抱えて椅子に座り直す。長い髪が滝のようにさらりさらりと頬を撫でる中、フランはずっと耳飾りを手に思考に耽《ふけ》っていた。

　しかし、さすがに一日ぼんやりと過ごしているだけでは外聞が悪い。

　それに、しばらくフランを放置していたモランもさすがに昼になると声を掛けてきて、体を動かせと言ってくる。

「体を動かすって言っても、今日は公務は入っていないし、勝手に出て行くとルネも困るし、町の人にも迷惑掛けるよね」

「迷惑はないが、心配はするだろうな。行きたいなら許可を貰ってくるぞ。視察ではなく、買い物でもすればどうだ？」

「買い物はこの間キャロルと一緒に出掛けた時に買い込んだから特に欲しいものはないですね。それに、ルネが贈ってくれるものだけでもいっぱいだもの」

　フランからもう少し頻度を下げて欲しいと頼んだため、贈り物の品数は減ったものの完全になくなったわけではない。ルネの私財から購入しているとは聞いているが、あまり目立ち過ぎると散財する王という悪評が立ってしまう。私財を浪費し尽くした後は、国庫に手を付けるのではないかと疑われるのは避けたかった。仮に一度でも不信が立ってしまうと、何らかの理由で帳簿が合わなかった時に真っ先に糾弾される。

　そうならないためにも、ルネにはもう少し上手に伝えたい。上等な服も美しい飾りも必要ない。欲しいのはただ一つだけなのだから。

（もしも服や飾りが必要なら、マルセル国を選んでいたよ）

　物資の豊かさではなく、心の豊かさをフランは選んだ。カルツェ国は豊かではない。だが貧しいのとは違う。素朴でお人好しで、噂好きで、歌と踊りが好きで、チーズや搾りたての乳が好物で、そんな人たちが住んでいるカルツェという国が好きだ。好きになった。

「モラン、ルネのところに行く用事があるなら訊いて貰ってもいい？　庭でしたいことがあるけど、してもいいかって」

「それは伝言か？　伝えるのはいいが、それだけじゃ何をするのかわからないだろう？　許可が出るとは思えないが」

「大丈夫。ルネならきっとわかるから」

エフセリアの庭でフランが何をしていたのかを見ていたルネなら、きっと覚えているはず。ルネが言うようにずっと見ていたのなら、滞在中に何度もフランがしていたことを忘れはしない。

首を傾げながら、会議棟にいるはずのヘラルド将軍へ書類を出すついでにルネに伺いを立てに向かったモランが、微妙な顔をして戻って来たのはそれから幾らもしないうちだった。

その間にフランは手際よく、準備をして待ち構えていた。

「……その顔は絶対にルネが許すと思っていた顔だな」

「はい。どうだった？」

わくわくしながら尋ねると、強面の唇がへの字になって肩が上がる。

「怪我さえしないよう気を付けるなら好きにしていいそうだ」

「よかった。ルネはちゃんとわかってくれてた」

「ついでに伝言もある。何を叫んでもいいが、自分——この場合はルネだな——への文句があるなら直接頼むと言っていた。どうして草むしりと文句が関係あるんだ？」

首を捻るモランに、帽子を被って廊下に歩き出しながら言った。

「それはね、僕とルネの二人だけの秘密」

城内の庭の手入れは他の国と同じように庭師が行っている。モランに伝言を出すのと同時に、庭師にも伝令を走らせていたため、すんなりと庭園の雑草むしりという仕事に取り掛かることが出来た。奇異な目で見られたが、それはまあ仕方がない。エフセリア国でもよくあったことだ。

王妃が庭で下働きのようなことをしているというのは、のんびりとしたカルツェ国でも外聞的にはよろしくないようで、居住棟の前に広がる庭が仕事場として提供された。人の目に晒されることが多い表側ではなく、多少不格好でもましな奥を割り当てられたのは妥当な判断だ。それにフランの方も都合がいい。

今回は何か没頭することと、何も考えずに無心に出来る作業が欲しかっただけで、ルネが思うように誰某《だれそれ》の文句を叫びながら雑草を抜くことはない。たぶんないと思う。

「この前に来た時よりも伸びてるなあ」

耳飾りを落とした時よりも伸びた芝はところどころ長さが異なっていた。その分緑も濃くなっているのだが、見栄えという点ではあまりよろしくない。

「芝刈りは他の人に任せよう。あんまり上手じゃないし」

それに頼んでも道具を貸してくれないような気がするのだ。巨大な鎌を振りながら歩くのは結構楽しいのだが、フランが抱えているだけで顔を蒼褪《あおざ》めさせる人が多数出たため、祖国でも禁じられていた。だからちょっと楽しみにしていたので、いつかルネを説き伏せて、庭師とも親交を重ねて信頼を築き憧れの芝刈りをやりたいと思う。

「でも今日は雑草だけ」

花壇の端に生えた小さな緑を「ほいっ」という気の抜けた声と共に抜いて行く。

芝生と花壇と小道、水路から引かれた小さな水場もある。部屋の窓から見ていると、山の方から飛んで来た鳥が水を飲んだり、羽繕いをするのにちょうどいい穴場として利用されていた。昼間は鳥だけだが、夜や他の季節には別の小動物や獣が来ているのかもしれない。

「……意外とあるなあ。抜き甲斐があっていいけど」

庭師に借りた笊《ざる》の三分の一ほどは既に溜まっている。端の方から順繰りに移動して、今がちょうど真ん中あたりなので、終わる頃には笊もいっぱいになっているだろう。太陽が山に沈むまではまだ時間がある。日は落ち始めると一気に山陰に隠れてしまうから、暗くなる前に終わらせるのは必須だ。

「それにしても本当に石がたくさんある庭」

植木や花も確かにあるのだが、芝生以外の場所の多くは様々に色づいた小石——砂利によって美しく体裁を整えられていた。白や灰色、緑に青、紅色など色と形の違う砂利があらゆる場所に使われているのだ。漆喰で固められて花壇の土台になっていたり、小道も砂利を敷き詰めて固めて出来たものだ。白や明るい色は花壇の根元を埋め、緑や薄青、白は水場の底を埋めている。水場に関しては不純物を取り除く役目もあるのだろう。たまには引き上げてごしごし洗う必要がありそうだ。

（その時には僕もさせて貰おうかな）

夏なら水遊びにもちょうどいい。二十四歳の大人が水遊びしても、悪いわけではないと思う。

（でも、こんなにたくさんの石、どこから持って来てるんだろうな）

石炭や鉄鉱石が山で採掘されているとは聞いている。その時に、一緒に掘り出して砕いて持って来ているのだろうが、

（これだけ多くあるなら売りに出せばいい外貨稼ぎになると思うけど、どうなんだろう）

城だからたまたま庭の装飾用に多く採り寄せられているのならば無理な話だが、余っているのであれば考えてもいいと思う。

「余ってはいるのかな。普通に生活の中に入り込んでいたような気がする」

子供の家で飼っている魚の水槽にも砂利が使われていた。町の至るところにある家畜用の水場でも見かけた。

フランは花壇の中に手を突っ込み、数個を纏めて

取り出した。

「あの子が持っていたのもこんな石だったっけ。あれはもっと大きくて色が綺麗についていたけど」

それを磨いて出来たのがこの耳飾り。

フランとしては少しでも見栄えよくできればという軽い気持ちで出した研磨だったのだが、まさか劇的に変わるとは思ってもみなかった。預けていた職人は研磨の結果はわかっていたようだが、予想を裏切る光沢で驚いていた。

フランは砂利を摘んでじっと見つめた。

「お前も磨いたら宝石になるかもしれないよ」

水晶が古城に使われているくらいだから、きっと昔は水晶や宝石がたくさん採掘出来たのだろう。儀式の時に見たあの巨大な水晶の柱は圧巻だった。

フランはふと思い立ち、出来るだけ形が揃っているものを見繕って笊の中に入れた。外側が灰色でも欠けた中にくすんだ彩色が見えるものもあり、どうにか価値を見出せないものかと考えたからだ。白、乳白、薄緑、淡紅色……いくつもの石が笊の中に納まって満足する。可愛い箱に入れてエフセリア国に送り、金儲けに長けた兄へ渡せば何とかしてくれるかもしれない。

「よいしょ、っと」

目を輝かせて石を探すフランは当初の雑草むしりよりも楽しくなってしまった。それでしゃがんだまま横歩きという妙なことをしていると、

「またあなたですか、王妃様」

呆れたような涼しい声がした。

(この声は！)

ぱっと振り返ったフランの目に、柱に体をもたれさせて腕を組むヴァネッサがいた。勝手に恋敵認定している憎き相手の登場に、フランの柳眉も上がる。

(ただ立ってるだけなのに、様になっているのが余計に腹が立つ……)

美人は何をしても格好いいのだろうか。

「こんにちは。ヴァネッサ」

パタパタと土を落として立ち上がったフランは真っすぐヴァネッサに向き合った。

どんな手入れをしているのか、いつ見てもサラサラの輝く銀髪はまるでヴァネッサの存在を主張するように背後から光を放っているようだ。くっきりとした夕陽色の瞳は値踏みするようにフランを眺めているように感じられた。フランの勝手な思い込みだが、外れから遠いわけではないだろう。

「何をなさっていたんですか？　庭師の弟子のような格好で庭にいれば、誰も王妃だなどと思いませんよ」

それに対してフランはにっこりと笑みを浮かべた。

「それはよかったです。王妃だとわかってしまえば、気晴らしも出来ませんから」

「気晴らしに庭師の真似事を？」

はっと鼻で笑ったような音がする。勿論、フランは笑顔のまま応える。

「真似事なりにきちんと仕事はしていますよ」

視線を下げた先にはたっぷりと雑草が入った笊。これを見て遊び半分にやっていたとはさすがに言えまい。

「子供でも出来ることですよね」

「そうですね。でもここには子供はキャロル姫しかいませんし、人手はないよりはあった方がいいでしょう？」

仕事を奪うのではなく、手伝いという立場での参加だ。庭師たちには歩合制ではなく固定で手当が出されている。フランが手伝ったところで、彼らに損はない。

「言いたいことがあるならどうぞ？」

先手を取ってフランが促す。この時、顎を出し半眼になったのはちょっとした対抗のつもりだ。ヴァネッサとは趣の違う美しい顔でそれをすると、「女王様みたい」と兄や妹に言われていたことを思い出す。

しかし、相手は長く城に居座る主である。これくらいで顔色を変えるような可愛い性格ではなかった。

「そうですか？　言いたいことがあるのはあなたの方では？　王妃様。例えば私とルネの関係とか？　二人きりで何をしているのか、とか？」

フランはヴァネッサの勝ち誇った表情を浮かべる顔をキッと睨みつけた。

（この人、僕が見ていたことを知ってる！）

ぎりぎりと歯を噛みしめて、何を言おうか、何を言えば優位に立てるのかと考えているフランだが、それよりも先に追撃が来た。

挑発的な笑みを浮かべるヴァネッサは、

「私はルネの家庭教師でもあったんですよ、王妃様。ええ、いろいろと教えましたよ。それはもう、本当にたくさん……いろいろと、ね」

と告げ、ふっと微笑を浮かべた。高慢。そんな言葉がこれほど似合う男はいないのではなかろうか。

フランの拳に力が入った。

（それって二人の間に何かあるって言っているようなものじゃないか！）

いかにも関係があると言わんばかりの態度に言い返したくてたまらない。だが、確かに付き合いの長さはキャロルやモランの話を聞く限り、ヴァネッサの方が長い。ルネのことをよく知らないという負い目があるため、フランはそこを突かれると立ち向かうことが出来ない。付き合いの長さと愛情の深さは違うと世間では言われるが、生い立ちを含め親しく接して来たヴァネッサはフランの知らないルネをたくさん知っている。公務では助言を与え、私生活でも関わりのある美貌の男。

キャロルやルネへの態度を見ていても、決して温和で従順とは言い難い。どちらかというと、四番目の兄王子のように取扱いに注意しなくてはいけない類の人物だと思う。早く言えば曲者《くせもの》だ。

（大体どうして僕に突っかかるかな。特に接触があるわけでもないのに）

話した回数も片手で足りる。個人的な話などした覚えもない。なのに、最初から冷めた態度を取られていた。

「……それはどうもありがとうございます。政務で、ルネの役に立っていただけるのは僕も心強いです」

「ありがとうございます。公務、以外でもルネの力になれればといつも思っていますからね」

「それはお心遣い感謝します。私生活の方は安心してください。僕がいますから」

「ああ、そうですね。王妃様がいましたね。日常生活の方はお願いしましょうか」

「日常ではない私生活があると？」

「あるでしょう？　ルネも若い男」

性的な欲求を満足させることだと夕陽色の瞳が暗に告げている。

「それなりに……ね？」昨夜もそれはもう……ね？」

フランはカッとした。それはまるで自分たち二人の間にまだ性的な繋がりがないのを知っているような口ぶりではないか。女官が口を滑らせたのか、それとも洗濯係が違和感に気づいたのか……。

「何のことでしょう？」

「いえ。その手の話は暗くなってからでなければ。ね？」

くっ……！　とフランは言葉に詰まった。こういう反応をすれば相手の思う壺だとわかっているのに、体は正直に反応してしまう。その点で、政治の世界にも活躍の場を持つヴァネッサには太刀打ち出来そうにない。

それでフランがしたことと言えば、

「お気遣いなく！　ルネのお世話は僕がします！」

笊を持って言い逃げすることだった。

「お世話するなら年増よりも若い僕の方がいいに決まっていますから！　それにルネの嫁は僕だけです」

それもまた年齢不詳の美貌を持つヴァネッサには無意味な言葉だった。年増の部分にはさすがに浮かべていた笑みが引き攣ったが、知ったことではない。

「……王妃様、よいことを教えてあげましょう」

「何ですか？」

「ルネが一番好きなのは、初恋の君。それは今も昔も変わっていない。さて、この事実を王妃様はどう受け止めますか？」

探るような瞳。告げられた「事実」。

「さようなら！」

駆け出したフランは、庭の手入れで出た木切れや葉などを捨てる場所で笊をひっくり返した後、集めた石を水で丁寧に洗いながら血が上って火照った顔が冷めるのを待った。

バシャバシャと冷たい水が手や顔に跳ね返る。

「つまりはやっぱりそういうことなんだろうな……」

あの自信たっぷりの思わせぶりな口調に腹が立つ。そして、ヴァネッサ自身の口から、昨夜はルネと一緒だったと告げられて、動揺が止まらない。

あの妖艶なヴァネッサと夜を共にするルネ。白い腕がルネの小麦色の体に纏わりつき撫でる姿を想像し、フランは大きく首を横に振った。

「駄目なんだからっ。ルネは僕のなんだからっ!」

初恋の君？　そんな話は知らない。

（僕が一番じゃなかったの……!?　僕だけを好きなわけじゃないの?）

何度も何度も繰り返し石を洗うフランは、様子を見に来たモランに止められるまでそれを止めなかった。

――――。

「ねえモラン」

「なんですか妃様。ほら薬油を塗り込むからこっちに手を寄越せ。真っ赤になった手を見たら、ルネが卒倒するぞ」

「そのルネのことなんだけど、ルネの初恋の人の話って知ってる?」

瓶から出した薬油を手に馴染ませていたモランの動きが一瞬止まる。それが答えだった。

「――そう。知ってるんだ。もしかして有名?」

「……有名だ。その件で会議が揉めたのは一度や二度の話じゃない」

それはつまり、国王ルネが昔から一途に思い続けている人がいるというのは、城内では有名な話だということだ。

「……ルネはまだその人のことを好きなのかな」

これは独り言だったが、モランの静かな声が応えた。

「それが知りたいなら自分で訊いてみるといい。ルネは妃様には何一つ隠さず話すはずだ」

嬉しいが、それはそれで複雑だ。何が悲しくて好きな男の初恋の話を聞かされなくてはいけないのか。しかもヴァネッサの口ぶりでは現在もその気持ちは変わらないようだ。

望まれて結婚したと思っていた。

嬉しかった。

だがその嬉しさも今日の話を聞いた後では半減してしまう。

初恋の人。ヴァネッサとの濃密な関係。

そこに恋情はないとしても、他の男と重ねた体で自分に触れて欲しくない。他の男を抱いた腕で抱いて欲しくない。口づけだってして欲しくない。

だが、それを口にしてしまえば、ささやかな今の幸せも崩れてしまうのではと恐れたフランは、言うことも出来ない。

体は繋げることがまだ出来なくても、心は共にあると思っていた。その根底が覆されてしまう。

「……僕、ルネの王妃でいいのかなあ……」

今度こそモランは黙ったままだった。


「フラン、どうかした？」

夜、就寝前の挨拶に来たルネにフランは淡く微笑むしか出来なかった。

「庭仕事、許してくれてありがとう」

「いえ。気晴らしになりましたか？」

「うん。あの、石をたくさん拾ったんだけどエフセリアに送ってもいい？」

「拾った石をですか？　入り用ならもっと綺麗なものを用意しますが。そもそも庭に撒いているのは砂利で、高価なものではないです」

「わかってます。でも綺麗だったから」

ルネは優しげに微笑んだ。

「あなたに綺麗だと言って貰えるものがカルツェにあって嬉しいです」

「そうなの？　カルツェには綺麗なものがたくさんあるよ」

きょとんと首を傾げたフランの頬にルネの手が伸びる。触れられた瞬間、体が少し固まって跳ねた。

ルネが気づいていない様子なことに安堵する。

「せっかく石や砂利を送るのなら、石屋に行ってみますか？　明日、私も町に出掛けます。その時に一緒に」

「いいの？」

「はい。たまにはキャロルだけでなく私もお供させてください」

「お供するのは僕でしょう？」

「そうですが、私は常にあなたを護りたいと思っていますので」

　気取った台詞ではない。思ったままを口にする。フランに対するルネの気持ちは偽りなく本心だろう。だから騒ぐ心を宥めながら、フランは頷くのだ。

「それならよろしくお願いします」

「まさか二人だけだとは思ってませんでした」

　白黒斑の馬に跨ってのんびりと進みながら、フランは隣で茶色の馬に乗る馬に話し掛けた。

「せっかくあなたと出掛けることが出来るのに、周りに人がいるのは勿体ないです」

　前を向いたままルネがさらりと言う。

「どうせ誰かが付いて来ているはずです。でも視界に入らなければ邪魔にはならない」

「邪魔って……」

「他の者がいればあなたはそちらも気にするでしょう？」

　それはつまり、フランの目には自分だけしか映して欲しくないということだろうか。

（しかもそんな、今日は晴れですねくらいの感じで言うなんて……）

　さすがルネ。長いとは言えないが、それなりのルネとのやり取りで、カルツェ王の言葉には裏がないということが、何となくわかって来たフランである。

「それに」

「それに？」

　風に靡く長い淡紅色の髪。それを眩しく見遣るルネの瞳。

「フランを妃として扱わなければならない」

一度口を噤んだルネは、ふっと笑みを浮かべた。

「せめて二人でいる時だけは、妃という枷をあなたから外して差し上げたいのです」

「ルネ……」

町に行けばどうせ国王、王妃という肩書はついてまわるし、民もそれを前提に接する。しかし、これはフランが数回の視察の中で感じたことだが、城に仕える兵士たちよりも町に住む一般の民の方が近しく感じられる。

妃様、王妃様と気軽に話し掛けられる。子供たちもフランを見れば、

「あ、お妃さまだ。こんにちは！」

と明るい声で手を振るのだ。首都と言っても、エフセリアなど他の国に比べれば小さな一つの町と同じだ。そして、この首都に国民のほとんどが住んでいると言っても過言ではない。

カルツェ国は小さな国だ。だがその小ささ故の利点やよいところもある。それがカルツェ王家と国民との距離の近さなのではないだろうか。

それは町の中心部に入るとすぐに証明された。


フランはくすくすと笑うのを止められないでいた。

「あのフラン……」

「ごめんなさい。だって、おかしくって……」

謝罪しながらもなお笑い続けるフランを見下ろし、ルネは困ったように眉を下げた。

町の端の方では騎乗したまま移動していた二人だが、少し人通りが多くなる中心部に入る前に馬を下りた。馬を引いて歩いていたところ、

「王様、馬ならうちで預かっておきますよ。帰りに寄ってくれたらいい」

市場からの帰りなのか、荷車をロバに引かせた農夫から声を掛けられた。

「ありがとう。だが牧場まで足を延ばすつもりなんだ」

「へえ、それなら馬は必要でさあね」

「ああ。すまないな。また見かけたら声を掛けてくれ」

「わかりやした。そうだ、さっきうちのジャガイモを卸したばかりなんで、気が向いたら買ってってください。お妃様にも是非食べていただきたいくらいうまいですよ」

「わかった。覚えておこう」

　軽く手をあげて農夫に応えるルネにフランは目を丸くし、のんびりと農夫が去って行くのを見送って、ルネに尋ねた。

「とても親しいんですね。いつもこんな感じなんですか？」

「全員というわけではないですが、大体は」

「なんだか、普通の顔見知りが朝の挨拶をしているみたいに見えた」

「顔見知りには違いないですね。小さな国なので誰もが隣人みたいなものですよ」

「もしかして、町にもたくさんいる？　ルネが仲良くしている人」

「さあどうでしょう。それはフラン、あなたが見て確かめてください」

　そんな流れがあって中心部に足を踏み入れ、馬を引きながら歩いていると、

「王様だ！」

「王様おはよう！」

「ルネぼっちゃん、今日は妃様とご一緒で機嫌がよさそうだね！」

「ルネ様、王妃様にお似合いの髪紐があるんだけど、買ってかない？」

「待て待て、王妃様にならうちの髪紐の方が繊細でぴったりだ。お前んとこのはちっとばかり王妃様にはごついだろ」

「ルネぼっちゃん、ちょっと聞いておくれよ。こないだうちに来たお役人の態度が悪くてさあ」

　などなど、四方から声が飛んでくる。

　歩くのに邪魔になるということはない程度には自重してくれているようだが、それでも声の大きさはフランが視察している時の比ではない。

「ルネ、これって……」

「子供の頃から町にはよく行っていたので、知り合いが多いのです」

「それにしても多くない？」

「そうですか？　キャロルも私と同じだと思います」

確かにキャロルも町に馴染んでいた。学校が町の中にあるせいもあるし、キャロルの元の性格もあるだろう。だが、明るく華やかで社交的には見えないルネに、ここまで皆が親しく声を掛けるのが不思議だった。

「ルネってもしかして、人気者？」

真面目に言ったのに、ルネは可笑しげに小さく笑った。

「人気者というなら私よりもあなたです、フラン。見てください」

ルネがフランの肩を抱いて引き寄せる。すかさず上がる歓声は他の音が聞こえなくなるほどだ。

「私に話し掛けながら、皆あなたのことを見ているのです。目はあなたを追っている」

「僕を？」

「ええ」

「珍しいからかな、この髪の色」

光輝く淡紅色の長い髪は、カルツェの水がいいからなのかエフセリアにいた時よりも艶を増している。あっさりとした爽やかな木々の香りの洗髪石鹸は今ではフランのお気に入りだ。

それに小麦色や浅黒い肌が多いなか、日に焼けても赤くなるだけですぐに戻る白いフランの肌は、少し浮いている気がする。

「確かに美しい髪です。でもそれだけではありません。あなた自身が美しいですから」

何度も言うが、ルネは常に真面目だ。真面目に、真剣に、心から言うのである。

慣れて来たとは言っても、公衆の面前だと恥ずかしさが余計に増す。

「そ、そんなこと……恥ずかしいっ」

頬を赤く染めルネの肩に顔を埋めたフランの耳に、

「お妃様可愛いねえ」

「初心《うぶ》だねえ」

「ルネ様が惚れたのもわかるってもんだ」

「お綺麗な顔だが反応が何とも言えねえな。こりゃあルネ様、大事にしなきゃですよ」

笑い含みにルネに話し掛ける民の声がフランの耳に入って来る。恥ずかしさのあまりに顔を伏せてしまったが、ルネに縋っている時点で余計に国王王妃の仲の良さを見せつけることになっていたようだ。

「ルネ陛下、これはあたしたち惚気《のろけ》られているんですかね」

「独り者には目の毒だわなあ」

「ルネ、いつもこんな感じなの？」

賑やかなことこの上ない。

「いえ。いつもは普通に挨拶をするくらいです」

「そうそう。ちょっと立ち話をしたりする程度だな。昔はもっと長居してたもんだが、王様になっちまったからなあ。なかなか」

「可愛かったものねえ、ルネ坊やはみんなの人気者だったんだよ。今ではお姫さんが代わりにみんなの人気者だが、王妃様も、なあ？」

「ルネ様、今度は三人で来てくださいよ。私たちの目の保養になりますし」

「いつとは約束できないが、そのうちに」

絶対ですよ！　という声に手を上げて応えながら、ルネが先へ行こうとフランの背を押した。いつの間にか周囲に人が集まっていて、通行の妨げになっていたようだ。

歩きながらフランは、集まっていた人、軒先から声を掛けていた店の主人たちへ小さく手を振る。

「ありがとうございます。また来た時には、ルネと同じように仲良くしてくださいね」

フランの頼みは歓声で応えられた。

それから二人は首都で一番賑わっているという通りを歩き、軒先に並ぶ商品などを見て回った。特に買いたい品はなかったが、

「あ、これ、母様が好きそう。こっちは珍しい表紙の本ですね。兄様が喜ぶかな」

などと目を引くものが幾つかあったので、祖国エ

フセリアにいる家族に送るために買って貰った。そう、買って「貰った」なのである。実を言うと、今日の視察が嬉しくて気もそぞろだったフランは、自分用の小金を持ってくるのをうっかり失念してしまったのだ。

エフセリアの侍女がいれば、持ち物まで逐一確認してくれただろうが、生憎カルツェではそこまで身辺の世話をする者はいない。世話係という名目のモランだが、実質は護衛と話し相手と使い走りのようなもので、日常的なことになるとさほど頓着していないのか、二人揃って、

「あ、忘れてた」

ということも多かった。そしてそれは今日も同じだった。

「ありがとう、ルネ」

財布の紐は夫人が握るものだと姉が教えてくれたが、カルツェ国王夫妻の場合は夫の方がしっかりしているようで、すべてルネの財布から支払われた。当然国庫から捻出されるものではなく、ルネの私財からの出費である。自分の家族への贈り物なので恐縮したのだが、

「フランの家族は私の家族でもあります」

以前キャロルと話したのと同じことをルネに言われてしまった。

「それに、夫としてあなたを大事にしているとお知らせしたいのもありますし」

表面を繕っている夫婦でもそれは可能だ。実家には仲良くしていると思わせながら、実態は虐待に近いことが行われていて法的に離縁させられた夫婦もいることをフランは知っている。豊かなエフセリアでは、爵位の上下の関係から年に数回はそんな醜聞が社交界を賑わせる。

「それでも、ありがとう。手紙にもしっかり、ルネは優しくてよい夫ですって書いておくね」

カルツェ国へ来る前にエフセリア国で正式な誓約書を交わして夫婦となったのは、マルセル国王がまだ滞在していた関係上、何かを仕掛けてくる前に籍を同じにしたいと考えたカルツェとエフセリア両国

の思惑がある。

(今思えば、書面に署名をした時にルネも立ち会っていたんだよね。あの時は代理として見届け人の役目だからと思っていたけど、本人だったならいてもおかしくなかったってことか)

何故黙っていたのかという疑問はあるが、もう少し打ち解けて突っ込んだ話が出来るようになれば、自ずと尋ねることも出来るだろう。今はルネとの初夜のやり直しをどうするかで頭がいっぱいな上、そこにヴァネッサのことが割り込んで来たせいで、目下の大事なことから一つずつ片づけていかなくては、頭の中がこんがらがってしまいそうだ。

問題はどちらもフランだけで解決できるものではないということだ。ルネは勿論のこと、苦手なヴァネッサにこちらから歩み寄る気はないため、ルネに確認しなければならないのは気が重い。

隣を歩くルネは、フランが買った荷物を丁寧に持っている。荷物が多くなって来たので、三軒目の雑貨屋の若奥さんが大きな本を入れても平気な、丈夫な平織の手提げ袋をくれたのだ。動物が昼寝をしている絵柄のそれは、他国の者が見れば民芸品であり特産品だが、現地の民にとっては日常品の一つでしかない。売り物として軒先に下げられていたのを、押し付けた若奥さんがフランに「頑張ってくださいね、王妃様」と片目を瞑ったのには笑ってしまった。

妻の立場にある者同士、何か親近感を覚えたのかもしれない。

「ルネはよく町に来ていたの？」

「よくというわけではありませんが、父について回ってはいました。まだ母が生きていた頃には他国にも行ったことがあります」

「そうなんだ。あまり国から出ないと思っていたからちょっとびっくり。今は？」

「エフセリア国に行ってあなたを連れて来ました」

「それ以外では？」

「ありません。国王になってすべきことが多く、余裕がありませんでした。エフセリアに行くのにも、即位から二年も掛かってしまった」

その時のことを思い出したのか、ルネはとても残念そうに唇を尖らせる。

(子供みたい)

横を向いてくすっと笑ったフランだが、ルネにはしっかりと見えていたようだ。

「笑わないでください。本当に悔しかったのですよ。その二年がなければ、もっと早くあなたを迎えに行くことが出来たのに。最初の一年は割り切りました。即位したばかりで私には力がない。父が残してくれた心厚い大臣や家臣たちはいますが、期待に見合うだけの成果を残したくて頑張っているうちに一年が過ぎてしまった。そして、なんとか発言の力を得て、あなたを妻にしたいと何度も言いました。ですが」

「反対されたんですね」

「若いからというのが理由でした。王妃を貰うのは早過ぎる。もしも得るのであれば、国内の地盤を固めるために地元の名士からという話も幾つか出ました」

山羊が鈴をガランガランと鳴らしながら二人の横を通り過ぎていく。大きな犬が道を逸《そ》れかけた仔山羊を連れ戻そうと奔走しているのが見えた。いつの間にか歩いているうちに、城の反対側の牧草地にまで来ていたらしい。山羊たちは古城のある山とは別の山で放牧をされていたようだ。

「別に早いわけではないと思うけど。国王なら即位と同時に結婚する人もいるし、王太子の頃から妃を娶っている場合もあるから。ただカルツェ国のしきたりや慣習なら仕方ないとも思う」

ルネがまた不機嫌な表情をしたことから、慣習というわけではなさそうだ。

「名士からの話は？」

「断りました。私はカルツェ王を辞めることは出来ません。少なくともキャロルの子が王となるだけの心身の強さを身に着けることが出来るまでは。でも望まない結婚をするつもりもありません」

それは気の長い話だ。まだ十歳のキャロルが十六歳で結婚するとしても、子供が生まれて一人前になるまでには二十年はかかるだろう。

「それで説得するまでにさらに一年。その間に、あなたは三回嫁いだ」

「そう、三回嫁いだよ」

そして三回離縁された。また結婚する前に破談になったのが一度ある。

「すみません、フラン。私はあなたが悲しんでいると知りながら、エフセリアに戻って来たという噂を聞いて喜んでしまいました。最低です。あなたの幸せを願いながら、一方で不幸を喜んでいた」

いつの間にか馬の脚は止まり、ルネは俯いていた。

「私は……卑怯な男です」

「ルネ」

フランは馬体同士が触れるほど傍に寄せ、手を伸ばしてルネの薄茶の髪を撫でた。

「それは卑怯とは言わない。それに、結果的に僕はあなたの元へ嫁ぐことが出来た」

「はい。そのことはとても幸運でした。マルセル王もあなたをと望んでいたことは、エフセリアに着いて初めて聞き、その時はとても怖かった。私たちよりも先にエフセリア城内に入り、エフセリア王と何度も話をしていた。正直、あの時は奪われると思いました。エフセリア王や王太子と懇意にしているのなら、マルセル王を選ぶのではないかと」

「それは……」

何度マルセル王が言って来ても断っていたと伝えようと口を開きかけたフランだが、今更のことなのであえて言わないままでおく。それに、

（なんだか、ルネが可愛い）

負けたと悔しがり、奪われると絶望した。その時の感情をそのまま表情に出すルネが愛しく、好きだと思う。

「マルセル王は豪華な贈り物を多く用意していた。豪華な馬車に乗り、たくさんの侍従を連れてやって来た。私は……私たちが精一杯用意したものは、マルセル王が差し出した宝石一つの価値しかない」

だから、とルネは息を吐き告白する。

「あなたの顔を見て、あなたと会うことが出来て、それだけでも遠くまで旅をしてよかったと思うこと

にしようと。そうでもしなければ、そのままあなたを攫っていたかもしれません」

それは熱情の告白だった。決してよい感情だけではなく、どろどろとした暗いものもある。しかしそれらはすべてルネの本心だ。とても人間らしい感情だ。

「フラン、あなたが私を選んでくれた時の気持ちがわかりますか？　もう一生で一度の幸運を使い果たしたと思いました。あなたが目の前に立ち、問うた時の答えはずっと変わりません」

ルネは、小さな苦笑を浮かべてフランの手を握った。

「あなたが憂いを抱いていることを知っています。一つではなく、幾つかあることも。そのうちの幾つかはきっと私が解決することが出来ます」

「全部じゃないの？」

「私の力だけでは出来ないこともあると思いますから」

フランの抱える憂鬱。体を重ねることが出来ないこと。ヴァネッサとの関係。それ以外は自覚していないが、もしかするとルネはフラン自身が気づかない他の鬱屈に気付いているのかもしれない。

「――僕はあなたに尋ねたいことがあります。いろいろあるけど、特にこれだけは知りたい。あなたはどうして僕を選んだの？　どうして僕じゃないと駄目だったの？」

フランの手を握っていたルネの掌が、頬に移って撫で上げる。

「あなたを愛しているから。あなたを護りたいと思ったから」

「……」

ルネの微笑があまりにも幸せそうで、フランはそれ以上を尋ねることが出来なかった。どうして愛していると言えるのか、遠いエフセリア国に住むフランの動向を気にし、自ら妻にと求めに来たのはどうしてなのか。

だが、それも今のルネの微笑を見ればどうでもよく思えてしまう。

(この人は僕のことを本当に好きなんだなあ)

思うのはそればかりだ。

それは疑う余地もない。だからこそ、どうしてヴァネッサと……という思いも抱くのだが、この場でそれを尋ねるのは無粋な気がした。今のルネの表情を曇らせたくない、幻滅されたくないと思ったからかもしれない。

ルネに愛されているフランセスカが、元家庭教師との関係を邪推し嫉妬する醜い心を持っていると知られたくなかったから。

だからフランは言う。

「ありがとう。僕もあなたのことを好きだよ」

白い毛の羊たちが緑の牧草を食む長閑《のどか》な風景。二人のこの先を信じるにはまだ不安が残る。だが――

だからこそ、今を大事にしたいと思った。今までに嫁いだ誰よりも側にいたいと思った人との素敵な、幸せな時間を覚えておきたいと思ったから――。

もしもルネが知ったなら、少し悲しい顔をした後で「大丈夫」と抱き締めてくれるような気がした。

にこっと嬉しそうに頬を染めたルネの気持ちに応えたいと思いながら、踏み出せない自分がもどかしくてたまらない。

フランは自分を元気づけるように明るい声を出した。

「ルネ、行こう」

「そうですね。フラン、あと一つ丘を越えたら面白い風景が見えますよ。たぶんあなたは見たことがないと思います」

「そんなのがあるの?」

「ええ」

緩やかな道を上り、坂の一番上に辿り着いたフランの眼下に広がっていたのは、一面の白だった。時々、水色や淡い紫、薄い茜色も見える。それらが、緑の中に一塊ずつ。

「ルネ、ルネ! これって羊? 羊じゃないのもいる?」

「白いのは羊です。色がついているのは別の獣です。どうです? 見応えがあるでしょう?」

「ある！　こんなにたくさん羊たちがいたんだね！　ふわふわのもこもこがたくさんだあ……」

「見事でしょう」

「うん！　あ、あそこのは色がない……毛がない……のかな？」

「順番に刈っているんですよ。一度に刈るのは時間が掛かるので、飼い主ごとにわけて毛刈り職人が次々に」

「それじゃあ、もっと後に来ていたら裸の羊たちしか見れなかったってこと？」

「はい。それもあるので、あなたにここを見せたかった。カルツェの主産業を支える一番大事なものですからね、彼らは」

彼らとは人間ではなく動物たちだ。

「少し先に、集めた毛を梳いたり加工したりする小屋があります。見て行きますか？」

「見る！」

ここまで来て見ないという選択肢があるわけがない。

ルネは小屋と言ったが、実際には部屋が幾つかある高い屋根と大きな丸い木の柱で支えられた、木造りの大きな家という感じの建物だった。丸太を組み合わせた小屋は、距離を少しあけて数戸立っている。工程ごとに棟を分けているらしい。

最初に入ったのは刈られてすぐの毛玉が置かれている小屋で、大きな桶の中に詰め込まれていた。それらは天気の良い日に丁寧に洗われた後で天日に数日かけて干し、乾いた毛を梳いて伸ばし、そこから染色や撚《よ》りの作業へと分かれているらしい。

この丘で行われている作業はそこまでで、織って生地にして加工するのは町で行われる。多くの機織《はたお》り機があるそちらはフランも見学したことがあり、活気があって実に楽しそうに仕事をしているのが印象的だった。

元々色がついている毛とは異なり、カルツェの山で取れる自然材料を使って染められた毛はそれだけを見ると地味だが、組み合わせることによって鮮やかな模様を作り出す。大きな毛糸玉が幾つも並ぶ倉庫で触らせて貰った毛糸は、手触りがとてもよかった。

「こんな柔らかな糸を使っているから肌が痛くなったりしないいんだね。納得だ」

王族用には高価な品しか扱わないが、品質が悪かったり、織りが甘いものは衣服として着た時に、どうしても肌に痛痒を感じて長く着ていることが出来なかった。特に冬場に羽織るものは致命的だ。

「これで作った服なら、ずっと着ていることが出来そう」

「着心地がよく、暖かいのは保証します。それでも、あなたがもし痛かったり痒かったりした場合には、もっと品質の向上に努めます」

「僕が基準？」

「ええ。赤ん坊の包《くる》みにも使われてはいますが、あなたに尋ねるのが一番早い。フラン、今着ているものは平気ですか？」

「うん。これは平気。軽くて気持ちいいから好き」

笑顔で頷くフランの姿を見て、作業員たちがほっとした表情を浮かべる。町で話し掛けて来た人々と違い若干固くなっているのは、国王が王妃を連れて視察に来たという意識が働いているからだ。

乳製品や木工品も経済を支える製品ではあるが、交易品としてより価値があるのは毛織物のため、優先順位は高い。人を診《み》る医師よりも獣のための医師の方が多いと聞いた時には耳を疑ったが、羊を始めとした原材料を生み出す獣を疫病で失い貧困化した過去があると聞けば、納得も出来た。確かに死活問題だ。

（そうだ、帰りに砂利を売ってるお店に寄らなくちゃ）

もしもフランの思い付きが合っていれば、毛織物以外にもカルツェが外貨を稼ぐ手段が増える。仮に羊や山羊たちに何かあったとしても、代替となる産業は確保しておきたい。

モランから少し聞いたことがあるのだ。やはりどうしてもカルツェが貧しいという現実は変わらない。軍事費は最低限、軍人の数は少なく、いざとなれば民が武器を持ち義勇軍として戦うのがカルツェの伝統的な方法だ。戦に負けて領地の大半を奪われる前には、勇壮な騎馬隊がいたらしいのだが、結局彼らも敵国からの侵入に対抗することが出来ず、首都カルツェ以外がすべて落とされ、山頂の城まで住民ともども追いやられた籠城戦の後、降伏したと歴史書に書かれていた。

国土は十分の一以下になったとはいえ、独立国家としての体裁を整えられたのは第三国の介入があったからだ。それがなければカルツェという国は消滅していたかもしれない。

優しい色合いの毛糸の手触りを楽しんでいるフランを見ながら、ルネが一つを手に取り、顔の横に寄せた。

「あなたのために糸を紡ぎましょう。あなたのために機を織りましょう。あなたを暖める私の心を織りましょう」

見上げたルネは笑みを湛《たた》えていた。

「カルツェに伝わる求婚の言葉です」

「求婚……」

「はい。それくらい毛織物はカルツェの民に根付いています。フラン、夏になればあなたの好きな糸で機を織りましょう。そしてあなたのために最高の着物を作りましょう」

「――それは求婚の言葉？」

ルネは笑って答えなかった。その代わり、フランの髪に口づけた。

放牧場を出たフランたちは城へ帰るために再び町の方角へ足を向けた。

「さっきの道を真っすぐ行けばどこに行くの？」

「少し先まではまだ牧草が生えている場所があるので、主に山羊を放しています。山羊なら岩場も物ともしませんから。その先には鉱山があります。あまり多くは採れませんが、自分たちに行き渡るくらいには採れるので、細々と続いています。昔は」

と、周囲を取り巻く山をぐるりと指さした。

「すべての山で鉱石が多く採れていたと聞いています。ただ、採り過ぎたのか、今ではほとんど新しい採掘場所は発見されていません」

「石炭や鉄鉱石、銅くらい？」

「金が採れていた時もありましたが、砂金が採れる場所はずっと下流で、そこはカルツェ国外になります」

他にも麦や穀物を栽培するための耕地や平野が失われた。残されたのは、険しい山と山の間にわずかにある平地だけ。

「でも、今の私にはこれくらいでちょうどいいです。これ以上広くなれば、私の手には負えません」

「ルネなら出来そうな気もするけど……」

それは無理だとルネは首を振る。

「私は自分の目の届く範囲だけで精一杯です。それにあなたを護る腕はいつでもあけておきたいですから」

町の中に着いて馬を下りた途端に腕を広げたルネの姿に、フランは思い立ったことを実行してみることにした。引いていた手綱をルネの手に押し付け、自分は背後に回り、高い場所にある広い肩に手を乗せ、飛び掛かる。

「フラン!?」

「大丈夫！　もしも腕が塞がっていても大丈夫。ほら、僕がこうして摑まっているから。安心して」

「フラン……あなたという人は……」

肩に乗せられたままのフランの手に重ねられる、ルネの大きな手。

「あなたはどこまで私を夢中にさせればいいんですか……」

優しい言葉でルネが文句を言う。それが甘く聞こえるのは、気のせいではないと思いたい。

フランの希望を聞いたルネは、石屋が集まる界隈へとフランを案内した。石屋界隈というだけあって、石工《いしく》が鑿《のみ》を打つ音があちこちから聞こえる。多くは山から切り出された岩や巨石を加工する仕事に従事していた。だがそれらはフランのお目当ての店ではない。

「ルネ、本当にこの辺にあるの？」

「ええ。もう少しです。ほら、あの先の看板の出ている店から先が全部小石や砂利を扱っている店です」

およそ王族が通るには場違いなほど雑多な職人街を抜けた先には、軒先に樽や籠いっぱいの石を入れて販売しているまさに「石屋」だった。

「こういう店でよかったですか？」

「うん！　こういう店を探していたんです。表にもあったけど、あんまり石の数がなかったから、まとまっているのが見たくて」

「お役に立ててよかったです」

フランはにこやかに石を選んでいった。

（これは違う……これはそうかな？　こっちのはわからないけど調べて貰ったらわかるかな）

出来るだけ種類を多くして、価格が安いものから重点的に選んで……と熱心に見入っている横では、ルネが金魚が泳いでいる水槽をつついて遊んでいる。

横目で見てフランはクスリと笑った後、店の主人へ尋ねた。

「扱っている石はここにあるのが全部ですか？　もう少し小さい欠片のようなものでもあればと思ったのですが」

「小さな石でございますか？」

「はい。色は多少くすんでいても構いません」

籠の中いっぱいに選んだ石を買うと伝えながら尋ねたせいか、店主は機嫌がよさそうだ。カルツェ王が一緒なので、支払いに不足がなかったり値切られたりする心配がないことで安心したのかもしれない。

「飾り用のはうちでは……」

「いいえ、飾りに限らないでよいのです。本当に見た目は不格好でもよいので」

どう説明したらよいものか悩んでいると、

「子供が遊ぶ石を出してくれたらいい。おそらく、フランが見たいのはそういうものだと思う」

「へ？　あんな屑ですか？」

「店に並んでいないのならそれくらいしかないだろう」

「まあそうですが……。あれは置物にもなりませんがねえ」

　首を傾げながらも奥の部屋へ引っ込んだ店主は、木箱を一つ運んで来た。中には、灰色に汚れた石が多く入れられていた。くすんだ緑、欠けた灰青、濁りのある白、斑の赤などいろいろだ。確かにパッと見ただけでも、売り物になっているものよりは見た目もよろしくない。だがフランが求めているのは、まさにこれだった。

「買います。この箱ごと買います」

「え？　これですか？　一つではなく、全部ですか？」

「ええ。探していたのはこんな石なんです。おいくらですか？　手持ちで足りなければすぐに城に戻って持って来ます」

　意気込んで近づくフランの迫力に店主が仰け反る。それにさらに近づこうとしたフランだが、

「それ以上はいけません」

　後ろから腰を摑まれて引き戻された。

「ルネ？」

「私の前で他の男に近寄るのは見逃せません」

　フランの腰を抱いたままルネは慄《おのの》く店主に向き合った。

「その箱の買取はいくらだ？　そちらの籠の中のものと合わせた代金を支払う」

「は？　いや！　いやいや！　ルネ様、それは出し過ぎです。そんなにいただけません！」

　懐から白金貨を一枚出したルネに仰天した店主が体全体で拒否をする。

「白金貨なんかいただける価値はありませんよ。これはせいぜい十枚もあれば十分です。勿論、そちらの籠の分と合わせてです」

「安いんですね」

　白金貨は流通している金貨類の中で最高の金額だ。そして銅貨は最低の単位となる。普通の兵士のひと月の給料が白金貨三枚なので、たった一枚に店主が狼狽えたのはそれが理由だ。

「量り売りなもんで。こっちの箱のやつは銅貨一枚の値もありません」

「そういう時はどうするんですか？」

「屑でもそれなりに用途はありますんで、砕いて煉瓦や漆喰に混ぜて使うのがほとんどです。余ったものは、石の仲買人《なかがいにん》に渡すんですよ」

「仲買人ですか？」

「そうです。私らは自分たちで鉱山に入って石を集めて来ます。石工は石を切り出したりですね。それでとりあえず全部持ち帰って分配して、各々の店で取り扱う仕組みです」

つまり、掘り出す人と売る人が同じということだ。てっきり誰かから石を買っていると考えていたフランには新しい情報だった。仲買人とは、店主たちのように店では取り扱わない石を集めて、他の町や国に売りに行く人を指すという。常時首都にいるわけではなく、ひと月に一度くらいの割合でやって来て買っていくらしい。

「じゃあ箱に詰めていたのは、もうすぐ仲買人が来るから準備をしていたということですか？」

「はい。今日明日ってことはありませんが、数日内には来るかと思います」

なるほど、と頭の中に仲買人の存在を刻み込む。

「――店主、仲買人はその無料でもいいという箱をいくらで買うんだ？」

答えは銅貨三枚だった。使い道がない石屑だが、他国に持って行けばそこそこ売れるというための値段設定らしい。

教えてくれてありがとうと言って店を出たフランたちは、日が暮れる直前なこともあり、寄り道せずに城に戻ることにした。フランが買った石は、人ひとり分の体重よりも軽かったので馬の背に同じように括られている。

明日には庭で集めた石と一緒にエフセリア宛てに送り出す予定である。出来るだけ急ぎでと出せば、十日もかけずにエフセリアまで届けられるだろう。後は結果を待てばいい。

城が見える場所まで二人は戻って来た。城の半分は夕陽に赤く染められ、半分は既に薄闇に溶け込んでいる。山奥ならではの光景だ。

「ルネ、今日は本当にありがとう」

「いえ、私も楽しく過ごせました。また機会があれば共に行きましょう」

「はい。――あのルネ」

自分を見つめるカルツェ王ルネ。

「ルネはその……」

今なら尋ねることが出来たと思う。だが、

「お兄様！　フランお兄様！　お帰りなさいませ！」

手を振りながら駆けて来るキャロルの方へ顔を向けた後では、もう何も言うことは出来なかった。二人だけの時間の終わりを、これほど残念に感じたことはない。


フランを伴って視察に出掛けたルネは、本当にかなり無理をして時間を捻出したらしく、その後はまた以前のように朝と睡眠時しか顔を合わせることがなく日々が過ぎて行った。

「申し訳ありません、フラン。もっとあなたと過ごす時間を取りたいのですが」

「僕のことは気にしないで。逆にあの日に無理しなかったら今頃はもっとゆっくり出来たでしょう？」

「いえ、最初から予定されていた視察なので、あなたが気にすることはありません」

だがフランは知っている。視察の予定があったことは確かだが、それはまだ後日、しかも短時間の予定だった。それがフランに付き合って、半日を城外で過ごした。そのことによるしわ寄せだ。それに、聞いてしまったのだ。おそらく大臣であろう男が別の貴族に零しているのを。

「陛下はあの王妃に甘過ぎる。高価な品を買い与え、我儘に付き合って公務を疎《おろそ》かにしている。このままでは先が思いやられる」

と。

顔に見覚えのある色白の男は以前ルネに紹介されたことがあり、後になって思い出した。財務大臣をしている男で、ルネにとっては親戚のモーリーン大臣だ。

（お母様の兄だったはず）

祝賀会の時には遠目に見ただけでルネもキャロルも特にモーリーンについて語ることはなかった。兄妹の様子から想像するに、あまり親しく交流しているわけではないのだろう。母親の兄、つまりは伯父《おじ》に対して取る態度にしては少し不思議な気もするが、フラン自身も父親の兄弟とそれほど頻繁に交流を持っていたわけではないので、そんなものだろうとあまり深く考えてはいなかった。

だが、

（僕に不満があるみたいだな。もしかして、結婚に反対していたのはこの人なのかも）

フランの嫁入りに関しては相当の反対があり、会議が困窮したことは前にモランからもルネからも聞いて知っている。その先鋒を務めたのがモーリーンなら、二人の関係が冷えているのも理解できる。国政の場ではよい大人同士、私情を持ち込むことはないだろうが、内心は結婚を強行したルネへ憤り、原因となったフランを邪魔だと思っているようだ。

（地元の名士との婚姻を勧めたのもこの人かも）

それらをすべて袖にされたのなら、不満を感じるのはわからなくもないのだが、

（でもそれを口に出しちゃ駄目だよね。僕が別れた夫の悪口を言うのとは違う。どんなに仲違いしていても、王と家臣なんだから誰かに聞かれる場所で言っちゃ駄目）

フランが耳にしたのも、使用人たちも利用する主要な回廊の一画だ。柱に隠れて話してはいたが、姿を隠していたわけでもなく、自分の愚痴を聞いてくれそうな格下の貴族を摑まえて同意して貰いたがっているように感じられた。

（ルネには気を付けるように言っておいた方がいいかも）

口髭が自慢らしい見た目には美中年だが、カルツェ国には不似合いなほど華美におしゃれをしているのも胡散臭さを倍増させる。ルネの前で見た時には他の大臣たちと変わらない地味な装いだったからわからなかったが、金の鎖を手首に巻いたり、指輪を

付けたりとなかなかに洒落者《しゃれもの》だ。人気ではあるらしく、女官や女性貴族と会話をしている場面を見たのも数回ある。だがそれもフランには効果もなく、紹介された後に一度だけ話し掛けられた時に上の空だったせいか、それ以降話し掛けることはなくなった。あの時は、ヴァネッサのことが気になって思い悩んでいた時期なので、悪かったとは思ったが、それくらいで臍を曲げる美中年とは仲良くなれないと悟った。

そういう経緯があるものだから、これまでは極力視界に入れないようにしていたのだが、ルネへの不満がまだ燻《くすぶ》っているとわかった以上、ただ避けるのは得策ではない。

大臣という高い地位にあり、国王を補佐する国政の重鎮があれでは、ルネの努力が報われない。

(財務大臣がもっとちゃんと働いてくれたらルネだって、ゆっくり出来るのに)

八つ当たりだとは思ったが、自分に対する露骨な態度とルネに対する不忠から、カルツェ国に不穏を齎《もたら》すかもしれない存在としてフランの中で存在を大きくしていった。相手も同じように邪魔な存在だと思っているのだから、お互い様だと開き直って。

そんな些細な変化が入り込みはしたものの、おおむね同じように平穏に日々は過ぎて行った。徐々に暑くなる日差しに、カルツェの陽光の強さを軽んじていたフランが肌を真っ赤に焼いて、ルネを真っ青にさせ、キャロルが悲鳴を上げ、モランに叱られ、ヴァネッサに呆れられという出来事の結果、外出は日が落ちてからという制限をつけられてしまった。

山の高いところにある国で気候が涼しいため、夏も同じように涼しく過ごせると思い込んでいたフランの落ち度なので、これには素直に従った。意外だったのは、日焼けに効くという化粧水をヴァネッサが処方してくれたことだ。

「香を調合するのに薬学は必須です。その過程でこれくらいは楽に作れるのですよ。あなたの取柄である顔がみっともなくなってしまえば後は髪の毛しか残っていません。王妃としてその顔で公務に出られるのは、家臣としては嘆かわしくてたまりません。早急に元に戻しなさい」

叱られているのか心配されているのか、貶《おとし》められているのかよくわからない長台詞の後で押し付けられたものは、赤く火照った肌には気持ちよく、この時ばかりはヴァネッサに感謝したものだ。かといって心を許したわけではない。何しろ、ルネはあれからも何度か香りを纏って帰って来ることがあったからだ。

さすがにフランと一緒に寝る日には気を遣っているようだが、それ以外で何度か嗅いだことがあり、西棟への通いがまだ続いているのだと再認識し、かなり落ち込んだ。

(本当にわからないことだらけ。ルネとの関係はいいと思うのに、どうして停滞しているんだろう)

相変わらず性的な意味を持ってルネが触れて来ることはない。頰への口づけは増えた。唇は滅多にないし、あってもちょんと触れるだけの子供同士の口づけだ。

「何かきっかけが必要なのかな。もしそうだとすれば、僕は何をすればいいんだろう」

ルネのあの性器を受け入れることはまだ怖い。だが最近は思うのだ。

「だって――失うことに比べれば、それ以上に痛いなんてことはない」

もしも拒絶し続けることでルネが離れていくのなら、その方が痛い。体よりも心が悲鳴を上げて泣いてしまうだろう。

停滞するよりも勇気を出して進んだ方がいい。

そう結論づけたフランの元へ、エフセリアの兄から文が届いたのは石を送って十日を少し過ぎてからのことだった――。

「結果から先に言おう。お前が送って寄越した石の多くは普通の石だった。そして少ないが高品質の原石が混じっていた。色は異なるがほとんどが水晶だ。エフセリアで信頼の置ける職人、商業組合の長、冒険者組合の鑑定人、他近隣国の職人複数に見て貰った結果、小さな石でも価値は金貨百枚相当、それが複数あるということはどれだけの価値になるかわかるな？　フランセスカ、確認しろ。この石は確かにカルツェの鉱山が出所なのか、そうであればどの坑道から運び出されたものなのか、そしてこれが肝心だ。なぜカルツェ王はこの事実を知らないのか。故意に見逃していたのか、それとも巧みにカルツェ王の目を逃れて来たのか。どんな扱いを受けていたのか。これは急務だ。お前の夫の国を守りたいと思うのなら、すぐに行動しろ」

魔獣ケセラ。エフセリアの兄が使役する二つ頭に四枚の羽根を持つ鷹《たか》に似た鳥型の獣だ。胸元から腹の部分が真っ白で鋭い目つきと鉤爪《かぎづめ》を持つ人に慣れない獣だが、なぜか第四王子クランベールには懐いている。高速飛行は可能なので、遠距離での文のやり取りには非常に役に立つ。ただ、先述のように兄にしか懐かない鳥なので、

「……わかった。わかったからちょっと待って。ええと金貨一枚……痛っ、わかった、金貨五枚。これでいい？」

他人が使うには報酬を必要とする。鳥の首輪の中に金貨を納めると、やっと鳥はフランを威嚇するのをやめてくれた。

兄からの指示は細々としていたが、これを調べる労力を惜しむ気はフランにはない。兄が抱いた疑問は、そのままフランの疑問でもあったからだ。

エフセリア国第四王子クランベール。宝石などの目利きは守銭奴と呼ばれる彼が一番信用がおける。その兄が不可解な流れを感じた。それはつまり、カルツェ国には何らかの問題があるということだ。

「調べておいてよかった」

兄の手紙を読んだフランは自分がしていたことが無駄にならずに済んで安堵していた。

兄からの返信があるまでの間、フランは屑石の取り扱いについて調べていたのだ。その結果、分かったことと言えば、石屋で買ったような箱入りのその他大勢の屑石は、昔から価値のない石ということで

一山幾らの売られ方をされていたことだ。それは石屋の店主から聞いた話と一致する。

小さなカルツェ国の周りにある鉱山は、かつては金銀銅以外に巨大な宝石が発見されることもあった。だがそれも今は昔の話で、居城を首都に移した時にはもう枯れていたという。そのため、現在ではそれら貴金属や水晶類を採掘するのではなく、たまに運よく残っていた鉱脈に行き当たった時に、採掘する程度で収まっていた。それでも採れるのは小さな石が少しだけ。

屑石の方が多かったが、無駄にするのももったいないの精神で、売りに出したり、敷石にしたりと粗雑な扱いをされていた。気づいていないだけで、実は無駄に豪華な使い方をしていたということになる。

これが公になれば、石に対する見方が変わるだろう。

それはカルツェ国には好ましいことだ。水晶などの宝石を好む貴族は多い。交易品としても安定した価格で値崩れもほとんどない。金剛石《ダイヤモンド》や藍青石《アイオライト》、紅星石《スタールビー》ほどの価値はなく、どちらかというと汎用性が高いものの、加工のし易さと入手のしやすさから来る需要は見過ごせない。加えて色のついた水晶の価値は、無色透明のものよりも高い。

(僕の耳飾りと一緒だな)

十年前にフランが少年に貰った石もそうだった。加工出来ないか預けたそれは見事な紅水晶《ローズクォーツ》となってフランの手元に戻り、今では耳飾りにしている。

フランは外した耳飾りをテーブルの上に乗せ、頬杖をついて見つめた。隣には石屋で見つけたくすんだ淡紅色の塊がある。

「誰も知らなかった……っていうには無理があるよね」

フランのように外部から来た素人が簡単に暴くらいなのだ。耳飾りの件で経験済だからこそ気づいたフランの幸運は確かにあるだろう。国民は気づかなかった。水晶はもうまとまって採掘されないと聞いていたから。これは屑石で価値がないのだと、思い込まされていたから。

誰に？

「仲買人に決まってる」

金貨を払って買い取った石を、他の国で別の値段で売る。それは元値の十倍、百倍以上になるだろう。原石として売りに出してもよし。加工させて売るもよし。小さな粒は小さいなりに使い道もある。大きな塊はさらに用途が増えるだろう。

仲買人が所属する商会、屑石を一手に引き受けるそこは、モランの調べで財務大臣モーリーンと繋がりがあるとわかった。あの大臣が、己に利がないまま協力するはずがない。財務大臣自身が経営する商会か、息が掛かっているところと考えるのが妥当として、

「さて、ここまで調べた後でどうするかが問題だ」

ルネに話をすれば、対処はしてくれるだろう。だが話すと仮定して、どのような説明をすればよいのか。研磨前の石と原石のままの石を見せるか……。

「駄目か……。ルネは信じてくれたとしても、他の人も同じかはわからないし」

現物をその場で加工して見せるのが一番なのだが、すべての石が原石ではないというのが問題だ。研磨職人はいるだろうから、城に呼んで実演させせなくてはいけない。たとえフランが兄から送られて来た加工前と後の石を見せたところで、エフセリアからそれっぽいのを持ち込んだと非難されるだけだ。

それと同時に財務大臣の不正も証明しなくてはならない。帳簿、もしくは現金受け渡しの現場を見つけるのはフランには荷が重い。親しい人なら屋敷に遊びに行って大臣の目を盗んで探し出すという古典的な手法が使えるだろうが、生憎これまで避けて来た相手だ。向こうもフランが避けているのを知っているし、そもそも好意を抱いてはいない。

わざとらしく通行人の耳に入る場所で王妃を非難するようなことを口にする男が、屋敷に招き入れてくれるはずがない。

「となると、やっぱり出来るのは……」

フランは「うーん」と唸った後にぼそりと呟いた。

「囮《おとり》しかないか」

「誰が何の囮になるんだ？」

「僕がわざとらしく嗅ぎ回っているところを見せて、大臣に襲わせる。そうしたら現行犯で捕まえることが出来る」

「なるほどな。なかなかいい案だ」

「でしょう？　これくらいやらなきゃ手出しはして来な……ってモラン！　いつからそこにいたの!?」

　独り言に相槌を打たれながら会話をしていたことに気づいたフランは、真後ろに立って腕組みしていたモランを見つけ、悲鳴のような声を上げた。

（聞かれてた！）

　これは大きな失態だ。財務大臣の身辺を探るのに協力はして貰い、ある程度の事情は説明しているが、これから自分がしようとしていることを知られれば、ルネにまで話が行ってしまう。

　それはそれで構わないと言いたいところだが、不正現場を押さえるためにフランが自分で動くと知られれば絶対に止められる。

「あなたを信頼してお任せします」

　などと物語のように見なかったことにするなんて、絶対にないと言い切れる。

「あのですね、モランさん」

「モランさん……だと？　なんだ妃様。その話し方は気持ち悪いから止めろ」

「失礼な！　ちょっと丁寧にお話をしたいと思っただけです」

「前書きはいい。それよりさっきのやつだ。囮とはどういうことだ？　大臣ってのはこの間俺が探りを入れたモーリーンか？」

「あの、その件で相談が……。聞かなかったことには？」

　上目遣いでお願いするが、モランの強面はいつも以上に険しかった。

「俺には妃様の色仕掛けは通用しない。やるならルネ相手にしろ。余計な噂を立てられたくなければな」

「余計な噂ってモランと？」

「ルネ以外に妃様の側にいるのは俺だけだ。噂話の好きな連中には格好の餌だ」

肩を竦めるモランだが心底嫌がっている様子ではない。そういう間違いが起きないために女を側付きから排除し、わざわざ強面で年上のモランが選ばれたのだから、ここで間違いが起きればルネには悲劇でしかない。

「僕もモランと噂になるのは嫌だなあ」

「奇遇だな。ルネのことがなくても俺も遠慮する」

気が合う相手ではあるが、それは色気のある話には結びつかない。その意味で、ルネは最善の人選をしてくれたことになる。

「それで妃様。話を逸らすのは止めて素直に吐いて貰おうか」

「……やっぱり覚えていたか」

「当たり前だ。俺はルネから妃様を護るようきつく言われている。失職に直結する真似を見過ごすわけがない」

確かに、フランが軽はずみなことをして何かあればモランの責任になってしまう。どうせ途中まで関わりを持たせているのだからと、フランは財務大臣が焦るように自分が不正を調べているとわかる態度を取ることを提案した。

「石屋に行って何度も話を聞くのもいいし、買いに来るのが誰かを尋ねて回るのも有効かなと思って。もう仲買人が誰なのかも、そこの商会が絡んでいることも知っているけど、向こうは気づいていないでしょう？」

「まあな。俺はそんなへまはしない」

「だから、今から調べるんですって感じで聞き込みをして、不安を煽《あお》る」

「理由はわかった。だがそれは俺がやればいいことで、妃様が表に出る必要はない」

「それでもいいんだけど、その時にはちゃんと王妃の指示で調べているって言わなきゃいけないよ」

「何故だ？」

フランは自分とモランを交互に指差した。

「持っている権力が違うもの。モランが一人調べていたとしても、財務大臣の権力で口を噤《つぐ》ませるかもしれないでしょう？　ないとは思うけど、口封じされたらそれで終わり。でも背後に王妃がいるなら、モランにも手が出せないし、握り潰すのは困難。何より、僕がルネに何か言うんじゃないかってびくびくしなきゃいけなくなる。揺さぶるには最適でしょう?」

「理屈はわかる。だが妃様に手を出さないという保証はない。追い詰められた獣は牙を剝《む》く」

「それも承知の上。大人しい羊だって、狼相手には全力になるんだよ」

羊はフラン、財務大臣は狼。狼が他の羊たちを食いつぶす前に倒さなくてはいけないのだ。

「……食われなきゃいいけどな」

「……不吉なことを言わないでくれる?」

敷物をモランに投げつけるが厚い胸板にあえなく弾かれてポスッと落ちてしまう。

「炙り出しをするのは構わないが、ルネには話しておけ」

「ええっ! 絶対反対されるに決まってるじゃないか!」

それは絶対にないないと首を振るフランの頭はモランの大きな掌にがっしりと止められてしまった。

「反対するかどうかは話してみないとわからないだろうが」

「でも、財務大臣だよ?」

「妃様の話を信じないとでも?」

「……ううん。それはないと思う。たとえ信じないにしても頭から否定はしないと思う。でも」

「妃様は何を心配しているんだ?」

フランはぶすっと膨れていたが、退く気のなさそうなモランの顔を見て、渋々口を割った。

「——ルネの立場が悪くなること。信じてくれるのはいい。でも昔からいる大臣よりも来たばかりの僕の意見を尊重することになったら、古参の大臣たちに嫌がられるかもしれない。公務らしい公務はまだしていないし、会議にも出たことはないけど、ルネが忙しいのくらいは僕にもわかります。王様になってまだ二年しか経っていないから、大臣たちから揚げ足取られたり、舐められたりしないように頑張ってるのも気づいてる。だから、ルネの足を引っ張りたくない。仮に失敗しても。僕の独断でやったことにすればいいでしょう？」

「つまり、妃様はルネを引っ張り出すことで余計な軋轢《あつれき》が生じるのを防ぎたいと。そういうことだな」

「概《おおむ》ねその通りです」

「概ね？」

「……それ以上は黙秘権を行使します」

態度で示そうとぎゅっと口を引き結んでフランは横を向いた。

（言えるわけないじゃないか。手柄を立ててルネに褒めて貰いたいだなんて子供みたいなことを考えてるなんて……。政務で助言を与えることが出来るヴァネッサに対抗してるだなんて、言えっこない）

強がりで我儘だけど、これはフランなりの自尊心だ。ちっぽけでも、これしかないのだ。ルネに愛されているとわかっているのに、信じ切ることが出来ないのは自分に自信がないせいだと、いつからか気づいてしまった。


初夜の失敗だけが理由ではない。カルツェ国王ルネという青年を知るたびに、自分は彼に見合うだけのものを持っているのだろうかと深く悩んだ。あるのは大国エフセリアの王子だったという出自だけ。顔は綺麗だと言われるが、美しさだけならヴァネッサの方が上に立っている。あちらはフランにはない色気まであるのだ。

気立ての良さ、優しさ、性格云々も、自分程度ならどこにでもいる。

ルネがどうして自分を選んだのかわからない。どうして好きだとあんなにも熱い目を向け、優しく触れることが出来るのだろうか。エフセリアからの支援が目的ではないかと使用人が話していたのを、ちょうど初夜の件で悩んでいた頃に立ち聞きしたことがある。まだそれの方がわかる。

フランを王妃にしたのは大国との繋がりを持つためで、ヴァネッサを愛人にして——。

あり得そうだから怖いのだ。

もしもそれが事実なら、フランは十度目の離縁に踏み切ったかもしれない。ルネのことは好きでも、自分だけを愛してくれない人はいらない。泣きながら別れを切り出しただろう、今までのフランであれば。

今は、それ以上にルネを自分の側に引き留めたかった。あざといと言われても卑怯だと言われても、欲しいのはルネの真の愛だけ。

「……僕だって考えるんだよ。能天気な王妃様じゃない……」

敷物に顔を埋めてくぐもった声で文句を言う。

「その結果、妃様が怪我でもしようものなら本末転倒だろ？　俺も手は尽くすが完全に護り切れるわけじゃないぞ。それにモーリーンは……」

「伯父なのですよ、フラン」

フランはぱっと顔を上げた。聞こえてはならない人の声が聞こえたからだ。

「ルネ……」

灰色の瞳が見開かれ、すぐ近くまで来ていたルネの長身に注がれた。

「どうして……どうしてここに？　まだ仕事中なんじゃ……」

「仕事中ですよ。王妃と我が国の問題について話をする仕事があります」

喋りながら椅子に座るフランの方へ近づいて来るルネに、フランはじりじりと椅子の端の方へと膝を抱えて移動した。

「逃げても無駄です、フラン」

逃げ場所は所詮椅子。広いと言っても手を伸ばせばすぐに届く範囲でしかない。フランは敷物の一つをあっちへ行けと意思表示するように押し付けた。

「可愛い抵抗をしても駄目です。先ほどの話を詳しく聞かせてください」

「そんな……モランッ」

さてはモランが手引きしたなと背後で笑っている強面を睨みつけるが、護衛兼世話係は肩を竦めて否定する。

「ずっとここにいた俺にルネに告げ口する手段はないぞ」

「じゃあ誰が……」

もしや部屋の前で番をしている兵士だろうかと思っているフランの耳に聞こえたのは、バサバサッという羽の音。

「あ……」

自分の存在を忘れるなと言いたげに音を立てた魔獣ケセラは、フランが自分の方を向いたのを確認するとまたプイと横を向いた。

「大きな魔獣が王妃の部屋に飛び込んだと報せが来ました。それで慌てて来たところ、あなたとモランが話をしているのが聞こえたので」

気づかれないように待っていたというわけだ。

魔獣は直接空からフランの元へやって来た。鳥に匂いがわかるのかどうか知らないが、エフセリアにいる時にも何度かやり取りをしているので、ケセラがフランの元へ辿り着くのは容易い。見た目が異形なので事情を知らない人が見れば、襲撃されたと思われても仕方がないかもしれないと、ルネの話を聞いて自覚したフランは、威勢よく頭を下げた。

「ごめんなさい！　兄からの手紙なんです。この方が早いからよく使っていて、ついいつもの調子で……」

駆けつけたということは、兵士も引き連れていたのだろう。何もないとわかった時点でルネが解散させたようだが、人騒がせな王妃と文句を言われても仕方がないことをしでかした自覚はある。

「兄というと、石を送った四番目の兄上ですか？」

よく覚えているなと思いながら頷く。

「急ぎの用事があったから……」

「フラン」

少し強めのルネの呼び掛け、それから、

「妃様。腹を括《くく》れ。ルネに話せ、な？」

モランの裏切り——というのは大袈裟にしても、ばれてしまった以上は話しておけという暗黙の強制を込めた強い視線に、フランは負けた。

騒ぎを引き起こした以上、きちんと説明する義務がフランにはある。この場合、矜持に拘《かかわ》ることでルネに多大な迷惑を掛けることが既に決定しているようなものだからだ。

フランは真っすぐに背を伸ばし、背凭れに腕を伸ばし、腕の中にフランを囲うように顔を寄せているルネを見つめた。

「僕が今から話すことを信じてね」

ルネは黙って頷いた。そのままの姿勢でフランの言葉を待つルネの真剣な瞳に勇気を貰い、自分が疑問に思い調べたことをそのまま隠さず話した。財務大臣モーリーンの名を出した時には眉が寄せられたので、もしかして気分を害したかと不安を覚えたが、そのまま話し切った。

「――というわけです」

ふうと息を吐いたフランは恐る恐るルネに伺いを立てた。

「怒ってる？」

「怒る？　どうして怒らなくてはいけないんですか？」

「だって、一人で勝手に思いついたことをしてたから。あなたの伯父様のことなのにあなたに相談しないで……」

「伯父は伯父ですが、王族ではありません。亡くなった母の兄で、母よりも前にカルツェ国で婿入りし、もう三十年は経っているでしょう。れっきとしたカルツェ人です」

ただしその精神がカルツェの民と同じかというと、必ずしもそうではないのは身なりや贅沢な装飾品を見れば自ずとわかって来るものだ。

「確かにモーリーンの仲介で母がカルツェ国に嫁いで来ましたが、それだけです。父も母もモーリーンの野望に気づいていましたから、必要以上の権力を与えることをよしとしなかった。それが不満で親戚としては疎遠だったというのが正しいでしょう」

能力はあるので財務大臣の地位を与えた。ある程度目立つ地位にいれば、モーリーンの虚栄心を満足させることが出来ると前国王が考えたのと、城で監視することが目的だ。

「ですが、三十年の間にモーリーンは自分の手足となって動く組織を作り上げてしまったようですね。

あなたの報告を聞くと」

「信じてくれるの？」

「信じない理由はありません」

「よかった……」

ほっとした瞬間に体から力が抜け、フランはルネの肩に額をつけた。

「話を聞いてくれるのはわかっていたけど、信じて貰えるかどうかわからなかったから……」

「私はまだ信用できませんか？」

ふるふると首を振る。ルネを信用出来ないわけではないが、内容が内容だけにカルツェ王としてのルネがどう判じるかは非常に重要なことだった。

「しかし、石ですか……」

「うん。あ、これね、こういう感じに変化するんです」

テーブルの上に置いていた耳飾りと淡紅色の原石を並べてルネへ見せる。

「くすんでしまっているのをしっかり磨いて削れば、これだけ綺麗になるっていう証拠です」

触ってよいかと尋ねるので頷いた。

「やはり父上は正しかった」

小さな呟きを拾ったフランは首を傾げた。

「父って前のカルツェ王？」

はっとしたようにルネは淡く微笑を浮かべた。

「あ、はい。父が生前に我が国で何気なく使われている石にはもっと価値があるのではと模索していたのです。結局はそれを証明する前に亡くなってしまったのですが……。その後はご存知のように即位の慌ただしさから優先順位の高いものから手を付けることになってしまい、今まで後回しにしてしまっていました。でも……」

感慨深げに石を見つめていたルネの瞳には涙と、様々な感情が入り混じった色が浮かんでいた。

「――あなたの耳飾り、これの元がこちらの石だったと？」

「正確には違います。でも変化の仕方は同じという見本かな。その耳飾りは、僕が貰った石を加工して作ったものなんです。最初はこっちみたいに色はついているけど、そこまで見栄えもよくなくて、普通の石だと思ってたんだけどね、思い出の石だからどうにか出来ないかと思って職人に頼んでみたんです」

その結果、見事なまでの変化を遂げたのだ。

「思い出の石……」

耳飾りをじっと見つめるルネの眉間に皺が寄る。

「あ、あのね、昔のことだから……だから大目に見てくれると嬉しいなって思ったら駄目？」

浮気や心に秘めた誰某《だれそれ》がいるのではないかと疑われるのは本意ではなく、フランは慌てた。

「まだ僕が子供の頃の話で、縁談の話があった方の誰でもなくて、ただ……」

ただ優しい思い出なのだ。偶然出会った子供と過ごした冬の日の思い出。

睨みつけるように見据えるルネの様子に不安を覚えたフランは、なおも懇願した。

「見たくないっていうなら、ルネの前ではしないようにする。でも捨てるなんて言わないで。エフセリアに送り返させたりしないで。僕の宝物だから」

そういや宝物だって言ってたなと、前に露台から落とした時の台詞を覚えていたのかモランが呟く。

「お願いします」

がばっと音がしそうなほど深く頭を下げたフランの髪がさらさらと横から下に流れて零れる。そして隠れた頬に触れたのはルネの手だ。

「捨てたりなんかするわけがない。大切な宝物なのでしょう？」

「うん」

「あなたはほとんど身一つでこの国に嫁いで来てくださった。大国の王子なのにカルツェの質素な服を喜んで着ている。そんなあなたの大切なものを捨てたりしません。フラン、あなたの大切にしたいものは私の護るべきものでもあるのです」

耳飾りごとルネはフランの手を握り締めた。そして、微笑みながら言う。

「ありがとう」

思い出を大切にしてくれて、と小さな声で呟いたルネに何かを言おうと思ったが、なぜか握り締めた拳をそのまま額に当てて嬉しそうな様子を見ていると、何も言えなくなってしまった。

しかし、こうしてのんびりとばかりはしていられない。

再び顔を上げたルネは、カルツェ国王の顔だった。

「それであなたが囮となるようなことをするという件についてですが」

甘い顔はどこへ行ったのかと思うほど厳しいものだった。

「危険な真似はさせられません。もしもそれをするのなら、私がします」

「でも、それじゃ囮にならないよ。ルネが相手だったら何もしないで逃げ出すと思うもの。大臣を罰するためには、一度は捕まえなくちゃいけないでしょう？　それなら僕がちょろちょろ動いて何か嗅ぎ回ってるって思わせた方がいいと思う」

「それはそうですが、逃げ出すなら逃げ出すで構いません。それもまた一つの解決です」

それはそうなのだが、

「……悔しくない？」

「悔しさなど、あなたに何かあってから感じる後悔や悲しみの方が勝ります」

「……ルネって頑固だね」

「あなたに関しては譲れません」

「ちょっと突《つつ》いたらすぐに尻尾を出すと思うのに。ルネが逃がすつもりならそれでもいいけど、これまでカルツェ国の資産を独り占めしていたんだから、少しは仕返ししたくならない？」

「なりません。あなたの方が大事です」

これは駄目だ。

大きくため息をついたフランをにやにやしながら眺めているモランがちょっと憎らしい。こうなることがわかっていたからルネには内緒にしようと思っていたのに……。

「財務大臣には私が直接話をして聞き出します。モランはモーリーンに関係のある店や小役人を調べて足元を崩せ」

「小役人？」

「財務大臣が自分で動けば目立ちます。だから手足となる部下もいるはずです。おそらく財務省の小者でしょうから、その線から原石の持ち出しを確実に押さえ、モーリーンは国益を損なう行為を行ったという罪状を作ります」

「それだけでいける？」

「俺が調べた分と妃様の兄上様の調べがある。合致させるのはそう難しくはないはずだ」

生き生きとしたモランの顔。フランの希望でこそこそと調べるのではなく、国王命令で動けるからだろう。現場に立つことが好きなのは根っからの軍人だからだ。

「僕は何かすることない？」

早速打ち合わせに入ろうとしていた二人は、フランの少し拗ねた声に同時に振り返り、それから同じく首を横に振った。

「ないな」

「お願いですフラン。私たちに任せてください」

「……わかった」


ぶすうと膨れて敷物を抱き締めたフランを見て苦笑したルネが、仕方ないなと頭を撫でる。そう言えば頭はあんまり撫でられたことがないなと思いながら、フランはほんの少しだが自分の機嫌がよくなるのを感じた。現金なものである。


ルネの行動は早かった。

内密な話が終わった後はすぐに鉱山へと人を派遣し、石炭や鉱石その他採掘で得られた石などがどこにどんな風に流れているのかを調べるよう通達を行った。名目上は、合理的な管理がなされているか、将来の収支を予想立てるために必要な根拠を得るためだと堂々と述べていた。

その様子をフランは初めて会議棟に入って目撃した。さすがに新しい提案をした時に同席すれば王妃が何かを言ったのではと勘繰られるのを防ぐため、隣の部屋からこっそりと覗いていただけなのだが、堂々と年代も倍は違う大臣や役人たちを前に臆する

ことなく指示を出すルネに、

(かっこいい……)

胸の高鳴りを抑えることが出来なかった。

(知らなかった。……ううん、思い出した。恋って……誰かを好きになるってこんなにも胸が苦しくて、熱くなるものだったね)

十四歳のフランセスカが抱いていた初恋の騎士マアトンへの想い。あの時よりももっと強く感情が動く。大人になった今では無垢な少年の頃と違って、肉欲というものを知ってしまったからかもしれない。

(まだ繋がっていないけど)

触れて感じる欲望。体の奥からすべてを得たいという欲求。

愛し愛されたい。決して綺麗なだけではなく、どろどろとしたものを伴うことを、ルネに恋をして初めて知った。

盗み見ながらフランは集まったカルツェ国の主要な面々の顔をじっと見つめていた。その中には助言士のヴァネッサの姿もある。高位の役人、並びに国政の中枢にある者たちという顔ぶれを揃えた結果だ。

(財務大臣は……)

最端に座る財務大臣はいたって神妙な表情をしている。それだけでは何ら不正に手を染めているとは思えない。ただ、時折顔を上げてルネを見つめる目には、他の役人たちが見るのとは違う感情を感じた。大勢が居並ぶ場所で、客観的に見ることが出来る場所にいたフランだから気づいたのかもしれない。

憎しみほどきついものではないが、「何故」「どうして」という驚愕の表情は誰よりも強く、気づかないうちに忌々しげに顰められている眉は、動揺を示しているのではないだろうか。

それとも先入観からそう感じるだけなのだろうか。ひとしきりルネが話し終わると散会になる。ルネも宰相と共に護衛を連れて執務室へと戻った。それを確認してフランはそっと別の扉から外に出た。

「緊張した……」

「見ているだけでか?」

「うん。初めて見たから……」

「ルネはちゃんとカルツェ王をしていただろう？」

「うん。びっくりした。かっこよかった」

「惚れ直したか？」

フランは照れくさいのを隠すように、はにかんで下を向いた。

「だがこれからだぞ。本当にモーリーンが尻尾を出すかわからない。出した尾もしっかりと掴む必要がある」

ルネとモランが絶対に信頼できるという兵士が財務大臣の屋敷や交易所、国境沿いの関所に人知れず配置され、動向を窺っている。町中の石屋界隈にも兵士が立ち、鉱山へは多くの人足を派遣して再調査に臨むことを表明している。

これで水晶や貴石が大量に採れるとわかれば、これまでそれらを独占していた財務大臣の懐事情は一気に変わるに違いない。普通に生活する分には不自由はないはずだが、あの贅沢品の数々や散財を見ると、遠からず破綻するのは目に見えていた。

最悪、尾を出さずともじわじわと締め付けていけば自滅もあり得る。時間は掛かるがそれがもっとも穏便に片付く方法で、財務大臣の外聞も汚さずに済む。

（でもそうはしないだろうなあ）

もう誰もいなくなった会議が開かれた部屋の前の廊下を歩きながら、フランは考えた。

（兄上が研磨職人と鑑定士をカルツェに派遣するって言ってたから、半信半疑な人たちもルネの言うことを信じるとは思うんだけど）

ケセラが運んで来た手紙には既に職人はエフセリアを発ち、カルツェに向かわせていると書かれていた。いつ到着するかまではわからないが、兄が手配した以上、普通にのんびりということはありえないだろう。

カルツェにも鑑定士や研磨職人はいる。だが、鉱山で採れた石を鑑定するのは鑑定士の名を持つ役人だ。前王の時代から長く勤めているこの役人はまず財務大臣と繋がっていると考えておかしくはない。

「なんだか根っこが深いところにまで入りこんでい

るんだね」

「そうだな。だから前王はどうにかしようと頑張っていたんだろう」

「ルネのお父様はどんな方だったの？」

　歩きながらこれまで触れることのなかった前国王について、よい機会だからと尋ねてみることにした。まだ亡くなって二年しか経っていない人のことをルネやキャロルには訊きにくいという理由から、訊く機会を逃していたのだ。

　モランは顎に手を当て、微かに笑った。

「大人しい方だった。ルネは軍人肌だが、父親の方は学者肌で剣術も武術もからっきしだった。その代わり、カルツェ国のことをよく調べ知ろうとしていた。人を使うことが苦手で、自分で動いてばかり。直接の死因は病だが、過労が積み重なって体力が落ちていたからだというのが一般的な見方だ」

「聞いていると本当にルネとは違うね」

「そうだな。俺は元々前国王の護衛として雇われていた。カルツェじゃ稼げないと若い頃は外国で傭兵もして、腕にも覚えがあった。ルネの父親と会ったのも、実はカルツェじゃない。あの王様が山賊に襲われて困っているところを助けたのが切っ掛けだな。それで同郷出身だと意気投合して、そのまま城仕えになったって経緯がある」

「なるほど。傭兵って言われたら納得出来る」

　こらっ、と笑いながらモランが頭を指で小突いた。

「まだルネがちびの頃でな。キラッキラした目で俺を見つめてすごいすごいって褒めるもんだから、調子に乗ってた時期もあったな。俺が護衛についてからは、ルネも一緒にくっついて出掛けることが多くなった。だから、あいつは年の割には結構いろんな国へ行ってるぞ」

　見聞を広め、よいところ悪いところを肌で感じ、カルツェ国との差を見ながら、何が出来るかを考えて行動する。ルネの柔軟な発想や行動は、父親の姿を見て来たのと、広い世界を知っているからなのだろう。

「じゃあ、その途中で僕の話も聞いたのかもしれないね。じゃなきゃ、エフセリアまでわざわざ来ることもなかっただろうし」

前にルネと話した時に、以前からフランのことを知って嫁に望んだというような匂わせ方をしていた。だがエフセリア本国や、フランが嫁いだ先を訪れていたことがあるのなら「出戻り王子」の名を知っていた可能性が高い。一方で、「幸福の王子」と呼ばれていることも知っていたのかもしれない。フランと一度縁を結んだ国は、その後為政者が真実の愛に目覚め、善政を行うと評判なのだ。

「もしかして幸福にあやかりたいと思ったからなのかな」

独り言のようにぽつりと漏らせば、失笑が頭上から降って来る。

「馬鹿なことを言うな。ルネの口癖はこうだぞ」

「私があの方を幸せにしてさしあげる、ですよね」

「ヴァネッサ！」

モランの台詞に被せるように言ったのは、廊下の壁に背を寄り掛からせて立っているヴァネッサだった。

モランが眉を寄せてフランの一歩前に出る。

「ヴァネッサ、お前がどうしてここにいる？」

「どうして？　私は助言士ですよ。城の中を歩き回るのに誰の許可も必要ないでしょう。私が入ることが出来ないのは、ルネの寝室と王妃の部屋だけ。それ以外のどこにいても咎められることはありません」

「そんなことが言いたいんじゃない。お前、ここで待ち伏せしていただろう、妃様を」

え!?　と目を瞠るフランを、ヴァネッサが微笑を浮かべて見つめる。

「ええ。王妃様に一言忠告をしようと思いまして」

「忠告……？　ヴァネッサ、どういうことなの？」

「あなたが鉱山に興味を持っていることはすでにあちらに筒抜けです。今日のカルツェ王の命令を受け、即座に理解するでしょう。王の背後には王妃がいると。あなたがあちらを気にしていたのと同じように、あちらもあなたを気にしていたのですよ。ご存知なかったかもしれませんが」

「最初から僕の行動は読まれていたってこと？」

「さあ。エフセリアと縁を結んだ時から、近いうちにカルツェを変える出来事があるだろうと予想はしていました。ああ、勘違いなさらないように。王妃様自身には何の力もありません。ただ、他の王子様方を引き入れる可能性はあった。そして、カルツェにとっては幸いを齎し、あちらにとっては破滅を齎す王子様が動いてしまわれた」

「兄……クランベール兄様ですか？」

ヴァネッサが首肯する。

「もっとも富に敏感なあの方の目が、カルツェに向いてしまった。逃れることは出来ないでしょう、あの方も。ルネはあなたのためならその命すら問わないですし」

だから身辺には気を付けなさいと、ヴァネッサは微笑む。

「私はあなたを嫌いですが、ルネを悲しませるのも本意ではありませんからね」

それだけ言って銀髪を靡かせて去っていく姿を見送ったフランは、しばらく呆然としていたが、気を取り直すと思い切り床を踏みしめた。拳を握り締め、見えなくなった背中に向かって悪態をつく。

「なにあれ！　なにあの態度！」

傍らのモランでさえ呆気に取られていた、ヴァネッサの登場と退場だった。

「フラン？」

夜になり執務を終えて部屋に帰って来たルネは、部屋の中で腕組みして座るフランの姿に気づき、驚きの声を上げた。

不法侵入という言葉が適切かどうかわからないが、どうしてもルネと話がしたかったため、王妃の特権を使ってルネの私室で待っていたのである。

「どうしたのですか？　今日は違う日ですが」

三日に一度の共寝の日ではないと不思議そうなルネは、「まさか……」と呟いた。

普通の夫婦や恋仲同士なら、

「一緒に寝ようと思って来てくれたのか」

と喜ぶところだが、生憎とカルツェ国王夫妻の場合は少し違う。この時もルネが続けたのは、

「まさかモーリーンから何か接触がありましたか？」

という現在内密に手掛けている件についてだった。正しいと言えば正しいし、ルネに思わせぶりな態度を取ったことのないフランなので、色気と無縁のことをルネが考えてしまうのはわかる。ただ、さすがにフランもこれはちょっと夫婦としてどうなのだろうかと危機感を覚えるのだった。

そんなこともあって、フランは常になく積極的に動くことにした。ルネが上着を脱ぐのを手伝い、自分の部屋でもないのに椅子に座るように勧める。飲み物はフランが中に入ってしばらくして侍従が二人分を運んで来ており、手ずからルネのために器に注いだ。

「ありがとうございます」

「注ぐだけにしてくれていたから、これくらいは僕でも出来るんですよ」

「いえ。やはり注ぐ人が違えば味も違って感じるものです」

ルネは嚙みしめるように数口飲み、コトリとテーブルに戻した。

「それで、私に話とは？」

「その前にちょっといい？」

フランは上体を浮かせ、ルネの肩に鼻を近づけた。相変わらずルネは離れて座るので、若干の距離がある。その距離を、有無を言わさず詰めたフランは例の匂いがしないことを確認して満足げに首を上下させた。

「合格」

「合格とは……あ」

以前に匂いについて文句を言われたことを思い出したのか、ルネがなるほどと頷いた。

「フランに言われてからは気を付けるようにしています。ベッドでも匂わないでしょう？」

「うん。でもそれ以外の日はわからないから、抜き打ち検査をさせて貰いました」

フランに会う時だけ匂いを消して、それ以外の時につけているなんてこともあり得る。むしろ浮気ではありがちなことである。

「合格判定をいただけてよかったです」

安堵の表情を浮かべるルネに、今すぐにでもヴァネッサとの関係を尋ねてみたい。だが、それは後回しだ。

「今日、ヴァネッサから忠告を受けました。財務大臣の方も僕が何をしているのか勘づいているから、気を付けるようにと」

「ヴァネッサが？」

「うん」

「それなら……本当にモーリーンはあなたを警戒しているということになります」

眉間に皺を寄せるルネは、フランに危害が加えられる可能性について考えているのだろう。

「……モランには気を付けるよう、再度徹底した警備を命じなくては。それからヘラルド将軍に言って、あなたの身辺を護衛する兵士の数を増やして貰いましょう」

こうしてはいられないと立ち上がりかけたルネの服を摑んで引き留める。かなり勢いよく立ち上がったので、引き戻される時もそれなりに反動があり、ドサッと音を立ててルネの体が椅子に沈んだ。

「落ち着いて」

「ですが！」

「僕が言いたいのはそれじゃなくて」

いや、それもまた大事なことではあるのだが——。

フランは焦るルネの顔をキッと睨みつけた。

「ヴァネッサのことだよ」

「ヴァネッサ？」

「そう！　僕あの人に宣言された。大嫌いだって！」

もしかしたら大は付いていなかったかもしれないが、気持ち的には付いていたと思う、たぶん。

「もう、あの人何なの!?　前から僕に当たりが強かったけど、あれ、どうにかならないわけ!?」

ガクガクとルネの胸倉を摑んで揺すりあげる。

「落ち着いて、落ち着いてフラン」

「落ち着けるわけないでしょうっ。嫌いなのは僕も同じだからおあいこで別にいいんだけどっ、自分だけがルネのことを知ってますって顔で威張って、僕がルネには相応しくない王妃だって思ってるのが態度でよおっくわかるっ。意地悪だし、僕のルネなのに、腕組んだり図々しいし」

最初はヴァネッサからの忠告を受けたことを伝えた上で、ルネとの関係をさりげなく――さりげなく尋ねるつもりだったのだが、いざ口にしだすと、溜まっていた鬱憤がこれでもかというくらいに出て来る。それからはいかに自分がヴァネッサと相性が悪いかをくどくどと訴え、ヴァネッサから受ける印象が最悪なのを伝え、

「いろいろ教えたって何なんだよ！　ルネの全部を知ってますって顔で、腹立つったら……！　僕の代わりに自分が王妃にでもなりたいんじゃないの？」

ようやく収まりかけたフランの台詞に被さるように聞こえてきた笑い声。二人だけしかいない部屋で、自分ではない以上声の主は一人しかいない。


「……何を笑っているの」

低い声で目を据わらせて睨むフランだが、すまなそうに眉を垂れさせながらもルネは笑っていた。

「怒ってる僕のことを馬鹿にしてるの？」

「いえ、そういうわけではなく……すみませんフラン。エフセリアでのあなたを思い出していました」

「エフセリアでの僕……？」

なんのことだと首を傾げたフランはすぐに思い出した。雑草を抜きながら別れた夫たちへの文句を言っていたことを。そして、それを恐らく到着したばかりのルネたちに見られてしまったことを。

途端に恥ずかしくなり、襟を摑んでいた手を退けようとしたのだが、離れる前にフランの手の上に、ルネの手が重ねられた。

「離してっ」

「離しません。離したらあなたは逃げてしまう。こんなに可愛いあなたを離せるわけがない」

腕を引かれ、ルネに凭れるように倒れ込んでしまう。寝室で似たようなことがあったなと思い出すく

らいにはまだ余裕のあったフランは、ぐいぐいとルネの胸を押すが、力の差はいかんともし難い。

「よかった。あなたの口から出たのが私への愚痴ではなくて」

「気にするのはそこなの？」

「はい。あなたの元夫たちと同じ列に並ばずに済んでほっとしています」

「……怒らないの？」

「何をですか？」

「ヴァネッサのこと……」

頭の上でハッと鼻の先で笑ったような軽い音がした。

「あなたが不満に思うのなら口にすればいい。あなたの感情や心に蓋をする気は私にはありませんよ、フラン」

「親しい人なのに？」

「親しくはありますが、あなたほどではない。例えばキャロルのことでしたら、それなりに事情は尋ねるとは思いますが、その場合は失礼ですが、子供の喧嘩の仲裁のような形になるかと」

「それは本当に失礼だね」

「そうですね。ヴァネッサの場合はよい大人同士のこと。あなたが嫌いな人を好きになるように強制するつもりもありません。もしもそんなことが出来るなら」

と、ルネが顔を覗き込んで微笑みを浮かべた。

「真っ先に私を好きになってくれるよう、言いますよ」

反則だ！　と思った。そんな顔をしながら言うのは絶対に反則だ。悲しむのでも残念に思うのでもなく、ありのままを受け入れているその表情は、フランの良心を疼かせる。

「……好きだよ。僕はルネを好きだよ」

口にしてから気が付いた。

今までルネに好きだと伝えたことがなかったことに。

「フラン……本当ですか……？」

「うん。好き。ルネが好き」

この時フランはルネの顔を見つめていた。浮かべていた微笑が強張り、それから唇が震えていた。

「あの、フ、フラン……」

何かを伝えようとしつつも、それ以上を発することが出来ないルネのためにフランは自分から行動した。

「んっ」

唇を重ねる。すぐ目の前で大きく目が瞠られたのを見た。

それから——。

ビクッと震えたのは最初だけで、すぐに主導権はルネに奪われた。重ねていただけの唇を食みながら、ルネの舌がフランの唇を割り中へと侵入してくる。大きく開けられた唇はぴったりと重ねられ、熱い舌が蕩けるように中で絡み合う。

濡れた音、息を吸う合間もないほどに交わされるそれは、情交に似ていた。体の奥底に燻っていた種火が炎になる——そんな予感がするほどの激しさ。

（ルネと一つになってる）

求められているという充足感。愛されていることを強く感じる。

先端を少し入れられただけで未貫通状態に近いフランは、初めて愛する人と繋がるということを実感した。

（そうか……ルネはこれを求めていたんだね。それから僕も……）

激しい口づけはやがて終わりを迎えた。ゆっくりと離れていくルネの唇を目で追う。赤く濡れているそれが、ぞくぞくするほど欲しくなる。

じっと見つめるフランに気づいたのか、ルネが首を振りながら苦笑した。

「ここまでです、フラン」

「どうして？」

今ならルネと一つになれる気がするのに。

不満が顔に現れていたのだろう、ルネの指がフランの眉間の皺を伸ばした。

「今はいけません。今あなたを寝室へ連れて行けば、帰さない自信がある。それにモーリーンが何かをしようとしているのなら、あなたが動けなくなるのはよくないかと……」

「動けない？　そうなの？」

きょとんと首を傾げたフランはその辺の事情はよくわからないので、素直に反応しただけなのだが、

「……フラン……確かにヴァネッサの言った通りだ……」

ルネは自分の額に手を当てて天を仰いでしまった。

フランはと言えば、言っている意味がわからないだけでなく、一方的に天敵認定しているヴァネッサの名を出されては、不機嫌にもなる。

「どうしてそこでヴァネッサの名前が出て来るのかな？　ねえ、ルネ」

「ああ、すみません、フラン。つい……。ただ、そうですね。ヴァネッサは今でも私の家庭教師で、私の知らないことを教えてくれる人ということです」

「そう」

ぷいと横を向いたフランをルネがぎゅっと抱き締める。

「安心してください。誓って、あなたが考えているような関係ではありません」

「じゃあ、ヴァネッサに言っておいて。ルネは僕のだって。それから意地悪には意地悪で対抗しますから！　って」

我ながら子供じみた主張だとは思うのだが、呆れることなくルネは約束してくれた。

「はい。必ず伝えます。それから、今日の続きはモーリーンの件が終わってからでよろしいですか？」

「……そういう大事なことはさらっと言わないでくれると嬉しい」

「はい。それで返事は？　フラン」

「……それでいい、です」

よかったと頬の横で笑うルネの吐息がくすぐったい。

体を重ねることよりも、こういう日々を積み上げることの方が大事なのだと、フランが気づいた夜でもあった。

フランの予想に反し、財務大臣が特別な行動を取ることはなかった。ただ、鉱山や石屋界隈を見張らせている兵士からは、怪しい男たちの出入りがなくなった反面、身なりのよい客層が増えたらしいとは報告に上がっている。実際に、客のふりをして石屋で店主と話をした者もおり、ここ数日はこれまであまり売れなかった屑石を大量に買っていく人が増えたということだ。たくさん購入されるのは喜ばしいことだが、理由を知りたくなるのは客商売をしている者としては真っ当な疑問だ。数名の客に雑談がてら話し掛けたところ、造園で使うという回答が最も多かったらしい。

それに対して店主は、貴族の間ではそんな高尚な趣味が流行っているのだなと思ったそうだが、それ以外に不審な点はなかったということだ。

「買い占めだろうな」

まとめられた報告書を読みながらモランが断言する。この件に関してモランは、ヘラルド将軍から直直に責任者に任命されていた。フランやルネと近い場所にいて、不自然ではなく連絡を取りやすいというのが選ばれた理由だが、何か不測の事態があっても対処できる実力と、冒険者時代に培った臨機応変さが買われたのである。

「全部買われてしまったら、比較したり調べたりすることも出来なくなるんじゃない？」

「その辺は安心しろ。品不足になれば国が困ることになるから、全部は売るな、売るなら小出しにしろと石屋組合には通達を出している。そんな中で無理矢理大量に買い付ければ目を引く。だから連中は人を替えて地道に買いに行くしかないんだ」

「なるほど」

外見の印象が異なる男を複数人用意し、貴族たちの使いだと思わせておいて、実は大元で買い占めているのは一人という寸法なのだ。

「さすが、長年悪役をやって来た人は知恵が回りますねえ」

「暢気に褒めるな」

「でも、買った人たちの後は当然尾行して屋敷に入るのまでは確認出来ているんでしょう？」

「ああ。だが、それもかなり手間取ったぞ。まったく違う家に入って出て来なかったり、そのまま国外に出たりと行動はばらばらだ。直接屋敷に出入りすることはなかった」

石を買った人間と屋敷に持ち込む人間が巧妙に入れ替わり、財務大臣と結びつかないよう念入りな調整が行われているのだ。

「……ルネが大々的に監査をしたり摘発したりするって宣言してる割に、焦った様子が見られないのが誤算かなあ」

「すぐに屋敷を出たり辞表を出したりするのは、疑ってくださいと言っているようなものだな。国の重役連中でよくある仮病を使う気配もない」

「そうだね。今日も元気にお城に来ていたよ。それでルネに平然と挨拶してた」

「大物だな」

「大物だね」

ふぅと二人で息を吐く。

「モーリーンってルネの伯父様なんでしょう？　でも全然仲がいいように思えないんだけど、どうしてなのか知ってる？　紹介されなかったら、絶対に親戚だとは思わなかったと思う」

「いろいろあるんだよ、それが」

「そのいろいろを知りたいんだけど」

ずいと身を乗り出すと、モランは嫌そうに後ろに避けた。

「だから、俺に近づくなと」

「話してくれるなら離れます」

にこっと微笑んで「さあ早く」と脅すやり方は兄たちから学んだ手法だ。見栄えのよい者にしか使えないやり方だが、その点ではフランに問題はない。ただし、使い過ぎると反動が来るので、使いどころを間違ってはいけないらしい。

「――政治的な能力はともかく、人間的な面でルネが大臣をよく思っていないのには幾つか理由があるが、おそらく一番大きいのは妹の婚約だ」

「婚約者がいるよね。その婚約者が大臣の息が掛かった人ってこと？」

「違う。その逆だ。自分の息の掛かった子供との縁談を執拗に押し付けた。婚約者がいると知りつつ、それを破棄してもっと身分の高い貴族か、他の国の王族との婚姻をすべきだと主張してな。ちび姫の婚約者が留学中なのも、カルツェにいれば何があるかわからない不安を感じたせいだ」

「それは暗殺……？」

「大きな声では言えないが、それらしい事故は何度か起きている。前国王がご存命中はそれもあって対処に忙しかった。そのせいで心労と過労が重なって病死したことになっている」

ふんふんと事情を聴いていたフランの動きが止まる。

「病死したことになって……いる？」

「そうだ」

意味するところは一つしかない。病死したように見せかけて、実際には財務大臣モーリーンが何らかの手段を講じて前国王を亡き者にしたということだ。

「証拠はない。ないが、限りなく怪しいとルネは思っているし、側近の中にも疑っている者は多い。将軍なんかは最たるものだな。亡くなる二日前までは疲れはあっても元気に食事をしていた王が、倒れて二日後に亡くなるなんて信じられないと言っている」

だから軍は曖昧な情報と不確かな要素が多いにも関わらず今回の件に協力的なのかと、合点がいったフランである。軍が味方なら、これほど心強いものはない。

「でもキャロルの婚約が思うままにならなかったっていうだけで、暗殺までする？　自分の妹とその夫、ルネのお父様がいるからこそ安泰な地位だったはずなのに。……なに？」

モランの鋭い瞳にじっと見つめられフランは首を傾げた。

「前王は……妃様と同じだった」

「僕と同じって？」

「本当はこの辺はルネから聞いた方がいいんだが。

だから俺は簡単なところしか説明しないぞ」

「それでいいです。だから教えて。前のカルツェ王が狙われなければいけなかった理由を。僕と同じだと言ったそのわけを教えて」

「――前王もお前と同じでこの国の将来を考えていた。何か出来ることはないかと試行錯誤していた。学者肌だったと話しただろう？　国王として特に秀でていたというわけではなかったかもしれないが、カルツェという国と、家族と民を愛する気持ちは誰よりも強かった。だからこそ、自分に出来ることをしようと頑張っていた。頑張り過ぎたんだ」

「なにを」

「それはその……」

とモランが腕を上げかけた時である。

「キャアアアアッ！」

という甲高い悲鳴が階下から聞こえて来たのは。

フランとモランはぱっと顔を見合わせた。すぐさまモランは露台に飛び出し、階下を見る。

「モラン！　向こうの棟！　女官が走って逃げて来る！」

そして逃げて来る人と反対に槍を持って走る兵士たち。

向かうのはこの居住棟と反対にある西棟だ。そこにいるのはキャロルとヴァネッサ……。

再び、

「止めてッ！」

「止めろッ！」

という男女の声が重なって聞こえた。

フランは飛び出した。

「キャロルが危ない！」

物も言わずにモランが先に立ち、走り始める。あっという間にフランを抜き去った背中を見失わないように、フランは走った。子供の頃ぶりの階段三段とばしで転落しなかったのは、幸運だろう。

「通して！」

「王妃様、危ないです！　お下がりください！」

「姫様とヴァネッサ様が……」

逃げる人追う人で狭い廊下がごった返す。フランに気づいた兵士が押し留めようとするが、それを無理矢理掻い潜り、初めてフランは西棟の居室に足を踏み入れた。

「財務大臣……モーリーン……」

財務大臣モーリーンが床に蹲るヴァネッサに剣を向け、髪を振り乱して立っていた。

「妃様、下がれ。奴は正気じゃない」

剣を構えたモランがモーリーンに対峙している。モランが剣を使うところを初めて見たが、元冒険者で傭兵という肩書を持つ彼なら、見るからに文官のモーリーンなど一撃で倒せそうだ。しかし、それが出来ない理由があった。

「フランお兄様……」

蹲《うずくま》るヴァネッサの傍ら、モーリーンのすぐ足元に座り込んで涙を流している少女がいたからだ。

「キャロル！」

「駄目だ！」

飛び出そうとしたフランをモランの太い腕が遮る。部屋の入り口と壁際、歩けばほんの少しの距離しかないのに、どうしてこうも遠く感じられるのか……。

泣きじゃくるキャロルには、日頃の明るさも気丈さもなく、そこにはただ年相応に無力な十歳の少女がいるだけだった。

「先生が……先生が、わたくしを、庇って……」

必死にキャロルが抑えているのはヴァネッサの腕で、その付け根からは血が溢れ出している。床に広がった銀髪が血だまりの上に張り付くようにしている。キャロルに支えられているヴァネッサは意識はあるようで、命に別状はなさそうだ。だが、いつ何時振り下ろされるかもしれない剣が自分たちに向いていると思えば、生きた心地もしないだろう。

「キャロルを……キャロルを解放しろ」

痛みを堪えるヴァネッサの低い声がモーリーンに届くが、薄い笑みを浮かべるだけで切っ先は動かない。

「兄上！　いつまで夢を見ているつもりだ！　姉上はもういない。カルツェの時代はルネに移った。もう兄上が何をしようとも国王の座は兄上の上には落ちて来ないし、富も独占させない。それがなぜわからない……のかっ……！」

苦痛を耐えてヴァネッサは叫ぶ。そして、自分が切ったヴァネッサを見てモーリーンは笑った。

（兄？　え？　この二人が兄弟？　ということはルネのお母様とも兄弟で、ルネの伯父さん？）

二人の間に共通点らしきものは見られない。髪の色も違う。あえて言うなら、その性格だろうか。

いや、そんな詮索は後回しでいい。まずはとにかくこの場を収め、どうしてこんなことになったのか、確かめなくてはならない。

（今日に限ってルネは外回りに出ていて不在……）

定期的な郊外への視察なので、巡回の経路は側近が確認しているだろう。既に報せを走らせているとは信じてルネを待つか――。

（ううん、それじゃ駄目だ。キャロルが耐えられない。それにヴァネッサの傷も……）

何よりもキャロルだ。ルネの大事な妹が目の前で泣きじゃくっているのに、手をこまねいていることはフランには出来なかった。

モランの腕を押しのけ、三歩前に出る。

「財務大臣モーリーン、二人から離れなさい」

誰もが息を呑んで見守るだけの中、フランは震えそうになる体を鼓舞しながら、血走ったモーリーンの顔をしっかりと見つめた。目を逸らしてはいけない。自分の方が立場が上なのだと、万人の前で凶行に走った大臣に知らしめなければならない。多くの目があるところで、決して王妃が自分を下にしてはいけないのだ。

「王妃……」

ひっくひっくとキャロルの引き攣った泣き声が聞こえる室内に、モーリーンの掠れた声が低く響く。朝会った時には丁寧に櫛が通されていた輝く金髪は、今はまるでかきむしったように乱されている。衣服も、同じ服を着ているとは思えないほどみすぼらしく見えている。

短い間に一体何がこの男を襲ったのか。直前までモランと話をしていたように、まだ動きらしい動きもなかった。狡猾に立ち回るモーリーンをどうすればよいのか考えていたのだ。それなのに、自らこうして墓穴を掘るような動きに出ている。

「離れなさい！」

刺激するかもという不安で、冷や汗を背中に感じながら、フランはきつくモーリーンへ言った。その赤く充血した目が、フランを見つめ憎らしそうに歪められる。

「お前か！　お前の差し金か！　ルネが原石に気づいたのもお前が入れ知恵をしたのか!?　それとも、最初からカルツェの富を狙ってエフセリアから送り込まれたのか!?」

「原石のことについては僕です。調べ直すように言いました。ですが」

ここでフランはきつく口調を変えた。

「エフセリアから送り込まれたというのは違います。僕はカルツェに来るまで、原石があることも水晶が採れることも知りませんでした」

「嘘だ！」

「嘘ではありません。第一、エフセリアとカルツェの間には国交らしい国交はなかった。知りようがないではありませんか」

そうなのだ。モーリーンがフランを糾弾するのはわかる。確かにフランが気づいたことだからだ。だが、そこにエフセリアは関係していない。

（一体何があって、エフセリアがカルツェに人を送り込むなんて考えたんだろう）

もしもそんな簡単に知られることなら、カルツェを分断した二つの国が真っ先に手を出しそうなものだ。その時は、カルツェという国そのものが消滅してなくなってしまっていただろうから、今も気づかれてはいないのだろう。

浮かぶ疑問。そして場の混乱。

モーリーンは叫んだ。

「いや、知っていたはずだ！　サイスが……サイスがエフセリアに石を売りに行った。サイスが死んでちょうどいいからとお前が送り込まれたに決まっている！」

サイス？　と首を傾げたフランに、モランとヴァネッサ二人から告げられたのは、思いがけない人物だった。

　前カルツェ王。ルネの父親だと。

「……僕は前カルツェ王に会ったことはありません。王。城に来たという話も聞いたことはない」

家族も同じ。

　もしも原石の話をしたのであれば、その辺の街角での立ち話感覚で打ち明けるはずがない。一番情報の管理をしやすいのはエフセリア城で、フランが祖国にいる時にカルツェが初めてだ。もしかすると、どこかでカルツェの民を見かけたことがあるかもしれないが、記憶に残らないのなら知らなかったのと同じことだ。

（父様たちも、カルツェの人に会ったのは僕の縁談が最初だったと言っていた。だとしたら、ルネのお父様が城に来たことはないはずだ）

　フランはそう断言する。それに、もしも最初から知っていたのなら、現在こちらに職人や鑑定士を向かわせている兄が今の今まで黙って見ていたこと自体がおかしい。

　二年だ。前カルツェ王が亡くなって二年。モーリーンの散財ぶりを見れば、その間に多くの原石が無駄に国外へ流れてしまったことになる。そんなことを、あの兄が見過ごすはずがない。

「財務大臣、僕が知っていたかどうかは関係ありません。原石が採れるという事実が明らかになった。それだけです。そして僕は言いましたよね、財務大臣」

「何をだ」

「二人から離れろと」

　未だに剣を向けられたままの二人は、フランとモーリーンの会話を黙って聞いている。ヴァネッサは口を挟みたそうだが、痛みが勝っているのか目で訴えるだけだ。

　この場から離れろ、と。

　しかし、それは出来ないと、フランも瞳で否定する。

「王妃……痛ッ」

体を動かそうとしたヴァネッサが痛みに耐えかねて再び床に臥す。気丈さを装ってはいるが、気力だけで保たせているのだろう。

「財務大臣……いえモーリーン。あなたに逃げ場はありません。ここはカルツェ城、このことはルネにもすでに知らされている。このまま多くの人に囲まれて見苦しい真似を晒すのがいいか、それとも今大人しく捕らえられるのがいいか。賢いあなたならわかるでしょう」

睨み合う二人の駆け引きだった。が、

「まだ逃げるという方法がある」

「逃げられるなど……キャロルッ！」

ニヤッとモーリーンの口角が上がったのを認めたフランが叫ぶのと、モーリーンがキャロルに向かって手を伸ばすのはほぼ同時だった。そして、

「フランお兄様ッ！」

「ヴァネッサ！　妃様ッ！　くそっ……！」

ヴァネッサがモーリーンの足に体当たりをし、体勢を崩させたところでフランが飛び込み、キャロルをモランへ向かって放り投げた。キャロルを抱きとめたモランが、ヴァネッサの足を引っ張り引き離す。

そこまではよかった。

だが、

「……人質になって貰うぞ、王妃。私がカルツェを出るまでは盾になって貰う」

モーリーンの剣先は、キャロルの代わりにフランへと突きつけられていた。


「急げ！」

「王妃様が人質に取られたぞ！」

「ルネ様はまだか!?」

「山に逃げこんだ大臣を追うぞ！　見失うな！」

フランは馬の背に揺られながら、背後の喧騒に耳を傾けていた。モーリーンに捕らえられたフランは、逃亡時の保険代わりにとモーリーンが用意させた馬に乗せられた。

そのまま西の国境を目指すつもりだったらしいの

だが、

「西は使えん！　お前の兄が来ている」

憎々しく吐き捨てられた台詞から、カルツェ国を出ることが難しくなったというのだけはわかった。

「だから大人しくルネの前に出て……！」

乾いた音がフランの頬を打った。

「煩いッ！　私は絶対に捕まるつもりはない。今まで溜めて来た富を捨てて他国に逃げられるわけがない」

親兄弟以外、誰からも手を上げられたことのない白い頬に赤い痕がついた。拳で殴られなかっただけましかとは思うものの、痛くないわけではない。唇や口の中を切らなかったのはまだ幸いだ。

「……ルネは絶対に僕を助けに来る」

「その時はルネと一緒に殺してやる」

伯父と甥という関係なのに、二人の間には肉親が持つ情というものが一切感じられない。家族愛よりも権力の方が大切だという人物は、王家にいればそれとなく話として聞くことはあるが、だとしても、妹が前カルツェ王妃、弟は相談役という立場は、望んでも滅多に得られるものではない。それよりも私財を優先するモーリーンの心のうちは、自分には一生わからないとフランは思った。

二人分の重さがある馬だが、山道を軽快に駆けて行った。

（この道は……）

逃げないようにと縄で手を縛られて、荷物のように馬の背に腹を下にして乗せられているフランの目には、かつて栄華を誇り豊かだった頃のカルツェ国の象徴であった古城が見える。ルネとフランが式を挙げたあの城だ。

曲がりくねった山道を振り返れば、下の方から騎馬の軍団が土煙を上げて走って来るのが見える。先頭を走るのは、モランだろうか。

（ルネは……）

目を凝らすがそれらしき軍馬は見えない。追手は城に残っていた兵士で、ルネたちはまだたどり着いていないのだろう。

モーリーンが操る馬は一気に山道を駆け上った。途中の狭い道では岩を転がして塞ぐという妨害工作つきだ。

そして山頂に到着した。

儀式の日に見たままの、荘厳な城が立っている。あの時はよく見ることは出来なかったが、こうして改めて観察すると、内部の装飾品だけでなく城の外壁にも水晶が使われているのが、キラキラと輝く色でわかった。頂《いただき》の先端を飾る球体も、国旗を掲げる掲揚台の先端も水晶のようだ。

「降りろ」

我ながらこんな時に暢気なものだと感嘆していると、乱暴に地面に引き落とされた。そのまま後ろ手に縛られたフランの縄を引き、モーリーンが城の中に入って行く。

「ここが逃げ込み先ならあまり賢いとは言えないね。追い詰められても逃げ場がない」

わざと挑発するように言ったフランだが、モーリーンは何も言わずにフランの縄をグイと引っ張った。

（余裕があるわけでもなさそう）

血走った眼はそのままだし、首の後ろは汗でびっしょりだ。急ぎ足なのは、カルツェ軍の兵士たちが来る前に逃げる算段を取らなければと思っているからだろう。

（それにルネ。ルネが来る）

それまでは命を大切にするのが第一だ。古城に到着したルネがフランの死体の第一発見者なんてことにでもなれば、笑い話では済まない。

閑散とした城内をモーリーンは迷いなく歩いた。

（歩き慣れている？　ここに何度も来ているってこと？）

わざわざこんな山の上にまで来てすることがあるのだろうか。

疑問に思いながらも、急き立てるモーリーンに話し掛けたところで怒声が返って来るだけだろうと、城の中を観察することに注意を向けた。

もう一度古城を訪れて見学したいとは思っていたが、まさかこんな状況で再訪が叶うとは思いもしなかった。モーリーンの焦りや狂気、フランの不安など知らぬとばかりに、古城はあの日感じたのと同じ静謐な雰囲気を保ったまま、そこに佇んでいる。

カツンカツンと響く靴の音は、かつての賑やかな城であれば美しい響きとなっただろうが、今では虚しく聞こえるだけだ。

なんのために逃げ場のない古城に逃げ込んだのかという理由は、いくつかの広間を過ぎた先にあった。

「王妃を連れて来た。人質にして逃げるぞ」

モーリーンが慌ただしく説明をし、カルツェの衣装を脱ぎ、農民が着るような服に着替える。その場にいた十数人の男たちも似たような恰好で、武器を手にしていた様子からすると、最初からここで落ち合い逃亡するつもりだったのだろう。

王妃という言葉にギョッとした者も中にはいたが、モーリーンには絶対服従なのか、一瞥しただけで出立の準備を始めた。

「来い」

そしてまたフランは引き摺られるまま、広間を通り城の裏庭へと連れ出された。

そこにはファラが群れになって何頭も繋がれていた。中には背の両側に袋をぶら下げた荷運び用にしか見えないファラもいる。

（まさか……）

フランは眉を寄せた。険しい道を得意とする山岳用の騎獣《きじゅう》ファラをわざわざ用意したということは、登って来たのと同じ道を通る気がないということだ。カルツェ国に繋がる山道は追手とぶつかる。それなら山中の道なき道を越えて隣国へ行けばよいと考えたのだろう。

確かに尾根はある。尾根伝いに山を移動すれば、見つかることなく反対側へ下りることが出来るだろう。それもファラという獣がいれば、馬や徒歩よりも楽だ。

険しい尾根は足を踏み外せば崖下に転落する可能性もある。それでも、捕まって罰せられるよりはよいと考えたのだろう。もしかすると、フランたちが動き出す前からここを拠点にし、逃げる時期を窺っていたのかもしれない。

エフセリアからフランが嫁いで来たことを深読みするような男なのだ。そのために石を買い占めて資金を調達していたとすれば、それくらいの知恵は確かに回るだろう。

「でも」

フランは小さな声で呟いた。出発の準備をしている男たちにはフランの声は聞こえていない。すぐ側にいたモーリーンですら、神経質に周りを見ているだけでフランのことはほとんど放置だ。ここまで暴れることなく大人しくしていたのがよかったのかもしれない。

表の方にカルツェ軍が到着したらしく、指示を出す大きな声が聞こえる。建物の中にいる時には気が付かなかったが、表の庭園と裏庭は思ったよりも直線的な距離は近いのかもしれない。間に城という建物があるせいでまともに探すなら迂回をしなければならないだろうが。

勿論、そんな手間を掛けさせる気はフランにはない。

「ルネッ！　ルネーッ！」

側にいたモーリーンへ体当たりして弾き飛ばしたフランは、駆け出しながら叫んだ。

「ルネッ！　僕はここだよッ！」

まだ来ていないかもしれない。だが来ているかもしれない。

走りながらファラにも体当たりをして驚かし暴れさせることで、追手が掛かるのを防ぐ。

後ろ手に縛られたままでとても走りにくい。だが、ここで逃げなければまた捕まって人質にされてしまう。ルネの命と引き換えにされでもすれば、取り返しがつかなくなってしまう。

（それに……）

男たちの自分を見る目が嫌だった。値踏みされるだけならまだしも、好色な色が浮かんでいたあの目は、逃亡の最中にフランがどんな目に遭うのかを物語っていた。モーリーン自身にはその気がないようだが、フランの身を護るとは思えない。逆に慰み者になったフランを見て笑うくらいはしそうだ。

冗談ではないと、走りながらフランは思う。

「王妃が逃げたぞ！」

「逃がすなッ！　連れ戻せッ」

暴れるファラや散乱する荷物を蹴散らしながら男たちが追い駆けて来る。庭を回ってモランたちと合流出来ればいいのだが、隠れる場所もない庭では、追い付かれるし、弓で射られればそこでおしまいだ。

そのためにフランが逃げ込んだのは城の中だった。広い廊下と高い天井、それに多くの柱や残されたままの調度品がある。

意表を突いた行動だったため、まだ誰もフランには追い付いていない。その利点を活かし、フランは走った。追手の声が遠くなったところで一旦柱の陰に身を隠し、手を縛る縄を解いた。硬い石の手摺の角は、縄を切るのにちょうどよかった。後ろ手になっていたため、最初は自分の手首まで傷つけてしまったが、耐えられる痛みだ。

僅かに血の滲む手の甲を舐めたフランは、表を目指して再び走り出した。時に声が聞こえれば身を隠し、足音が聞こえれば息を潜め、モーリーンの仲間たちの追撃をやり過ごす。

その途中、剣戟《けんげき》の音が聞こえるようになった。これは朗報とも言えた。軍とモーリーンたちが接触し、あちこちでぶつかって戦闘が開始されたとすれば、フランを追うよりも敵を排除する方へ意識は働くだろう。

こうなってしまっては古城が戦場だ。逃げ延びるためには戦うしかない。それはフランにも言えることだった。

戦闘中の場所へ行けば保護して貰えるというのはわかるのだが、邪魔をしたくない気持ちも働く。そのせいでフランは静かな場所を選びつつ、外に向かうという面倒なことをしていた。単純に言えば遠回りだ。

だが、それがよかったのかもしれない。幾つもの部屋を抜け、隠し部屋さえも抜け道に使って、時間を掛けて逃げ続けた先で、

「フランッ！」

ルネが呼ぶ声が聞こえた。外から回ろうとしていたルネと護衛の一隊が回廊の先に見え、フランは思わず大きな声で叫んでいた。

「ルネッ！」

大好きなルネが駆け寄って来るのが見えた。その距離は徐々に近づいて来る。

あと少しでルネの胸に飛び込める。そう思ったフランの体が、いきなり急停止した。

「ッ！」

長い淡紅色の髪は、横合いから伸ばされた男の手で掴まれていたのだ。首が後ろに仰け反る。手を伸ばせばもう少しでルネに届くところまで来たのに……。

その時フランは見た。男が腰に小刀を差していたのを。山道を下る時に使おうと思っていたのか、すぐに取り出せる位置にあるそれは、今のフランには幸運の贈り物だった。

フランは構わず髪を捨てることを選んだ。首だけ回して男の剣を引き抜き、自分の髪に当てる。そして力いっぱい引いた。

ザクッという鈍く重い音がして、頭が軽くなったのがわかる。

「フラン!?」

ルネの叫び声も聞こえた。だが、これでいい。

(さよなら、僕の髪の毛)

ルネが口づけた毛先は、フランの命の代わりとなって摘み取られたのだ。

泣きたかった。

髪の毛などいくらでも伸ばせると知っていても、悲しかった。

髪の毛を切るというだけで涙が出そうになる。だが泣くのは後回しだ。

「ルネッ！」

飛び込んだルネの胸。すれ違うように兵士がフランの横を通り抜け、男に向かって剣を振り上げる。

断末魔の声は——聞こえなかった。ルネが耳を塞いでいたので。

「フラン……フラン……無事でよかった！　あなたが攫われたと聞いて胸が張り裂けそうでした」

そしてきっとモーリーンに対する怒りは頂点に達していただろう。

「大丈夫でしたか？　怖い思いはしませんでしたか？」

「……大丈夫。大人しくしていたから」

「ああ、フラン……」

ルネの胸に顔を埋めながらフランは体から力が抜けるのを感じた。ルネの鼓動が速い。トクトクという音は耳を離していても聞こえるのではないだろうか。

（汗の匂い……）

山道をどれだけ駆けて来たのか、ルネも兵士たちも土埃と汗に塗れている。早く城に帰って労いたい。早く安心したい。だがその前に、すべきことがある。

「――フラン、モーリーンは？」

「尾根伝いに逃げるって言ってた。ただ、僕が逃げ出した後、モーリーンも追い駆けて来たかどうかはわからない」

正直に告げれば、少し残念そうな顔をしたものの、割り切ったようだ。

「財務大臣モーリーンの身柄確保が最優先だ。王妃は保護した。向かってくるものは遠慮なく斬り捨てろ」

罪状は明白な王妃誘拐。それだけで死罪だ。生きて麓まで連れ帰る気はルネにはない。王子として政治の厳しい面も見て来たフランも同様だ。

ルネの元に続々とモーリーンの仲間たちを捕らえた、もしくは斃《たお》したという報告が届けられる。その中にはモランもいて、フランの無事を知ると険しかった強面を緩ませた。髪が短くなったことに関しては言葉は発しなかったが、頭を撫でてくれ、ルネに睨まれていた。

「フラン、仲間は何人いたか覚えていますか？」

「僕が見たのが全員だとすれば、モーリーンを除いて十五人」

「今摑んでいる数は十三だ。二人足りないな」

「その二人だけを連れて逃げた可能性もある」

ルネは集まっていた兵士たちへ命じた。

「城内の探索を引き続き行え。モランは五人連れて裏庭へ。報告は随時私のところまで」

訓練された兵士たちは即座に行動に移した。

捕らえた者数名の身柄と死体は外に運び出され、臨時の本部となったのは二人が儀式を上げた大広間だった。

丸天井から差し込む光に、今日も水晶の柱が煌《きらめ》きを放っている。

「なんだかここを使うのが申し訳ないなあ」

「一番位置がわかりやすいから仕方がありません。祭司が知れば涙を流すかもしれませんが」

「その時には僕が一生懸命謝って許しを請うね」

「あなただけにはさせませんよ。私も一緒に」

二人は手を握り合った。同じ室内で護衛をしている兵士たちは横を向いて見なかったふりだ。

「それにしても、本当にこの水晶、見事ですね」

フランは儀式の時から気になっていた水晶の柱の前に立ち、聳えるそれを見て感嘆したように息を吐き出した。

「ええ。昔の名残り、カルツェの過去の栄光と栄華を最も象徴しているのがこの柱です。この柱が先に立っていて、城は後から建てられたという説もあるくらいです」

「そんなに古いんだ……」

「ええ」

「削って持ち出そうとは思わなかったの？」

「思いましたよ。幼い頃は特に。父が苦労していたのを知っていたので、これを崩して売ればいくらになるだろうと真剣に計算したこともあります。これを崩せば城ごと崩壊すると言われて諦めましたが」

「……壊れなかったら削ってた？」

「おそらく。そしてあなたを迎え入れるための資金にしていたでしょうね」

「ねえルネ。僕、前から少し気になっていたことがあるんだけど、もしかしてルネと僕って昔会ったことがある？」

「どうしてそう思いました？」

「エフセリアにいた僕を知っていたということ。僕を名指しで結婚相手に指名したこと。それに、エフセリアで会う前にカルツェの議会を紛糾させて捻じ伏せるほどの熱意があったこと。これって僕を知らなきゃ出来ないことでしょう？　エフセリアとのつなぎが欲しいだけなら、僕の上にもまだ独身の兄姉《きょうだい》がいるから、そちらを選ぶのが順当だとも思うし」

どうだろうかと盗み見れば、ルネは苦笑していた。

「気づかないままでいると思っていました。そのままでも私は一向に構わなかったのですが」

「じゃあやっぱり会ってるんだ」

「はい。フラン、まだわかりませんか？　私とどこで会ったのか」

ねえフランと言いながら髪を掬おうとしたルネの手は、短くなってしまった髪を掴むことが出来ずに空を切る。

「……ごめんね」

「いいえ。あなたの無事の方がはるかに嬉しいことですから」

「ありがとう」

「いえ」

このまま口づけを交わしそうな距離に二人の顔が近づく。

それを破ったのは、

「陛下！」

危険を知らせる鋭い声だった。

フランの体ごとルネが覆いかぶさるようにして床に倒れ込む。滑らかな大理石の床の上を、二人は水晶の根元まで転がった。背中に水晶を支える台座があたり、フランの息が詰まる。

すぐに起き上がったルネは、フランの頭を押さえてテーブルの台座の裏に隠れさせ、自身も剣を持って柱の横に立った。

「襲撃者か」

既に入り口で交戦が始まっているが、残っているのはモーリーンと仲間二人だ。矢を放った男が真っ先に倒されると、残りの男もすぐに床に伏してしまった。

二人を狙った矢は柱に当たって床に転がっている。声がなければどちらかに刺さっていたはずだ。

「大丈夫ですか、フラン」

「うん。僕は大丈夫。大丈夫なんだけど……ルネ」

フランは台座の裏からルネを手招きした。

剣を抜いたままフランがいるところまで歩いて来たルネにしゃがむように指示して、フランは自分が隠れていた台座のちょうど反対側の壁の下の方を指さした。

「見て。これ、外れる」

勢いよく隠れた時にぶつかったのか、台座と同じ高さまである石壁の一部にすっぱりと綺麗な亀裂が入り浮いている。

「外れますか？」

「うん。こうして、わかりにくいけど、ここの石がはまっているところが少し引っ込んでいて、ちょうどいいみたい」

たまたま指が触れて引っ張った時に、石壁が動いたような気がしたのだ。実際引いてみると一枚の薄い石で出来た板は、ルネの目の前であっけなく外れた。

のそのそと頭を突っ込んだフランの腰を、ルネが慌てて引っ張った。

「フラン、中に何がいるかわからないのに危ないことはしないでください。あなたの美しい顔を鼠が齧ったり、蜘蛛が毒を噴き掛けたりすればどうするのですか」

ぐいぐいと引っ張るルネだが、フランの目は壁の向こうに広がる景色に釘付けだった。

「ルネ……」

熱を持った声で呼ぶと、ルネはすぐにフランの横に膝をついた。

「どうしました？」

「ルネ、この中すごい。見て」

フランはすっとその場所を移動して、ルネに譲った。不思議そうな顔をしながらも、ルネが頭を入れた。直後に固まってしまったのは、フランと同じ衝撃を感じたからだろう。

「フラン……私は夢を見ているのだろうか……?」

「夢じゃないよ。だって僕も見てるもの」

ルネの脇から首を突っ込んだフランはもう一度壁の中を見回した。

壁そのものが岩になっている広い部屋。どちらかというと空洞と言った方がよさそうな場所は、それだけで二人を驚かせたわけではない。そこは隠し部屋だった。

壁際に並んで置かれているのは絵画だろう。それから大きな焼き物の壺、そして水晶と思《おぼ》しき無色透明の置物。淡い輝きを放つ食器もおそらく水晶だ。花瓶とその花も同じく水晶で、花弁を開かせた花は赤や黄色や青に紫と見た目にも美しい。椅子、テーブルなど調度品もまた水晶。

「水晶の部屋ですね」

「綺麗……。これは昔のカルツェ王家の宝物かな」

「おそらく。中に入ってみます」

「うん」

ルネが入るために一旦体を引くと、狭い入り口を這うようにしてルネが中へと体を潜り込ませた。すぐに「フラン」と名を呼ぶ声がして、同じようにフランも中に入りこむ。

小さな入り口から見えていたよりも、遥かに広い空間が保持されていた。どこからか涼しい風が入り込んで来る。どこからだろうと室内を見回したフランは、先ほどと同じように巧妙に隠された岩の壁の隠し扉を発見した。そこに手を当てれば、隙間風が吹き込んで来る。間違いなく、この先にも部屋があるはずだ。

果たして、フランが少し力を入れるだけで岩の扉は開かれた。予想に反して、その先にあったのは部屋ではなく階段だった。しかも石を加工した石段である。壁は隠し部屋と同じく岩が露出していた。

「ルネ、ここから下に階段がある」

宝物を吟味していたルネを呼び、階段の下を指さす。

二人は顔を見合わせた。

「降りてみよう」

「降りましょう」

同時に声を掛け合い、ルネを前に二人はゆっくりと足場を確認しながら降りて行った。窓も明かりもないため薄暗さは否めないが、完全に暗闇にならないのは、石自体が光っているからだ。

「おもしろいね。石が光ってる」

「私は詳しくはないのですが、石の中に発光する成分が含まれているらしいです。植物や動物にも光る種がいるでしょう？　それと同じように石にもそれがあると父上が」

学者として研究や探索をしていたルネの父親がこの場にいれば、きっといろいろなことを二人に教えてくれたことだろう。

「……僕もやってみようかな」

「何をですか？」

「石の研究。ルネのお父様がやっていたのを引き継ぐのもいいかなって」

フランと繋いでいるルネの手の力がぐっと強くなる。

「僕はルネの嫁だから、お父様とも仲良くしなきゃいけないでしょう？　でももうお亡くなりになられているから、嫁としての務めは研究を引き継ぐことで果たせないかって思ったんです。駄目かな？」

「……駄目じゃないです」

「そっか。それならよかった。お城に戻って落ち着いたら、お父様が遺したものを見せてくれる？　まさか捨てたりはしていないよね？」

「捨てるなんてしてません。ちゃんとそのまま取ってあります」

「それならよかった。一から始めるよりも、途中までお手本になるものがあった方がいいものね」

階段はそこまで深くはなく、喋っているうちにすぐに地面に足を着けることが出来た。そこに広がっていた光景は、フランがこれまで見たどの景色よりも圧巻だった。そして美しかった。

「ルネ、これって……水晶……だよね？」

自然に耳飾りに指が伸びる。リイロデエルの耳飾り。そのフランの飾りと同じか、それよりももっと輝きの強い淡紅色の水晶が一面に咲いていたのだ。

間違いではない。確かに咲いていた。

「これは……見事としか言えません」

ルネの目も信じられないと何度も瞬きを繰り返す。

フランたちがいるのは間違いなく洞窟だ。おそらく山の中をくりぬいて作られた人工的な洞窟だろう。だが、そこにあるものは決して人が加工したものではないはずだ。乱立する大小さまざまな淡紅色の水晶たち。柱のように何本もまとまって立っているものもあれば、まるで薔薇の花のように花弁を付けて開いているものもある。

壁は岩だが、ところどころ光るのは内部に水晶が混じっているからだ。

「もう水晶は採れないっていうのは……」

「これを見てしまうと、嘘としか思えません。いえ、実際に他の山では採れないのかもしれません。ですが、これは……この山は……」

ここにこれだけの水晶の塊があるのだ。探せばもっと採掘出来る場所があるかもしれない。


「昔、カルツェ国は戦に負けてしまったんだよね」

「はい。それで穀物を育てる平野を失くし、山を主な生活の場にしているのです」

「王族ならこの隠し場所を知っていたはずなのに、どうして持ち出さなかったんだろう」

「もしかすると、これ以上カルツェが戦場になるのが嫌だったからかもしれません。それにカルツェという国を存続させるためにも」

城の地下で水晶が採れるとわかれば、山をものともせずに大軍が押し寄せて来ただろう。そうすれば富を独占するために、他国の者たちがカルツェの王族を無事に生かしておいたとは思えない。むしろ、完膚なきまでにカルツェという国を叩き潰したはずだ。

カルツェ王家は、富を捨て麓に降りての生活に甘んじた。屈辱だったかもしれない。だが、それを受け止めた彼らが生き延びたからこそ、ルネやキャロルが存在している。

「――ルネ」

「ええ。わかっています。しばらくこれの存在は内密にしておきましょう。モーリーンのように、独占しようとする輩が出て来ないとも限らない。そうならないよう、もう一度鉱山の見直しや採掘権などを整備した上で、これらの問題に手を付けた方がよさそうです」

うんうんとフランは頷いた。

（よかった。ルネが欲に目が眩むような人じゃなくて）

心配はしていなかったが、真っ当な判断が出来る人でよかったと改めて安堵した。

「あのね、ルネ。さっきの話の続きだけど、僕とルネがどこで会ったのかっていう」

「はい」

「一つだけ思い当たることがあるんだけど、でもどうしてもわからないことがあって」

「知りたければどうぞ訊いてください。何でも答えます」

フランはルネの前に立ち、顔を見上げた。

「ルネはなんさ――」

何歳なのかと問おうとしたフランは、そのルネの手で思い切り激しく突き飛ばされた。まるで自分の側に寄るなとでも言うような力に目を丸くする。だが、

「モーリーン！」

叫んだルネの声が、襲撃者がここにいることを教えてくれた。

フランの目の前で、モーリーンとルネが剣を交錯させて押し合っている。技量的にも体力的にもルネの方が勝っているはずなのだが、後がないモーリーンも必死なのだろう。懸命にルネを押し返している。よく見れば、服の裾は裂け、腕からも足からも血を流している。

兵士たちに追われて、別の入り口からここに入り込んだのだとしたら随分な幸運の持ち主だ。

「ルネ……お前さえ私の思う通りに動いていれば……！」

「そんなことがあるはずがない。欲に目を眩ませ、

父に毒を盛り、恩義のあるカルツェ国を裏切ったお前の言うことなど、誰が聞くものか！」

「恩義……？　恩義などない。メシエの王族である私を単なる臣下に留め、見下した。その心根に恩義を感じろというのか!?」

「国で不祥事を起こして逃げて来た王子を匿い、臣下の娘婿にした。それ以上を望むのなら、それはお前の傲慢だ！」

叫ぶと同時にルネが足を払ってモーリーンを引き倒す。元より怪我をした腕で無理矢理持っていた剣が、音を立てて床の上を滑っていく。

ルネはモーリーンに剣を向けた。モーリーンがヴァネッサやキャロルに向けていたのと同じことをしているのだが、自分がされる側になるのはやはり嫌らしい。

額から脂汗が滲み、後ろについた手で懸命に後退っている。

「……私を殺すのか？」

「殺されるようなことをしていないとでも？」

その時のルネの瞳は凍えるほどに冷たく、一片の慈悲も持っていなかった。

「ここで死ぬか、町に戻って死ぬか選べ。その選択権くらいは与えてやる」

クイと剣がモーリーンの首先に突き付けられた。

「返答は？」

「……わ、私は……」

ヒュンッ……！

音を立てて飛んで来た矢が真っすぐにルネの胸に突き刺さったのをフランは見た。

「え……？」

信じられず固まるフラン。そして、ルネの下から抜け出して転がった剣を手に、フランへ襲い掛かるモーリーン。

そこからの展開はフランにはただ眺めているだけで精一杯だった。

自分に迫る白刃。鬼気迫りながら不気味な笑みを浮かべているモーリーン。

そして、それがフランを傷つける前、背後からモーリーンに剣を振り下ろしたのは矢を胸に射られたはずのルネだった。

「ルネ？」

倒れるモーリーンの背後を呆然と見つめるフランに、ルネは――呼吸をして血が通っている生きているルネは、安心したように腕を伸ばし、抱き締めた。重なった唇が確かに生きていることを教えてくれる。何度も深く交わし合い――。

「よかった。あなたを失わないで」

それは僕の台詞だよと、どこか自分の頭の中の遠くで囁く声が聞こえた。


気が付いた時、フランは城の私室のベッドに横になっていた。

「あれ？　僕、確か山の上にいたはずだけど……」

いつの間に麓まで降りて来たのだろうかと思いながら、きょろきょろと室内を見回した。窓の外には明るい日差しが照り付けて、目覚めたばかりの目には眩しい。

フランはゆっくりと上体を起こした。特に不調は見られず、熱もなければ体が重いということもない。

「誰が運んでくれたのかな」

死んだと思ったルネがモーリーンを斬り、抱き締められて安堵したところまでは覚えている。その後から記憶がないから、あの場で卒倒したかして運び出されたのだと思われる。

「ルネかな。僕を運んでくれたのは」

手首には縄を切る時につけた傷痕が残っている。頭が軽く、首筋が少しスースーするのは髪を切ったせいだ。叩かれた頰については、あの場でルネが触れることはなかったが、腫れや痛みを感じないということは冷やしてくれたのだろう。

掛け布団を捲り、絨毯の上に足を付ける。いつもの室内履きは夏仕様で軽く通気性のよいものに替えられていた。寝間着のまま露台に出るのは行儀が悪いかとも思ったが、朝をとうに過ぎ昼か昼過ぎだろうと目算したフランは、ふらりと露台に降り立った。

山の緑は濃く、盛夏がこれからやって来る。視線を下へずらすと、荷物を抱えて回廊を往来する女官や侍従たちの姿が見えた。

「そう言えば……、ヴァネッサは大丈夫だったのかな……」

城の者の中で最も痛みを味わったのはヴァネッサだ。あの傷に比べれば、叩かれたくらい実に軽い。

「それにキャロル」

あんな怖い場面に立ち会ってしまって、恐怖で泣いてはいないだろうか。もしも夜中に怖くて泣き出すようなら、一緒に寝てもいい。それでルネが文句を言うようなら、三人で寝ようと提案してみるつもりだ。

しばらく手摺に凭れて下を眺めていたフランは、丸い木椅子に腰掛けた。

「なんだか夢みたいに、あっという間に何かが始まって終わった気がする」

多少騒がしさが残っているくらいで、城の中に暗い影が残っていないことに安心した。カルツェの民に暗い表情は似合わない。明るく元気に、楽しく過ごす。それがカルツェの民だ。

「僕もなれるかな。なりたいな」

「何にですか？」

独り言に返事が返って来て部屋の方を振り向けば、仕事着のままのルネが立っていた。

「ルネ」

「おはよう、フラン。ご気分はどうですか？」

「おはよう。気分は快調かな。どこも悪いところはないから安心して」

はい、と言いながらルネは自然にフランの額に唇を寄せた。

「起きる気配のないあなたが心配で、仕事を抜け出して来てしまいました。それなのに、ベッドにはいなくて、どこに行ってしまったのかと焦りました。すぐに姿が見えたので安心しましたが」

「ごめんなさい。天気がいいものだから、つい日光浴を」

「帽子は被ってください。日に焼けると赤くなって困ると言っていたのを覚えています」

「はい、気を付けます」

そう言えば、ヴァネッサから貰った日焼け用の化粧水がもうすぐなくなりそうだったのを思い出す。そのついでにヴァネッサを思い出し、ルネに尋ねてみた。

「ヴァネッサの怪我は大丈夫そう？」

「はい。少し深く切ったので養生はしなくてはいけませんが、日常生活に支障が出ることはないようです。キャロルの家庭教師も相談役も、普段と同じようにこなしています」

「そっか。それならよかった。もし寝込んでいるのならお見舞いにでも行こうかと思っていたけど、大丈夫ならいいよね」

その時にはベッドに寝ているヴァネッサを見下ろして、多少の優越感に浸るつもりでもあったのだが、そんなことをしないで済んで安心する。

「キャロルはあなたに会いたがっていましたが、具合が悪いからと止めています」

「別に悪くはないよ」

「方便ですよ。妹は隙があればあなたにくっついていようと考えていますから」

ルネ曰く、その理由が面白いのだ。

「わたくしがフランお兄様とくっついていれば、お兄様は嫉妬なさるでしょう？　それくらいの刺激を与えなくては、ご自分から動こうとはしませんから。わたくし、そのための道具ですわ」

キャロルの声がそのまま頭の中で再生され、フランは明るく笑った。

「キャロルらしいね」

「妹に世話を焼かせるなとモランやヴァネッサに呆れられました」

困ったと言う割に顔は笑っている。モーリーンのことがあったにせよ、即位して初めて大きな困難を乗り切ったことで、心にも体にもゆとりが出来たのだろう。

「それでフラン、それに関係するわけではないのですが……」

ルネは耳を赤く染めて、少し斜め下を向いて言った。

「モーリーンの件が片付いたので、あなたとの約束を果たしたいと……」

「約束……あ」

思い出し、フランも瞬時に頬を赤く染めた。

「覚えてる。ちゃんと覚えてるよ」

厄介な出来事が片付いたなら、その時こそ本当に結ばれようと——。

フランは顔をあげた。同じように顔を上げたルネに頷く。

「待っています、フラン。今宵あなたを私の花嫁に貰い受けます」


食事は少ししか喉を通らなかった。そわそわと落ち着きなく視線を彷徨わせるフランの態度は、モランには受けがよくなかったが、いつもの倍以上の時間を掛けて入浴し、ほわほわとよい香りを漂わせているフランを見て、事情を察したらしい。

それで掛けられた言葉が、

「頑張れ」

である。何をどう頑張ればよいのかわからないのに、無責任な言い逃げをした男を恨みつつ、フランは通路の扉の中に明かりが灯されるのを待った。

いつもよりもかなり早い時刻に通路に明かりが入り、ルネが帰宅して待っていることを知らせた。いつもは、帰って来たことだけは直接部屋に訪れて知らせてくれるのだが、今日ばかりは照れくさいのかルネの訪れはなかった。

しかし、照れくさいのはフランも同じだ。それに自分から抱かれに行くのだという意識がしっかりとある。いつも共寝する時には感じなかったその意識は、フランの動きをこれ以上ないほど固くし、初夜の時よりも長い時間を掛けてルネの寝室にたどり着いた時には、それだけで精根尽き果てた表情だったのだと思う。

何しろ、待っていたルネの第一声が、

「今日は止めますか？」

だったのだ。よほど酷い顔をしていたのだろう。

これまでのフランなら、「よかった」と胸を撫で下ろすところだが、今夜は弱気なフランセスカは封印だ。

「止めない。あなたが止めるって言っても止めない。それから」

フランは息を吸い込んで、吐き出す息と一緒に、今晩ここへ来たら絶対に言おうと思っていたことを口にした。

「僕が嫌がっても……怖がっても絶対に止めないで。泣いても暴れても、それでも僕をルネの本物の嫁にしてください」

お願いします、と深く頭を下げたフランは暖かな胸に抱きしめられた。

「本当にそれでいいんですか？　後悔はしない？」

「後悔なんて、とっくにしてる。最初の夜にルネを蹴飛ばしたこと、嫌がったこと、ルネを受け入れられなかったこと、全部後悔してる。だから、今度は……今日は絶対に後悔したくない」

「――フラン、顔を上げて。あなたの美しい顔を私に見せてください」

請われるまま、フランはゆっくりと顔を上げた。最低限の灯りしかない寝室でも、ルネの顔ははっきりと見えた。優しく、暖かで、それから少しだけ困ったような表情。

「ルネ？」

「私も、後悔していました。あの夜、あなたを抱いておけばよかったと思って、後悔しました」

軽く唇が合わせせられ、手を引かれるままフランはルネと共にベッドに乗り上げた。

柔らかな敷布はいつもと同じ。いつもと違うのは、これから二人が夫婦の営みを行うということ。

見つめられ、フランは瞼を閉じた。触れるだけの口づけが、深くなるのに時間は掛からない。

座ったまま抱き合って唇を重ね合う。

「フラン……フランセスカ……」

フランの名を呼びながら、ルネの唇はフランの顎から喉、喉から肩へと降りて行く。

「はぁ……」

天蓋を見上げるフランの口から吐息が零れる。色をつけるならまさに淡い紅色だ。両手はルネの背中に置かれているが、添えられている程度で自分の体を支える役には立ちそうにない。その代わり、ルネが支えだった。広い背中はそれだけで寄り掛かるに足り、体を抱き締める腕は強く倒れる暇もないほどに口づけを与えてくれる。

「ここも……」

夜着の前からするりと入りこんだ手が袷《あわせ》を開き、フランの白い胸が露わになる。なぞるように鎖骨から順番に降りてきた手のひらは、胸の先端に引っ掛かりそこで動きを止めた。いや、止めるのではなくそこに留まり、指先で乳首を摘まみ、撫で始めた。

「ルネ……あんまり強くしないで……」

「痛いですか?」

「ん、少しだけ……あ、今のは気持ちよかった」

「そうみたいですね。ほら、こんなにもふっくらと膨れて喜んでいる」

言葉につられて下を見たフランはすぐにぱっと顔を上げた。平らな自分の胸の上に置かれたルネの手。そのルネの指の間からちょこんと顔を出している色づいた果実のような乳首。まさに食べごろだ。

指と指の間で強弱をつけながら挟み込み、合間に歯で齧《かじ》り、舌で舐める。

「ルネ……ルネ……」

止めて欲しいのか続けて欲しいのかわからないまま、快感がフランの体を駆け抜ける。ルネの背中に置いた手は爪を立てたり、握ったりするのに忙しく、きっと背中には傷痕がたくさんついていることだろう。

与えられる刺激は胸だけのはずなのに、

「ルネ、あの……」

勃起した下半身が疼き、腰を揺らしてもじもじしながら、フランはルネの顔を見た。

触って欲しい。そう言いたいのだが、言ってよいのだろうか。それとも自分でするべきだろうか。

困ったように赤くなっていたフランは、思い切ってルネの手を取った。

「あの、ここも……触って？」

押し付けるのではなく、布の上に置いただけ。それだけでもわかる昂りをルネはどう思っただろうか。

しかし、そんな心配は無用で、固くなったフランのものに触れたルネはにっこりと微笑むと、フランの手を取り己自身へと導いた。

「私も、触って欲しい」

見たことはある。大きくて、太くて、元気に反り返るルネの陰茎。

「わか……わかった。下手でも怒らないでね」

「怒りませんよ。あなたの手に触れられているというだけで、ほら。すぐにこうなってしまう」

喋っている間に、これ以上大きくならないと思っていたルネのものの質量が増し、手の中でまた一回り大きく成長した気がした。

「……すごい……」

「ありがとうございます」


照れるルネの表情と、下半身で欲望を主張するものの落差が激しい。

座ったまま、二人は己の欲を高め合った。

「もっと強く握ってもいいですよ」

「先の方が好き。そこをもっと……」

慣れて来ると要求も素直に言葉に出せるようになってくる。強弱をつけ何度も擦り上げながら見たルネの顔は、目元が赤く染まり、恍惚としていた。自分の拙い手技で感じてくれているのだと思うと、もっと快感を与え、感じるルネの顔を見ていたくなる。

ルネの陰茎を扱きながら、フランはふと夜着の隙間から覗くルネの肌に吸い付きたいと思った。手を伸ばし、襟を広げて先ほどルネがしたように胸に唇を降らせて――と。

「フラン？　どうしました？」

「ここ、胸のここのところが赤くなってる……」

ちょうど心臓の真上あたりだろうか。小さくはあるが、何かを押し付けたように赤黒く変わっている部分がある。

「ああ、そこは……」

「矢が刺さったところでしょう？」

「はい」

フランはそこにじっと目を凝らした。痕があるだけで切り傷は一切ない。刺さったと思ったのは気のせいと思うにしては、きちんと痕が残っている。

「どうして？」

快感は大事だ。だが、今は先にルネが本当に無事だった証を知りたい。何しろ、今こうしている時ですら、夢ではないかと思ってしまうのだ。幸せ過ぎて。

少しフランの顔を見つめたルネは、ベッド脇のテーブルに手を伸ばし、引き出しから金の鎖を取り出した。

「これです。これが守ってくれました。私の御守りです」

金の鎖の先端には飾りが一つ。鳥の形をした黄金色の飾りだ。

「リイロデエル……」

フランの口から鳥の種類が告げられる。リイロデエル、エフセリアで幸せを運ぶと言われている鳥。遅れていたが、フランにも幸せを届けてくれた。

だがそれが問題ではない。問題なのは、この飾りに見覚えがあったことだ。

「これは……昔僕が作って貰ったものだよ」

「はい」

「小さな男の子にあげたんだ。これと交換に」

フランはいつもつけている耳飾りに触れた。

「石の形が鳥に似ていたから交換だねって」

「はい」

ルネを見つめる。

「あなたは……ルネはあの時の子？　雪の降る日に」

「雪の降る日に泣いていたあなたを見つけた。その日から、私はずっとあなたに恋をしている。いつかあなたと結婚して、一生傍にいるのだとずっと思っていた」

「でも」

フランは首を傾げた。

「でも、年が合わないよ。あの子はとても小さかったもの。だけどあなたは僕よりも年上で――」

「十九です」

「はい？」

「十九です。私の年齢」

「……ごめんなさい、ルネ。もう一回言ってくれる？」

「何度でも言います。私はエフセリアであなたに恋に落ちた少年で、今はカルツェ国王をしている十九歳のルネ・ルパーリンク・クォルツです」

フランはまじまじとルネの顔を見つめた。見つめられて耳を赤くするのは照れている証拠。それから、熱い思いを込めた瞳もいつものルネのもの。

「十九歳？　本当に？」

「本当です。父が早くになくなったので即位も早まりました」

片手で顔を覆った後、フランはぼそりと零した。

「僕より五歳も年下だったんだ……」

「カルツェの子供は成長が遅いんです。そして、十代の半ばになると一気に大きくなる。キャロルも年齢の割に小さいでしょう？　私もそうでした」

そう、あの時のルネはどう見ても七歳くらいにしか見えなかった。下手をすれば今のキャロルよりも幼い子供に見えていた。

「フラン、やはり年下ではいけませんか？　頼りないですか？」

「頼りないなんてことはないよ。誰よりも頼りになる人だと思う。ただちょっと、自分の認識がいろいろ違っていたことに気づいて驚いているだけだから……」

「それならいいのですが」

と言いながら、ルネはフランの体を抱き締めた。

「若いのでなんでもできます。あなたをたくさん可愛がって差し上げることもできる」

こんな風にと言いながら、胸から脇腹にルネの唇が下りて行く。

「あ、こらルネッ……いきなりは……はぁ……」

「私はあなたが欲しくてたまらない。だから先に謝らせてください。あなたとの最初の夜、私は何も知らないで暴走し、あなたの体と心を傷つけるところでした」

「あれはルネが悪いわけじゃない。悪いのは僕……っ、だから、そこは……んっ」

　口づけは腹の下のきわどいところまで進んでいた。

　さすがにこの体勢では愛撫もしにくいのか、フランの体が敷布の上に横たえられる。

「いえ、私が悪いのです。あなたの事情をまるで気にせず、ただ自分の欲望を満足させればいいとしか考えていなかった」

「今は？」

「今は……」

　再び性器は大きな手に包まれた。

「自分よりもあなたを喜ばせたい。あなたが射精するところを見て、あなたが私の下で快感に悶えるところを見ていたい」

　先端を撫でられ、フランの体が飛び跳ねる。

　横になったフランの夜着の前は完全に寛げられ、素肌が晒されている。乳首と同じ色の陰毛から飛び出た陰茎は、浅ましく滴を垂らし、てらてらと光っている。

「でも、それ以上にあなたと一つになりたい。私のものだという印が欲しい」

「ルネ、それは僕も同じ。僕もあなたと一つになったっていう証拠が欲しい。あなたを中で受け止めて、僕のものだと主張したい。だから」

　フランは寝転がったまま、膝を立て、脚を開いた。

「僕を抱いてください、ルネ。あなたのその雄々しい剣《つるぎ》で僕を貫いて、妻にしてください」

　ルネは笑った。目尻に涙が浮かんでいるように見えたが、気のせいではないだろう。

「幸せにします、フラン。私のフランセスカ」

　恭《うやうや》しく手の甲に口づけられ、フランは至上の微笑でルネに応えた。


　そして、宣言通りフランはルネに貫かれた。

前回の失敗を教訓に、念入りに解されたフランの後穴。何度も指が出入りし、もういいと言うのにしつこく弄られた。

陰茎はルネの唾液と何度か吐き出した精、それに滴で濡れている。もっとも刺激の強いそこを扱かれながら、後ろも一緒に愛撫されるのだ。

悶えるという簡単な言葉では言い表すことが出来ないほどの強烈な快感だった。

「入れますよ」

「うん……最初に言ったのを忘れないでね」

「忘れません。絶対に一つになる」

ぎゅっと抱き合って、それからルネが体をずらし、中に入れるために自分の陰茎に手を添えた。あれだけ固いのだから入らないのではないかと思っていたのだが、

「痛いッ……」

入る時の衝撃と抵抗を思えば、手の介添えは必要不可欠だったに違いない。

メリともグッとも言えない音を立てながら、ルネはフランの中に入り込んで来た。肉厚の塊が最初に侵入を果たした時、それだけでもう終わりだと思った。だがそれは始まりでしかなく、本番は言葉に出来ないほど凄かったとしか言いようがない。

「フラン、私を感じて。中にいるのが私だと、私があなたを愛しているのを感じて」

激しい抽挿を繰り返すルネは、手加減を忘れたようにフランの腰を摑んで思い切り打ち付けた。それをしながら、フランの小ぶりな性器に手を伸ばし、可愛がる余裕まであるのだから、行為の最中にずるいと思ったのは内緒だ。

「ルネ、ルネッ……好きっ、大好き」

「私も。愛しています。フランセスカ」

律動はどんなに生々しい肉欲を伝えても、心は純粋だった。

初めて会った日から十年の歳月が流れたが、心を通わせる二人は一瞬でその空白をなきものにした。

最初から結ばれることが決められていた一対なのだと、体を重ねてより深くそれを感じた。

「フラン……フラン……」

　喉が枯れ、もはや声すら出ないフランは、一生懸命腰を振るルネの腕に触れた。

　いいよ、と微笑みながら。

　ルネが少し悔しそうに、だがとても幸せそうな笑みを浮かべ、フランに口づけた。より一層激しく動く腰に、フランの白い体ががくがくと揺さぶられる。

　そして、

「くっ……」

　という呻き声と共に、フランの中でルネが果てる。

その時フランが思ったのは、嬉しいという気持ちと、よかったという気持ちと、それから今日はゆっくり眠れそうだという充足感だった。

　倒れ込んで来たルネの頭に口づける。


あなたは私の永遠だよ、と。

あとがき

こんにちは。朝霞月子《あさかつきこ》です。

新作ファンタジーの登場です。そして朝霞作品には珍しくキャラたちの名前が短い物語になりました。あとがきなので暴露しますと、今回は一段組の予定が伸びに伸びて二段組になってしまいました。気楽に読めるさらっと風味の小説をと思っていたのですが、結局いつものボリュームに落ち着きました。その分、恋愛初心者の主人公たちがぐるぐるする様子は書いたつもりですので、一緒になって楽しんでいただければと思っています。

挿絵を描いていただいた壱也《いちや》先生には、ぎりぎりまで素敵なイラストを描いていただいて本当に感謝しています。説明の難しかった受の髪の色も、自分で思っていた以上の素敵さでした。ＢＬ新書なのにほんわかお子様口絵のキュートさは言うまでもありません。ぜひぜひ癒やされてください。

あれもこれも書きたかったエピソードはあるので、どこかでちらっとでもお見せできればいいなあと思っているところです。今回もギリギリでぎりぎりっと歯ぎしり聞こえて来そうな追い込み……。担当を始め関係者の皆様、本当にありがとうございました。

また次回作で早めにお会いできるのを楽しみにしています。

LYNX ROMANCE

小説原稿募集

リンクスロマンスではオリジナル作品の原稿を随時募集いたします。

募集作品

リンクスロマンスの読者を対象にした商業誌未発表のオリジナル作品。
（商業誌未発表のオリジナル作品であれば、同人誌・サイト発表作も受付可）

募集要項

＜応募資格＞

年齢・性別・プロ・アマ問いません。

＜原稿枚数＞

４５文字×１７行（１枚）の縦書き原稿、２００枚以上２４０枚以内。
※印刷形式は自由。ただしＡ４用紙を使用のこと。
※手書き、感熱紙不可。
※原稿には必ずノンブル（通し番号）を入れてください。

＜応募上の注意＞

◆原稿の１枚目には、作品のタイトル、ペンネーム、住所、氏名、年齢、電話番号、メールアドレス、投稿（掲載）歴を添付してください。
◆２枚目には、作品のあらすじ（４００字～８００字程度）を添付してください。
◆未完の作品（続きものなど）、他誌との二重投稿作品は受付不可です。
◆原稿は返却いたしませんので、必要な方はコピー等の控えをお取りください。
◆１作品につき、ひとつの封筒でご応募ください。

＜採用のお知らせ＞

◆採用の場合のみ、原稿到着後6カ月以内に編集部よりご連絡いたします。
◆優れた作品は、リンクスロマンスより発行させていただきます。
原稿料は、当社既定の印税でのお支払いになります。
◆選考に関するお電話やメールでのお問い合わせはご遠慮ください。

宛先

〒151-0051
東京都渋谷区千駄ヶ谷４−９−７
株式会社　幻冬舎コミックス
「リンクスロマンス　小説原稿募集」係

この本を読んでの
ご意見・ご感想を
お寄せ下さい。

〒151-0051
東京都渋谷区千駄ヶ谷4-9-7
(株)幻冬舎コミックス　リンクス編集部
「朝《あさ》霞《か》月《つき》子《こ》先生」係／「壱《いち》也《や》先生」係

リンクス ロマンス

第八王子と約束の恋

2017年3月31日　第1刷発行

著者……………朝《あさ》霞《か》月《つき》子《こ》
発行人…………石原正康
発行元…………株式会社　幻冬舎コミックス
〒151-0051　東京都渋谷区千駄ヶ谷4-9-7
TEL 03-5411-6431（編集）
発売元…………株式会社　幻冬舎
〒151-0051　東京都渋谷区千駄ヶ谷4-9-7
TEL 03-5411-6222（営業）
振替00120-8-767643
印刷・製本所…共同印刷株式会社
検印廃止

ISBN978-4-344-83963-2 C0293
Printed in Japan

幻冬舎コミックスホームページ　http://www.gentosha-comics.net